Das Buch

Drei junge Leute, die keine Perspektive in ihrem Leben sehen, finden sich zusammen: Frank, seine Freundin Lisa und deren Nachbar Roger. Gemeinsam planen sie den perfekten Bankraub. Das Geld soll ihnen eine bessere Zukunft ermöglichen. Doch der makellose Plan schlägt fehl. Denn am Tag des Überfalls sind außer dem Filialleiter auch seine Ehefrau und seine Tochter in der Bank zugegen. Frank wird nervös und schlägt die Frau nieder. Einen Tag später erliegt sie ihren Verletzungen. Frank, Lisa und Roger müssen fliehen. Unaufhaltsam zieht sich das Netz um die drei Flüchtigen zusammen. Der Traum vom sorgenlosen Leben hat sich in einen Albtraum verwandelt. Doch noch wollen sie nicht aufgeben …

Der Autor

Fredrik Skagen ist einer der erfolgreichsten skandinavischen Autoren überhaupt. Seine zahlreichen Romane und Kinderbücher wurden vielfach preisgekrönt. Im Diana Taschenbuch erscheinen auch: *Schwarz vor Augen* (62/331) und *Weiße Spuren* (62/276).

Fredrik Skagen

# Im Sog der Nacht

Roman

Aus dem Norwegischen
von Knut Krüger

DIANA VERLAG
München Zürich

Diana Taschenbuch Nr. 62/0360

Die Originalausgabe
»Nattsug«
erschien 1995 bei J. W. Cappelens Forlag, Oslo

Deutsche Erstausgabe 08/2003

Der Diana Verlag ist ein Verlag der
Ullstein Heyne List GmbH & Co. KG
Printed in Germany 2003

Umschlaggestaltung: Hauptmann und Kampa
Werbeagentur, München - Zürich,
unter Verwendung eines Ausschnitts des Gemäldes
NIGHT WINDOWS von Edward Hopper, 1928
DIGITAL IMAGE © 2002
The Museum of Modern Art, N.Y./Scala, Florenz
Satz: Schaber Satz- und Datentechnik, Wels
Druck und Bindung: Elsnerdruck, Berlin
Gedruckt auf chlor- und säurefreiem Papier

ISBN: 3-453-86992-3

http://www.heyne.de

Wir sterben, weil wir die Kräfte
nicht mehr tragen können, die uns tragen.

*Stein Mehren*

# 1

DIENSTAG, 31. JANUAR 1995

Gegen drei Uhr nachmittags fegten die ersten eiskalten Windböen über die Stadt. Ein silbergrauer Toyota Corolla hielt vor dem Britannia Hotel in der Dronningens gate. Der Mann, der aus dem Wagen stieg, verließ diesen eigentlich nie, ohne abzuschließen, doch jetzt wollte er sich nur einiger Briefe entledigen. Rasch überquerte er die Straße und eilte auf das Hauptpostamt zu. Dort warf er die Umschläge in den in die Wand eingelassenen Schlitz, machte auf dem Absatz kehrt und lief zu seinem Auto zurück. Die Wetternachrichten kündigten einen Sturm an, und er freute sich darauf, pünktlich zum Essen zu Hause zu sein.

Die Vorfreude erstarb augenblicklich, als er bemerkte, dass sein Wagen verschwunden war. Er war sich nicht sicher, ob er ihn mit laufendem Motor abgestellt hatte, musste sich jedoch verärgert eingestehen, dass der Schlüssel im Zündschloss stecken geblieben war. Die unangenehme Erkenntnis, dass jemand die günstige Gelegenheit genutzt hatte, sein geliebtes Auto zu stehlen, sowie die Angst, durch diesen unverzeihlichen Fehler seinen Versicherungsschutz eingebüßt zu haben, erzeugte ein merkwürdig taubes Gefühl in seinem Körper. Er warf verzweifelte Blicke in beide Richtungen, obwohl es sich um eine Einbahnstraße handelte. Eine Frau mit Kinderwagen meinte, es könne sich um das Auto gehandelt haben, das unter Missachtung der roten Ampel in die Søndre gate abgebogen war, wollte sich aber nicht festlegen. Den Fahrer habe sie nicht erkennen können.

Der unglückliche und wütende Autobesitzer verständigte die Polizei binnen zwei Minuten, doch es brauchte natürlich seine Zeit, bis die Hüter der Gesetze sich ernsthaft um die Auffindung des Wagens bemühten – zu spät, denn zu diesem Zeitpunkt hatte Roger, ein Zwanzigjähriger, die Søndre gate bereits hinter sich gelassen und war in westliche Richtung weitergefahren, bis er eine Garage in der Sandgata erreichte, in der Frank, dreißig Jahre alt, schon auf ihn wartete. Frank begann sofort damit, die Nummernschilder abzuschrauben und durch andere zu ersetzen. Er benötigte fünf Minuten, um VE 56362 gegen VE 89755 auszutauschen. Das war im Grunde alles, was erforderlich war, um sich eventueller polizeilicher Ermittlungen zu entziehen. In Trondheim wimmelte es nur so von silbergrauen Fahrzeugen desselben Fabrikats.

Roger fühlte sich obenauf, als er Franks anerkennenden Blick wahrnahm. Er hatte den ersten Teil des Jobs mühelos erledigt, zweifelte allerdings nicht daran, dass Frank ihn ebenso gut bewältigt hätte; bestimmt hatte sein neuer Freund erst einmal prüfen wollen, wozu er taugte. Er hatte die Prüfung bestanden, und das gab ihm die Sicherheit, die er brauchte. Roger wäre nie in den Sinn gekommen, dass sich Frank für den Fall eines Scheiterns bewusst außerhalb der Gefahrenzone aufgehalten hatte. Für Roger war Frank ganz klar der Chef, der das Spiel beherrschte.

»Ausgezeichnet. Er hat dich doch nicht gesehen?«

»Nein, nein, ich war um die Ecke, bevor er sich umdrehen konnte.«

»Wie heißt der Typ? Doch wohl kein Promi.«

Roger öffnete das Handschuhfach und sah sich den Fahrzeugschein an. »Anders Krogness.«

»Sicher ein gesetzestreuer Tölpel mit Frau und Kindern. Adresse?«

Roger wusste, warum Frank fragte. Vielleicht wohnte der Halter des Wagens ja zufällig ganz in der Nähe der Bankfiliale, der sie einen Besuch abstatten wollten, und Frank war keineswegs bereit, ein Risiko einzugehen.

»7052 Jakobsli.«

»Ausgezeichnet.« Sein Lieblingswort.

Sie selbst wollten in die entgegengesetzte Richtung. Am Vormittag hatte Frank ihm klar gemacht, wie wichtig es war, auch mit dem Unerwarteten zu rechnen. Sollte alles glatt gehen, durfte nichts dem Zufall überlassen werden. Oft scheiterten brauchbare Vorhaben an ihrer fehlerhaften Planung. Bittere Erfahrung habe ihn gelehrt, dass man aktiv werden musste, solange man noch Ressourcen besaß und bevor Hirn und Geldbeutel leer waren. Hatte Frank gesagt.

Roger stand bereits unter Hochspannung. Die ganze Geschichte war einfach unglaublich. In nicht einmal einer Woche hatte sich sein Lebensgefühl vollkommen gewandelt. Vor sechs Tagen war kaum noch Leben in ihm gewesen. Da hatte er nur noch sterben, sich selbst auslöschen wollen, um sich von den quälenden Gedanken zu befreien, die ihm das Hirn zermarterten. Die ganze Welt schien aus den Fugen geraten und Gott ebenso fern zu sein wie die Frau, die sich seine Mutter nannte. Willentlich hatte er sich ins Dunkel gleiten lassen. Niemand konnte ihm einreden, dass es Mut erfordere, seinen Plan in die Tat umzusetzen. Es erforderte größeren Mut, sich weiterhin ans Leben zu klammern. Sein Dasein war unerträglich geworden und sein früher Tod schien unausweichlich. In der erbärmlichsten aller erbärmlichen Wohnungen hatte er die Musikkassette abgespielt, die ihm am meisten bedeutete, und die er – wegen Heidi – am meisten hasste, ließ seinen Tränen freien Lauf und schüttete den Inhalt der Flasche in sich hinein. Wie in Trance ging er zu der Hölle, die ihn umgab, auf Distanz. Er hatte die Patrone in die Kammer geschoben, einige Worte zu Papier gebracht, ohne zu wissen, an wen sie sich richteten, und die Musik nach und nach immer weiter aufgedreht. Dann ließ er sich in den Sessel sinken, die Flasche im Schoß, die Waffe zwischen den Knien, und gab sich dem betäubenden Heavy Metal hin. Wenn er spürte, dass die Zeit reif war, wenn er aufhörte zu zittern und Dumpfheit und Gleichgültigkeit die Oberhand gewannen, musste er sich nur noch den Lauf in den Mund schieben. Ein leichter Druck mit dem Zeigefinger – mehr war nicht nötig, um die hauchdünne Grenze zwischen Leben und Tod zu überschreiten. Das Blutbad, das er damit anrichten würde, ging ihn nichts mehr an. Vor weniger als einem Jahr hatte Jøran gezeigt, wie einfach es war; er hatte sicher keine Zeit gehabt, Schmerz zu empfinden, als er sich das Licht ausblies. Roger hatte Jøran gefunden.

Rache? Auch das. Wenn sie später nach Gründen suchten, würden sie vielleicht begreifen, dass *sie* es waren, die sein Leben zerstört hatten, und an dieser Erkenntnis eine Weile zu knabbern haben, Heidi inklusive. Doch vor allem konnte er selbst dieses Leben nicht länger ertragen. Jøran hatte ihm den Weg gewiesen.

Genau in dem Moment, als er den Mund öffnete und darauf gefasst war, den metallenen Lauf der abgesägten Waffe an Lippen und Zähnen zu spüren, hatte das Schicksal eingegriffen. Wie sollte man das sonst nennen? Von Gott konnte keine Rede sein, denn sein Lebensretter, das war ihm sofort klar gewesen, hatte mit einem Engel nichts gemein.

Dass Frank, den er nie zuvor gesehen hatte, ins Zimmer stürmte und ihm das Gewehr aus der Hand riss, geschah aus dem einfachen Grund, weil dieser in der Nachbarwohnung mit seiner Freundin Lisa, fünfundzwanzig war sie, gevögelt hatte und danach wegen der dröhnenden Musik nicht einschlafen konnte.

»Ich glaube, du hast es wirklich ernst gemeint«, sagte Frank am Morgen, nachdem Roger wieder einigermaßen bei Sinnen war und sie ihn dazu überredet hatten, dem Leben eine neue Chance zu geben.

Sie hatten ihn zum Reden gebracht, und er hatte sich ihnen anvertraut. Zunächst widerstrebend und stammelnd, dann zunehmend flüssiger und mit hasserfüllter Stimme. Lisa hatte verständnisvoll genickt, während Frank ihn rauchend gemustert hatte. Beide waren entrüstet gewesen, vor allem Lisa. Immer wenn sich seine Augen erneut mit Tränen füllten, hatte sie ihm den Kopf gestreichelt, und Frank hatte es geschehen lassen, obwohl ihm Sentimentalitäten zuwider waren. Hinterher fühlte sich Roger vollkommen leer, aber auch erleichtert. Es tat unglaublich gut, zwei Menschen, die bereit waren, ihm zuzuhören, sein Herz auszuschütten und sein ganzes Elend vor ihnen auszubreiten. Alles Peinliche und Peinigende konnte er endlich loswerden. Nie im Leben hätte er sich Heidi mit derselben Schonungslosigkeit ausliefern können. Ihr gegenüber hatte er stets versucht, den Anschein von Selbstsicherheit und Selbstrespekt aufrechtzuerhalten. Dennoch hatte sie ihn rausgeschmissen, und diese unerwartete Demütigung hatte das Fass zum Überlaufen gebracht. Nach drei Tagen in seiner jämmerlichen neuen Bude in der Sandgata war er am Ende gewesen.

Lisa hatte ihn zu trösten versucht: »Du wolltest dich nicht wirklich töten. Das war nur ein Hilferuf. Du hast die Musik so laut aufgedreht, damit jemand auf dich aufmerksam wird.«

Dieses Gewäsch kannte er von neunmalklugen Psychologen aus Büchern und Zeitungen. Natürlich hatte er sich umbringen wollen! Genau wie Jøran war er so weit unten gewesen, dass er nur noch den Wunsch verspürt hatte, seinem Elend ein Ende zu setzen. Doch er widersprach Lisa nicht; sie meinte es ja nur gut mit ihm. Und alles in allem verstand sie ihn besser als die meisten anderen. Kein Zweifel, dass auch sie und Frank einiges durchgemacht hatten, wenngleich Frank die innere Stärke zu haben schien, alles zu verdrängen, was sein Selbstwertgefühl beeinträchtigen könnte:

»Es gibt nur einen Weg, Roger! Wieder aufzustehen und es noch mal zu versuchen.«

»Denkst du, das hätte ich nicht getan? Aber ich bin so fertig gemacht worden, dass ich am Ende keine Kraft mehr hatte. Hast du verloren, dann hast du verloren!«

»Okay. Aber ein Gewehr kannst du immer auch in die andere Richtung halten. Nenn es meinetwegen Schicksal, aber auf genau so eine Knarre habe ich noch gewartet. Außerdem werde ich dafür sorgen, dass du eine anständige Bezahlung bekommst.«

»Die ist unverkäuflich.«

Frank brach in schallendes Gelächter aus. »Du verstehst mich völlig falsch, ich suche einen Assistenten! Mit zwei Knarren können wir den Bruch machen, den Lisa und ich schon geplant haben.«

»Ich habe noch nie …«

»Aber ich! Hab sogar dafür gesessen. Doch diesmal werde ich keinen Fehler machen. Schicksal, mein Junge. Schicksal!«

Seine Nachbarn hatten ihm, beide auf ihre Weise, ein wenig Selbstvertrauen zurückgegeben. Das musste doch irgendeinen Sinn haben. In größter Not war Frank erschienen und hatte ihm Hoffnung auf bessere Zeiten gemacht. Man musste sein Schicksal selbst in die Hand nehmen, war sein Credo.

Und damit hatten sie bereits angefangen!

Der enge Hinterhof kam ihm nicht weniger deprimierend als seine Wohnung vor. Die meisten Holzhäuser in der Sandgata, die zur Straße hin eine zusammenhängende Fassade bildeten, waren jüngst renoviert worden, nur die verwahrloste Bruchbude des Hausbesitzers T. Olsen blieb eine Schande für das gesamte Viertel. Während der Eigentümer noch halbwegs standesgemäß im ersten Stock mit Seeblick wohnte, lagen die beiden anderen Wohnungen in dem Flügel, der sich entlang des Hinterhofs erstreckte. Sie verfügten zwar über separate Eingänge, dafür aber weder über eine Aussicht noch nennenswertes Tageslicht. Die bräunlich gelben Farbreste, die sich an der Fassade befanden, ließen Roger an getrocknete Tierexkremente denken. Dazu passte der Geruch im Inneren des Gebäudes: muffig, schimmelig und verfault. Vielleicht drangen die Abwässer der Kanalisation ins Erdreich und waren für den ekelhaften Gestank verantwortlich, über den auch die günstige Miete nicht hinwegtrösten konnte. Doch jetzt wollten sie von hier verschwinden, sie alle drei. Ein neues Dasein lockte. Wenn, besser gesagt *falls* sie jemals zurückkehrten, dann nur, um ein paar Gegenstände mitgehen zu lassen und Olsen Bescheid zu geben, dass er sich neue Mieter suchen konnte.

Lisa verstaute einige Taschen mit Proviant und Klamotten im Kofferraum. Dann nahm sie mit der Adidastasche, in der sich drei schwarze Jogginganzüge befanden, auf dem Rücksitz Platz. Als Roger den Wagen aus der Einfahrt rollen ließ, saß Frank sichtlich entspannt neben ihm.

»Fahr du«, hatte er gesagt. »Ich muss ein paar Monate ohne meinen Lappen auskommen, und wer weiß, ob wir nicht in eine Kontrolle geraten.«

Allein die Tatsache, dass sie sich von dem Gebäude entfernten, empfand Roger als Befreiung. Sie hatten sich die letzten Tage im Schutz der Wohnungen aufgehalten, und niemand hatte nach ihnen gefragt. Lisa hatte die nötigen Einkäufe erledigt, während Frank das Gerücht in Umlauf gesetzt hatte, sie befänden sich in Oslo. Dorthin waren sie am Sonntagabend vorgeblich abgereist. Der stocktaube Olsen ahnte nicht, dass sich seine Mieter immer noch in ihrer Wohnung aufhielten. Solange sie pünktlich bezahlten, war ihm das auch vollkommen gleichgültig. Frank hatte einen Kumpel in Torshov, der ihnen gegebenenfalls ein Alibi verschaffen konnte. Aber das würde nicht notwendig werden. Diesmal war alles so perfekt geplant, dass die Bullen keine Spuren finden konnten. Und falls doch, dann würden sie in die falsche Richtung weisen. Dafür hatte Frank gesorgt.

»Ah, was für ein Sturm!«, rief er aus und deutete über den Fjord, als sie bei Skansen über die Eisenbahnbrücke fuhren. Sie erblickten einen Frachter, der durch die hohen Wellen schlingerte.«

»Hilft der uns weiter?«

»Ja, der kommt wie gerufen.«

Roger fuhr den Osloveien hinunter, der aus der Stadt herausführte. Sie passierten die Eisenbahnreparaturwerkstatt in Marienborg und fuhren am Fluss namens Nidelv entlang. Er fühlte sich in der Form seines Lebens. Einen solchen Höhenflug hätte er nach dem dunkelsten Kapitel seines Daseins nicht für möglich gehalten. Noch vor wenigen Wochen hätte er die Beteiligung an einem so wahnwitzigen Vorhaben wie einem Banküberfall strikt verweigert. Doch jetzt fand er nichts Außergewöhnliches mehr daran. Natürlich hatte er sich eine Weile geziert, aber nachdem ihm Lisa, die im Grunde ganz normal und Vertrauen erweckend aussah, klar gemacht hatte, wie leicht es war, eine Bankfiliale auszurauben, hatte er Blut geleckt. Sie hatte ihn darüber aufgeklärt, wie wenige es waren, die sich erwischen ließen – »Profis kommen immer durch« –, hatte ihn mit ihren klaren, hungrigen Augen fixiert und ihm erläutert, dass Franks Plan mit neunzigprozentiger Sicherheit gelingen würde. »Die restlichen zehn Prozent riskiere ich eben, und das solltest du auch tun. Was haben wir schon zu verlieren!« Er hatte genickt und eingesehen, wie Recht sie hatte. Und als Frank daraufhin eine Skizze zu Papier brachte und die Vorgehensweise erläuterte, begriff Roger, dass dies seine große Chance war. Hatte er davon nicht immer geträumt, es allen zu zeigen und sich ein für alle Mal auf die Sonnenseite des Lebens zu schlagen?

Zwar bebte er innerlich, aber das taten die anderen sicherlich auch. Vor gespannter Erwartung natürlich, nicht vor Angst.

»Nein, nicht die E6, wir nehmen die alte Landstraße Richtung Heimdal«, sagte Frank, als Roger abbiegen wollte.

Vor ein paar Tagen hatte es heftig geschneit, zum ersten Mal in diesem Winter. Aber das Auto hatte gute Reifen und Roger keine Probleme, die kurvige Straße bergauf zu fahren, obwohl er mit dem Wagen nicht vertraut war. Das ziemlich neue und gut ausgestattete Fahrzeug fuhr wie von allein. Er hatte seinen Führerschein beim Militär gemacht, bevor ihn ein Arzt wegen gewisser »psychischer Auffälligkeiten« für nicht fahrtauglich erklärte. Hätten seine verhassten Vorgesetzten nur gewusst, was für einen Gefallen sie ihm damit taten!

Frank fingerte an einem kleinen Radio herum, das in seinem Schoß lag. Er hatte es in Schweden mitgehen lassen und behauptete, es könne, im Gegensatz zum Autoradio, auch Polizeifunk empfangen. Auf diese Weise würden sie erfahren, wie viel Arbeit die Bullen darauf verwendeten, den Corolla aufzuspüren. Hin und wieder hörten sie schwer verständliche Anweisungen, und Roger begriff, dass Frank nicht gelogen hatte. Dass der Empfang so schlecht war, lag sicher an dem hügeligen Gelände.

Sie brauchten zwölf Minuten bis zum Bahnhof von Heimdal. Dank Rogers schneller Arbeit bei der Beschaffung des Wagens waren sie eine halbe Stunde früher dran als geplant, doch Frank meinte, es sei in jedem Fall richtig gewesen, sofort loszufahren, falls Olsen doch früher nach Hause käme und bemerkte, dass seine Mieter erst heute nach Oslo aufbrachen. Die Bankfiliale schloss um 16 Uhr. Erst danach wollten sie zuschlagen. Dieser Überfall sollte aus dem Hinterhalt stattfinden und dem Personal keine Gelegenheit bieten, den Alarm auszulösen. Zumindest nicht, bevor die Bankräuber die Filiale wieder verlassen hatten. Frank hatte zugegeben, dass er rein zufällig auf die Idee gekommen war. Im Herbst, bevor er zu Lisa gezogen war, hatte er sich in Heimdal eine Wohnung gemietet, die dem Hintereingang der Bank gegenüberlag. Ihm war aufgefallen, dass die Bankangestellten die Filiale nach Geschäftsschluss immer in einer bestimmten Reihenfolge verließen. Ob dies geplant oder ein Zufall war, spielte keine Rolle. Die drei weiblichen Angestellten gingen zuerst, manchmal nacheinander, manchmal gemeinsam, und verschwanden zu Fuß oder auf ihren Fahrrädern. Es dauerte immer ein paar Minuten, bis der Filialleiter ihnen folgte und in seinen alten Audi stieg. Vermutlich benötigte er die Zeit unter anderem, um die Geldkassetten im Safe unterzubringen.

Die äußeren Bedingungen waren Frank zufolge ganz ausgezeichnet. Um 16 Uhr war es immer noch hell, doch dank der vorspringenden Fassade war der Hinterausgang von den Fenstern, die sich auf der anderen Seite des Platzes befanden, nicht zu sehen. Unter diesem Vorsprung konnten sie sogar unbemerkt den Corolla parken. Als Kunde der Bank – zwei der weiblichen Angestellten kannten ihn persönlich – hatte Frank auch den Schalterraum unter die Lupe genommen. Er wusste, wo sich die Videokameras befanden und hatte durch eine offene Tür gesehen, dass der Safe in die Wand eines Hinterzimmers eingelassen war.

Roger lenkte den Wagen an der Bank vorbei und ließ sich von Frank in eine Seitenstraße dirigieren, die ihnen Gelegenheit gab, einen Blick über den offenen Platz zu werfen.

»Schau genau hin, aber halt nicht an!«

Einige Autos parkten am Straßenrand, doch es waren keine Menschen zu sehen. Weil Frank zuvor eine Skizze des Bankgebäudes gezeichnet hatte, erkannte Roger sofort den Vorsprung in der Fassade, ohne das Tempo nennenswert drosseln zu müssen. Er erhaschte sogar einen Blick auf den Audi des Filialleiters.

»Okay, wir fahren ein bisschen spazieren und rauchen erst mal eine.«

Sie parkten auf dem Weg nach Byneset hinter einem

Stapel aufgeschichteter Holzstämme. Dort öffnete Lisa die Adidastasche, in der sich die schwarzen Jogginganzüge befanden. Später sollte sie mit Geldbündeln gefüllt werden. Sie stiegen aus, zogen sich um und sahen danach aus wie drei durchtrainierte junge Sportler. Die Buchstaben auf ihren Rücken wiesen darauf hin, dass sie einem bekannten Osloer Sportverein angehörten. Das passte zwar nicht unbedingt zu den Zigaretten, die sie sich drehten und anzündeten, doch es waren ohnehin keine Leute in ihrer Nähe.

»Nervös, Roger?«

Franks Stimme klang ein wenig angespannter als zuvor.

»Ein bisschen.«

»Denk dran: Entschlossenes Auftreten und Osloer Dialekt! Wir machen eine Probe.« Frank pikste Roger mit dem Zeigefinger in die Brust. »Du zuerst.«

»Was soll ich sagen?«

»Hände hoch!«

»Hände hoch!«, wiederholte Roger.

»Herrgott, du hörst dich an wie ein kleiner Junge, der um Süßigkeiten bittet.«

»Hände hoch, ihr Wichser, sonst schieß ich euch die Eier weg!«, rief Lisa.

»Siehst du, Roger? So muss sich das anhören.«

Sie lachten alle drei, und Roger spürte, wie sie sich entspannten. Er wollte gar nichts sagen, wenn es so weit war. Das konnten die beiden anderen erledigen. Ein Windstoß veranlasste sie, wieder Zuflucht im Wagen zu suchen. Die Bank würde bald schließen, doch Frank wollte nicht, dass sie früher dort auftauchten als unbedingt nötig.

»Die Gewehre«, sagte er, während er seine Zigarette ausdrückte. »Wo hast du die Gewehre, Lisa?«

»Das fragst du mich?«, kam es nervös vom Rücksitz.

Roger zuckte zusammen. Ohne Waffen konnten sie alles vergessen. Erst als er in Franks grinsendes Gesicht blickte, begriff er, dass er sie zum Narren hielt.

»War nur ein Test. Was würdet ihr ohne mich machen? Du müsstest dich doch zumindest erinnern, dass ich die Knarren in den Kofferraum gelegt habe, Roger.«

Jetzt erinnerte er sich daran. Offensichtlich hatte er für Franks Humor mehr übrig als Lisa.

»Lass den Quatsch!«, sagte sie scharf.

Eine Weile saßen sie schweigend da, während Frank den Polizeifunk abhörte. Inzwischen hatte jemand den Diebstahl eines Toyota Corolla XLi gemeldet, doch ansonsten schien sich die Polizei hauptsächlich um die Verkehrsüberwachung zu kümmern. Selbst ohne heftigen Niederschlag gab es offenbar Probleme durch Schneeverwehungen auf den Fahrbahnen. Frank erzählte einen lausigen Witz, und Roger begriff, dass sein neuer Freund nur eines im Sinn hatte – ihnen die Nervosität zu nehmen. Vielleicht wollte er auch bloß sich selbst beruhigen. Lisa hatte Roger gestern Abend zugeflüstert, dass ihr Freund ziemlichen Schiss vor dem Überfall habe, auch wenn er nach außen hin so gelassen tat. Was allerdings nur von Vorteil sei, meinte sie, denn das würde ihn davon abhalten, unnötige Risiken einzugehen. Jeder einzelne Schritt sei wohl überlegt.

»Los geht's!«, sagte Frank.

Roger drehte den Zündschlüssel und enthielt sich weiterer Kommentare.

# 2

Im Übereifer würgte er den Motor ab. Er fürchtete, Frank würde ihn zurechtweisen, doch dieser schwieg. Fünf Minuten später sahen sie die Rückseite des Bankgebäudes, auf der es nur ein Fenster gab. Als Roger auf der gegenüberliegenden Seite des Platzes – nur wenige Meter von Franks früherer Wohnung entfernt – anhielt und den Motor abstellte, zeigte die Uhr am Armaturenbrett genau 16 Uhr. Es hatte bereits zu dämmern begonnen, doch was ihnen in erster Linie zugute kam, war der Wind. Die wenigen Passanten, die sich auf der Straße aufhielten, waren vollauf damit beschäftigt, sich durch das Schneegestöber zu kämpfen, und achteten nicht auf parkende Autos.

Alle drei fassten das Ziel ihres Vorhabens ins Auge.

»Da kommt schon die erste Schlampe.«

Eine stämmige Frau tauchte unter dem Vorsprung auf und drückte sich eng an der Wand entlang, bis sie die Ecke des Gebäudes erreichte, an der sie ein Windstoß erfasste und sofort auf die Straße trieb.

»Da kommen die beiden anderen.«

Die Frauen zogen ihre Mäntel eng um sich und gingen auf einen kleinen Fiat neueren Datums zu.

»Da schau her, Frau Berg hat wohl eine Gehaltserhöhung bekommen. Hoffentlich wird die nicht rückgängig gemacht, wenn wir hier fertig sind.«

Roger beobachtete die beiden Frauen, die im Wagen

Platz genommen hatten. Sie fummelten eine Ewigkeit an den Sicherheitsgurten herum, bevor endlich die Scheinwerfer aufflammten.

»Jetzt, Frank?«

»Wart, bis sie weg sind. So eilig haben wir's auch wieder nicht.«

Roger startete den Wagen und ließ ihn auf den kleinen Parkplatz rollen, der sich neben der Bank befand. Der alte Audi war nicht das einzige Auto, das dort parkte, was zu dieser Tageszeit nicht verwunderlich war. Er hatte die Kurve zwar richtig berechnet, jedoch Schwierigkeiten mit dem Zurücksetzen und musste umständlich rangieren, um schließlich so nah an der Wand zu stehen, wie Frank es von ihm verlangte. Als die hintere Stoßstange ungefähr einen halben Meter von der Tür entfernt war, stellte er den Motor ab und entriegelte von innen den Kofferraumdeckel. Frank strich sich mit dem Finger über die Lippen. Er und Roger stiegen aus, schlossen die Türen so leise wie möglich und eilten zum Heck des Wagens. Nachdem Frank den Kofferraumdeckel geöffnet hatte, konnten sie beinahe aufrecht stehen, ohne vom Parkplatz aus gesehen zu werden. Und wenn der Filialleiter uns bereits durch das Fenster beobachtet hat?, dachte Roger. Im Kofferraum lagen die Wollmasken neben den schwarzen Handschuhen und den Waffen. Sie zogen sich die Masken über den Kopf. Lisa hatte die Öffnungen so weit verengt, dass nur noch die Augen sichtbar waren. Sie saß immer noch im Wagen, weil hinter diesem gar nicht genug Platz für alle war, wenn der Filialleiter nach draußen trat, um die Tür abzuschließen. Sie waren darauf angewiesen, dass er durch diese Tür kommen würde, denn eine andere Gelegenheit, ins Haus einzudringen, hatten sie nicht. Jetzt blieb ihnen nur eines zu tun:

abzuwarten, bis der Filialleiter seine Aufräumarbeiten beendet hatte und endlich geruhte, nach Hause zu fahren. Frank hatte gesagt, dies dauere in der Regel nur fünf Minuten, doch für Roger schien die Zeit stillzustehen. Was ist, wenn der Filialleiter heute Überstunden macht?, ging es ihm durch den Kopf. Bisher war alles gut gegangen, doch jetzt spürte er, wie sein Puls in die Höhe schnellte. *Eigentlich sollte ich gar nicht hier sein. Eigentlich wäre ich schon tot.* Er konnte immer noch Nein sagen, das Gewehr wegwerfen und sich aus dem Staub machen. Sich von Frank und seinem wahnwitzigen Vorhaben distanzieren. Ein neues und besseres Leben beginnen. Aber wie nur? Hatte er denn schon vergessen, dass er Frank die Möglichkeit auf ein besseres Leben verdankte? Sie standen auf verschiedenen Seiten des Wagens und schauten sich in die Augen. Der Mann, den er anblickte, sah mit seiner schwarzen Kleidung und dem Gewehr in der Hand ziemlich bedrohlich aus. Vermutlich so wie er selbst: vermummt, gefährlich und Furcht einflößend – fast wie im Film. Der einzige Unterschied zwischen ihnen war, dass Frank zehn Zentimeter größer war als er und ein doppelläufiges Gewehr hatte. Seine Hand krampfte sich um den Schaft der eigenen Waffe, und je härter er zupackte, desto heftiger schlug sein Herz. Wann kam der verdammte Geschäftsführer endlich heraus?

Dann hörten sie ein Geräusch. Ein Geräusch, das lauter war als das Pfeifen des Windes und nicht aus dem Inneren der Bank, sondern vom Platz her kam.

Herrgott, die Operation verlief alles andere als nach Plan. Auch Frank war auf das Brummen des Motors aufmerksam geworden. Roger überließ es ihm, der Ursache auf den Grund zu gehen, und sah Frank durch den Spalt zwischen Auto und Hauswand spähen. Lisa hatte vom Rücksitz aus die beste Sicht. Sie selbst war wegen des geöffneten Kofferraumdeckels nicht zu sehen, hatte aber zweifellos die Tür einen Spalt breit geöffnet, denn er hörte sie etwas flüstern. Frank nickte und stellte sich wieder an seinen alten Platz gegenüber von Roger. Er schüttelte schwach den Kopf, um zu signalisieren, dass keine Gefahr im Verzug war. Das Auto hatte ein anderes Ziel als die Bank.

Im nächsten Augenblick hörte er ein weiteres Geräusch, und diesmal kam es von innen. Wie gebannt starrte er auf die sich senkende Türklinke. Es war so weit. Jetzt war es für einen Rückzug zu spät. Nun würde sich zeigen, wozu er taugte. Der perfekte Überfall. Ausgerechnet in diesem Moment begann er so sehr zu zittern, dass er fast das Gewehr hätte fallen lassen.

Er trat unwillkürlich einen Schritt zurück, um die aufschwingende Tür nicht gegen den Kopf zu bekommen. Es war Frank, der auf der richtigen Seite stand. Er, der sah, wie die Tür sich immer weiter öffnete. Er, der die Initiative ergreifen musste.

»Hände hoch!«, rief er erwartungsgemäß. Roger tat es ihm nach, darauf vorbereitet, einem verschreckten Mann mit ängstlichem Blick zu begegnen. Doch zu seiner Überraschung erschien in der Türöffnung ein kleines Mädchen mit marineblauem Anorak, das kaum älter als sieben, acht Jahre sein konnte. Das unnatürlich braune Gesicht wirkte mehr verwundert als ängstlich.

»Papa, da will jemand mit dir sprechen!«, rief es.

Frank drehte sich zu Roger und fauchte: »Hol Lisa!«

Roger gehorchte verwirrt, öffnete die Tür zum Rücksitz und rief: »Komm raus, der Filialleiter hat offenbar seine Tochter dabei!«

Lisa zog sich augenblicklich ihre Maske über den Kopf, griff sich die Adidastasche und sprang aus dem

Wagen. Als sie den schmalen Gang betraten, sahen sie, dass Frank sein Gewehr auf das Kind richtete. Ein korpulenter Mann mit halb zugeknöpftem Mantel tauchte in der Türöffnung auf. Auch sein Gesicht war braun gebrannt – Vater und Tochter kamen offensichtlich direkt aus dem Urlaub.

»Hände hoch!«

Der Filialleiter kam der Aufforderung nur zögerlich nach, als könne er nicht glauben, dass so etwas in seiner Bank möglich war. »Wenn dies ein Scherz sein soll …«

»Du kannst Gift darauf nehmen, dass dies ein Überfall ist!«, schrie Frank.

Erst jetzt bekam das Mädchen wirklich Angst. Sie drückte sich an den Vater und starrte ihn mit großen Augen flehentlich an.

»Geh zu Mama«, sagte der Filialleiter. »Ich kümmere mich um die Herrschaften.«

Die Mutter ist auch da, dachte Roger erschrocken. Frank hatte ihnen versichert, dass der Mann allein sein würde. Stattdessen schien sich der Überfall zu einer grotesken Familienangelegenheit zu entwickeln. Am liebsten hätte er sich klammheimlich verdrückt, doch Lisa hatte die Hintertür schon geschlossen. Sie flüsterte ihm ins Ohr:

»Lauf hinter ihr her und pass auf, dass die Mutter nicht die Bullen anruft.«

Doch Frank hatte sich bereits an ihre Fersen geheftet, woraufhin Roger seine Waffe auf den Filialleiter richtete. Der hatte offenbar den Ernst der Lage erkannt und streckte die Hände über den Kopf. Die Bräune war aus seinem Gesicht gewichen. Roger fühlte sich obenauf. Der Typ war ein Waschlappen, ein verdammter Kapitalist, der einen Denkzettel verdiente. Er machte eine Geste mit dem abgesägten Lauf, und der Mann gehorchte auf der Stelle, bewegte sich mit vorsichtigen Seitenschritten in das angrenzende Büro, dessen Fenster auf den Platz hinausging. Wie leicht alles war!

Die Mutter, ebenfalls mit sonnengebräuntem Gesicht und einem moosgrünen Mantel, drückte sich an einen Aktenschrank und hatte ihre Armen beschützend um das Mädchen geschlungen.

»Sind noch mehr von euch hier?«, knurrte Frank.

Der Filialleiter schüttelte den Kopf.

»Also rück das Geld raus. Jede einzelne Krone.«

»In der Kasse sind keine großen …«

»Ich scheiß auf das Kleingeld. Ich meine den Safe!«

»Tu, was er sagt, Jens.« Das resolute Kommando kam von der Frau.

»Ja, tu, was Mama dir sagt, Jens. Und wenn du versuchst, den Alarm auszulösen, dann knallt's!«

Als der Mann gehorsam nickte, begriff Roger, dass ihnen der Zufall in die Hände spielte. In Gegenwart von Frau und Kind würde der Filialleiter gar nicht erst versuchen, den Helden zu spielen. Von nun an waren Vater, Mutter und Kind hilflose Marionetten, die an den Fäden der Puppenspieler hingen. Frank und er konnten sie nach Belieben tanzen lassen.

»Der Safe ist im Raum nebenan.«

»Weiß ich, also los!«

Frank stieß ihm sein Gewehr in den Rücken. Der Filialleiter stolperte auf den Gang hinaus. Lisa folgte ihm mit der Tasche. Roger stellte sich neben das Fenster. Dank seiner zwei Komplizen hatte er den leichtesten Job. Eigentlich hatte Lisa am Fenster stehen und den Parkplatz kontrollieren sollen. In regelmäßigen Abständen warf er einen Blick nach draußen, behielt aber in erster Linie Mutter und Tochter im Auge. Sein Zeigefinger lag am Abzug, doch er zielte nicht auf sie. Die Mutter stand stocksteif da und starrte ihn an. Ihre Haare wirkten ebenso sonnengebleicht wie die ihrer Tochter, doch ihre Augen waren dunkel und hasserfüllt. Er vermutete, dass ihr Herz vor Angst raste. Sein eigenes Herz pochte ebenfalls ziemlich rasch. Würde sie später in der Lage sein, eine genaue Beschreibung des bedrohlichen Manns mit dem Gewehr abzugeben? Nein, die Maskierung war so perfekt, dass sich jeder darunter hätte verbergen können. Zwei blaue Augen in den Schlitzen verrieten so gut wie nichts.

Draußen rollte ein Ford Sierra vom Parkplatz. Ein Windstoß fegte den Schnee beiseite, der darunter gelegen hatte. Er hörte Franks Kommando aus dem Nebenzimmer. Niemand wäre darauf gekommen, dass Frank aus Trondheim stammte, so perfekt imitierte er den Osloer Dialekt. Das Mädchen begann zu weinen.

»Wird er uns erschießen, Mama?«

»Hab keine Angst, Merete, er will uns nichts tun. Bleib ganz ruhig, dann geht alles gut.«

»Du hast gesagt, dass wir nach Hause fahren!«

»Bald, Merete, bald.« Die Mutter hob den Kopf und schaute Roger flehentlich an. »Kann sie nicht solange draußen warten?«

Fast musste er lachen. Was bildete sich diese Frau nur ein? Glaubte sie etwa, alles sei nur ein Scherz? Er antwortete nicht, schüttelte aber entschieden den Kopf. Verlieh seiner Ablehnung Nachdruck, indem er die Waffe ein wenig hob. Die Frau zog das Mädchen enger an sich und strich ihr über den Kopf. Dennoch redete sie weiter. Ihre Stimme zitterte nicht einmal:

»Warum tun Sie so etwas? Wissen Sie nicht, was für einen Schaden Sie bei einem kleinen Kind anrichten können?«

Als das nichts nutzte, versuchte sie es anders:

»Ich bin sicher, dass Sie noch jung sind. Das ganze Leben liegt vor Ihnen. Warum zerstören Sie Ihre Möglichkeiten? Sie wissen doch genauso gut wie ich, dass die meisten Bankräuber geschnappt werden und im Gefängnis landen.«

Die Frau in dem grünen Mantel war offenbar mutiger als ihr Mann. Oder sie begriff nicht, wie gefährlich ihr Verhalten in dieser Situation war. Höchste Zeit, sich Respekt zu verschaffen.

»Wenn Sie Ihr Gewehr weglegen, wird man das zu Ihren Gunsten auslegen«, argumentierte sie.

Da verlor Roger die Geduld und schrie sie an: »Halt die Schnauze, du alte Schlampe!«

Das wirkte. Die Frau zuckte zusammen und presste die Lippen aufeinander. Verstand offensichtlich, dass ihr weitere Argumente nichts einbrachten. Schweigend streichelte sie ihrer Tochter den Kopf. Erneut warf Roger einen Blick aus dem Fenster. Der Wind schien sich fast gelegt zu haben. Es war auch ein wenig dunkler geworden. Nur ein wenig, aber es führte doch dazu, dass die Straßenlaternen angeschaltet wurden. Ihm war nicht wohl in seiner Haut. Lieber wäre er im Nebenzimmer gewesen, in dem etwas geschah, in dem der Filialleiter inzwischen hoffentlich den Safe geöffnet hatte. Er musste darauf vertrauen, dass Frank und Lisa gute Arbeit leisteten. Wie groß würde ihre Beute sein? Eine halbe Million? Eine ganze? Vielleicht noch mehr? Vielleicht genug, um …

Er zuckte zusammen.

Ein unheilschwangeres Geräusch kam näher und gellte in seinen Ohren, das schlimmste aller Geräusche, das, vor dem er am meisten Angst gehabt hatte. Eine Sirene. In seinen Träumen hatte er sie gehört. Die Sirene eines Polizeiautos. Rasch wurde sie lauter, dröhnte in seinem

Kopf und trieb ihm kalten Schweiß auf die Stirn. Die Bullen kamen. Der verdammte Filialleiter musste unbemerkt den Alarm ausgelöst haben.

Lisa erschien in der Türöffnung.

»Siehst du was?«

»Nein.«

Als ginge ihnen in diesem Moment derselbe Gedanke durch den Kopf, wandten beide ihre Köpfe ruckartig zur Frau des Filialleiters um. Diese schien nicht minder erschrocken, und Roger begriff, warum. Sie hatte gedacht, dass die Bankräuber sie in Ruhe lassen und sich aus dem Staub machen würden, sobald sie die Beute verstaut hatten. Jetzt rechnete sie offenbar mit einem möglichen Geiseldrama mit den schlimmsten Folgen für ihre kleine Familie.

Während Lisa sich ans Fenster stellte, um hinauszusehen, war Roger wie gelähmt und konnte seinen Blick nicht von Mutter und Tochter wenden. *Eigentlich wollte ich gar nicht mitmachen.* Er krümmte die Zehen zusammen, während das Geräusch zu einem ohrenbetäubenden Crescendo anschwoll.

# 3

Als das Heulen schwächer wurde und einen völlig anderen Charakter annahm, wurde Roger beinahe übel vor Erleichterung. Das nannte man Dopplereffekt, so viel wusste er. Der Einsatzwagen war an der Vorderseite der Bank vorbeigefahren und entfernte sich. Dass ihm der Schweiß nicht in die Augen lief lag daran, dass er von dem Stoff über der Stirn aufgesaugt wurde. Das Mädchen hatte aufgehört zu weinen. Es glotzte Lisa an, die sich zu Roger umdrehte und ihm einen freundschaftlichen Stoß gab. Aus Erleichterung, glaubte er. Roger schluckte den Kloß hinunter, der sich in seinem Hals gebildet hatte, und spürte die Feuchtigkeit seiner Handflächen in den Handschuhen. Und als er von einem Bein auf das andere trat, bemerkte er, wie weich seine Knie geworden waren. Er verfluchte denjenigen, der die Polizei oder einen Krankenwagen verständigt hatte. Beim nächsten Schreck würde er vor Angst umkommen.

Lisa lief aus dem Zimmer, war aber im nächsten Moment zurück und winkte die Geiseln mit der Hand zu sich. »Schnell jetzt!«

Die Frau legte dem Kind den Arm um die Schultern und führte es zur Tür. Sie folgten Lisa auf den Flur und in das Nebenzimmer hinein. Roger, der hinter ihnen herging, blieb in der Türöffnung stehen. Der Anblick, der sich ihm bot, war keineswegs überraschend. In dem spärlich eingerichteten Raum war nur sehr wenig Platz. Die hellgrünen Wände hatten keine Fenster. Die Tür des Tresors stand offen. Der untersetzte Filialleiter hatte seinen Mantel über den einzigen Stuhl des Raumes gelegt. Er stand kerzengerade da und ließ die Hände schlaff herunterhängen, als müsse er sich von schwerer Arbeit erholen. Frank hatte sicher nur zugeschaut, während der Mann die Geldbündel aus dem Safe geholt hatte. Dem Filialleiter huschte ein Lächeln übers Gesicht, als er sah, dass Frau und Tochter unversehrt waren. Sie stellten sich neben ihn. Frank nahm die Tasche und trug sie auf den Gang hinaus. Sie schien nicht mehr leer zu sein.

»Schieß, wenn sie Schwierigkeiten machen!«, sagte er zu Roger.

Zusammen mit Lisa trat er auf den Gang hinaus. Roger rechnete damit, dass sie noch das Geld, das sich möglicherweise in den Kassen im Schalterraum befand, mitgehen lassen wollten. Frank hatte anfangs zwar gesagt, er scheiße auf das Kleingeld, aber jetzt schien er es sich anders überlegt zu haben. Weil die Ausbeute bisher enttäuschend war? Weil seine Gier überhand genommen hatte? Herrgott, sie sollten sehen, dass sie die Kurve kriegten, bevor doch noch jemand Alarm auslöste und ihre Träume zunichte machte. Die nächste Sirene konnte ihnen gelten.

Glücklicherweise schienen die drei Menschen, die sich eng aneinander drückten, um ihr Leben zu fürchten. Er sah keinen Anlass mehr, sie zu zwingen, die Hände nach oben zu halten. Das Mädchen hatte aufgehört zu schluchzen. Es stellte sich auf die Zehenspitzen und flüsterte seinen Eltern etwas zu. Sie erschießen? Nein, es würde nicht einmal notwendig sein, einen Warnschuss abzugeben. Frank konnte das unmöglich ernst gemeint haben. Doch wusste er eigentlich, wie weit dieser in einer prekären Situation gehen würde? Dieser Gedanke ließ ihn frösteln. Er respektierte und bewunderte Frank, der ihn vor dem sicheren Tod bewahrt hatte. Dennoch lag etwas Finsteres und Bedrohliches in seinem Blick, das ihm Angst machte. Was war mit ihm selbst, Roger Dalvang? War er viel besser? Vor nicht einmal einer Woche hatte er – nach reiflicher Überlegung – das Gewehr auf sich selbst gerichtet, um seinem Leben ein Ende zu machen. Aber das war etwas ganz anderes gewesen. Eigentlich sollte er nicht zulassen, dass Eltern und Tochter miteinander tuschelten; der Filialleiter konnte dies als Zeichen der Schwäche deuten.

»Was sagt die Kleine?«

Der Klang seiner Stimme ließ sie zusammenschrecken, was ihm gut gefiel. Er hatte sie unter Kontrolle.

»Sie sagt nur, dass die Frau Lisa heißt«, antwortete die Mutter.

»Hm.«

Das Mädchen hatte offenbar gut aufgepasst, als sie unvermutet in der Tür gestanden und Frank ihn aufgefordert hatte, Lisa zu holen. Doch erst als der Filialleiter seiner Frau einen warnenden Blick zuwarf, begriff Roger, was es bedeutete, dass Frank in seiner Erregung den Namen einer Komplizin ausgeplaudert hatte. Damit hatte die Polizei einen ersten Anhaltspunkt bei der Fahndung nach ihnen. Frank war bei weitem nicht so professionell, wie er vorgab. Er hatte sie zu größter Wachsamkeit angehalten, und dann beging er selbst bei der ersten Gelegenheit einen so kapitalen Fehler. Dieses eine Wort konnte ausreichen, um sie alle hinter Schloss und Riegel zu bringen.

Jetzt hatte er nicht nur kalten Schweiß auf der Stirn,

sondern spürte, wie ihm kleine Bäche aus den Armhöhlen hinunterliefen. Ihm war klar, dass er Frank, der gesagt hatte *Schieß, wenn sie Schwierigkeiten machen*, warnen sollte. Er blieb im Türrahmen stehen und trippelte auf der Stelle, vor Unschlüssigkeit – und vor Angst. Was war, wenn Frank beschloss, die drei wegen seines Leichtsinns – seines eigenen Leichtsinns! – einfach umzubringen?

Der Filialleiter hatte den Kopf gehoben und blickte ihn mit sonderbarem Ausdruck an. Ahnte er, dass Roger in diesem Moment mit seinem Gewissen rang?

Roger entschloss sich zu schweigen, zumindest vorläufig. Lisa war doch ein ziemlich geläufiger Name. Wenn sie nur endlich fertig würden und die verdammten Münzen liegen ließen. Die ganze Aktion war sehr viel schlimmer, als er sie sich vorgestellt hatte. Obwohl sie als Angreifer die Oberhand hatten, piesackte ihn die Angst wie eine Horde aufgeschreckter Ameisen. Innerhalb der Familie wurde kein Wort mehr gewechselt. Sie schauten ihn bloß ernst und anklagend an, starrten so, dass sein Zwerchfell schmerzte und die Wut in ihm hochkochte. Kein Laut war zu hören. Keine Uhr tickte, um zu signalisieren, dass die Zeit verstrich. Nicht ein Laut ... Eine neue Angst hatte ihn im Nacken gepackt – was war, wenn Frank und Lisa gar nicht nach Kleingeld suchten? Wenn sie die Bank durch den Vordereingang verlassen hatten und sich längst im Auto befanden, um von hier zu verschwinden? Für den Bruchteil einer Sekunde sah er den Corolla in Richtung Süden fahren, Frank lächelnd am Steuer, Lisa lächelnd neben ihm und die Geldtasche auf dem Rücksitz. Lächelnd, weil sie keine Verwendung für den Amateur Roger Dalvang mehr hatten. Er umfasste die Waffe noch fester, packte zu, um nicht die Besinnung zu verlieren. Aber das reichte nicht aus. Er musste nachschauen, ob sie ihn nicht im Stich gelassen hatten. Schon wollte er Frank! rufen, hütete sich aber im letzten Moment davor, dessen Fehler zu wiederholen. Im Grund konnte er sich bei dem kleinen Mädchen bedanken, das plötzlich die Stille gebrochen hatte:

»Mama, ich muss aufs Klo.«

Im selben Moment hörte er rasche Schritte näher kommen. Es war vorbei. Endlich konnten sie fahren.

Frank, die Adidastasche in einer, das Gewehr in der anderen Hand, stieß ihn zur Seite und auf den Gang hinaus.

»Gibt es einen Schlüssel zu diesem Raum?«, fragte er.

Der Filialleiter deutete auf die Tür.

»Der Schlüssel steckt. Aber bitte schließen Sie uns hier nicht ein. Wir kriegen keine ...«

»Für wie blöd halten Sie uns eigentlich?«

»Ich bitte Sie. In diesem Raum gibt es keine Frischluftzufuhr. Wir werden ersticken.«

»Ein Kerl wie Sie wird die Tür schon irgendwann aufbekommen.«

»Ich flehe Sie an! Die Kleine muss mal ...«

»Nur zu.«

Frank gab Roger die Tasche. Mit der freien Hand begann er die Tür zuzuziehen. In diesem Moment machte die Frau des Filialleiters einen unüberlegten Sprung nach vorne, um ihn daran zu hindern. Frank trat einen Schritt zur Seite, ließ die Klinke los und riss die Waffe hoch. Der kurze Doppellauf der Flinte traf die Frau genau an der Nahtstelle zwischen Mantelkragen und nacktem Hals. Sie sank zu Boden und blieb reglos auf dem Bauch liegen.

»Verdammte Schlampe!«, schrie Frank.

Während sich der Filialleiter zu seiner Frau hinunterbeugte, knallte Frank die Tür zu und drehte den Schlüssel um. Roger brachte keinen Ton heraus und wollte nichts wie weg.

Als Lisa die Tür nach draußen öffnete, blies ihnen der Wind ins Gesicht, der in der Zwischenzeit den Kofferraumdeckel zugeschlagen hatte, aber das spielte jetzt keine Rolle mehr. Lisa warf die Tasche auf den Rücksitz und sprang hinterher, während sich die beiden anderen ebenso schnell auf ihre Sitze warfen. Auf dem offenen Platz waren keine Menschen zu sehen. Nur der Audi stand neben zwei anderen Wagen am Straßenrand. Rogers Hände zitterten so sehr, dass er sie nicht klar erkennen konnte. Sein ganzer Körper schien unter Strom zu stehen. Es wunderte ihn, dass er überhaupt in der Lage war, den Autoschlüssel ins Zündschloss zu stecken.

»Runter mit den Masken!«, kommandierte Frank. »Weg mit den Anzügen und Handschuhen.«

Sie gehorchten wie gedrillte Soldaten, bevor Roger Gas gab.

»Nach rechts, nicht zu schnell!« Franks Stimme zitterte unmerklich.

Roger, dem klar war, dass er keine absolute Kontrolle über seine Bewegungen hatte, steuerte den Wagen mit größter Sorgfalt. Er bog zwei weitere Male nach rechts ab, bevor sie an der Vorderseite der Bank vorbeifuhren, so, wie sie es bereits vor einer Stunde getan hatten. Es war beinahe 16 Uhr 30; kaum zu glauben, dass sie höchstens zwanzig Minuten in der Bank zugebracht hatten. Alles schien unverändert. Von draußen betrachtet, wäre niemand auf die Idee gekommen, dass diese Bank soeben ausgeraubt worden war.

»Glückwunsch, Jungs!«, kam es von Lisa.

Frank war dies offenbar zu voreilig. »Weiter geradeaus«, sagte er zu Roger. »Am Klett-Kreuz fahren wir auf die Autobahn.«

Die Dämmerung war nun weit fortgeschritten. Sie gerieten nicht in Versuchung, zu schnell zu fahren, da sie sich bald im dichten Feierabendverkehr befanden, der nur langsam vorankam.

»Glaubst du … du hast sie … getötet?«, stotterte Roger.

»Ach was! Einen kleinen Stoß wird die Alte schon vertragen. Ich muss erst mal eine rauchen.«

»Aber … wenn sie wirklich keine Luft kriegen da drinnen?«

»Das war doch alles nur Gerede. Außerdem können sie von Glück sagen, dass die Knarre nicht losging.«

»Haste echt super gemacht, Frank«, sagte Lisa.

»Bin ja schließlich nicht auf den Kopf gefallen.«

»Abgesehen davon, dass du Lisas Namen laut gesagt hast«, warf Roger ein.

»Ach, wirklich?«

»Ja, und ich glaube, das Kind hat das mitbekommen.«

»Na und?«

»Sie könnte doch …« Roger hielt inne. Jetzt hatte er Frank zumindest informiert.

»Hast du wirklich meinen Namen gesagt?«, fragte Lisa ängstlich.

»Und wenn schon. Ich bin doch der Einzige, der dich Lisa nennt. Du heißt schließlich Elisabeth.«

Roger fand diese Antwort alles andere als beruhigend. Der Chef hatte einen Fehler gemacht, wollte dies aber nicht einräumen. Frank wechselte das Thema. »Der Stau gefällt mir nicht. Wir kommen viel zu langsam voran.«

Roger musste ihm Recht geben. Selbst für diese Uhrzeit ging es ungewöhnlich schleppend vorwärts.

»Die Sirene, die wir vorhin gehört haben …«, begann Lisa. »Vielleicht ist irgendwo ein Unfall passiert.«

»Das werden wir gleich wissen«, sagte Frank. Er hatte sich eine Zigarette angezündet und begann am Radio zu fummeln. Hielt es an sein Ohr und lauschte.

Eigentlich sollten sie in lauten Jubel ausbrechen, dachte Roger. Sie hatten doch gerade einen nahezu perfekten Bankraub begangen. Niemand folgte ihnen. Niemand wusste, wo sich die Bankräuber jetzt aufhielten. Doch die Anspannung war immer noch spürbar. Dachten auch die beiden anderen daran, dass Franks Versprecher sie um den Lohn ihrer Arbeit bringen konnte? Und was war, wenn Frank wirklich so hart zugeschlagen hatte, dass die Frau starb, noch ehe ihr jemand zu Hilfe eilen konnte? Die Bremslichter des Wagens vor ihnen leuchteten auf, und im nächsten Augenblick kam der Verkehr vollständig zum Erliegen.

»Verdammte Scheiße!«, rief Frank. »Die Bullen sagen, dass die Zufahrt zur Autobahn wegen des Unwetters gesperrt ist. Auf der Autobahn steht schon jetzt der Verkehr still.«

Es bestand kein Zweifel, dass der Wind wieder zugenommen hatte. Aber war er wirklich so stark, dass die frei liegenden Straßen durch Schneeverwehungen nahezu unbefahrbar geworden waren? Die Autoschlange bewegte sich nur hin und wieder ein paar Meter weiter.

»Haben sie was vom Überfall gesagt?«, fragte Lisa.

»Nein, das ist noch zu früh. Die werden noch nicht mal die Tür aufgekriegt haben.«

Nach weiteren hundert Metern stand der Verkehr wieder völlig still. Roger gefiel der Gedanke nicht, der Fahrer hinter ihnen könne sich womöglich die Autonummer des Corolla einprägen. Auf der gegenüberliegenden Fahrspur kamen ihnen nur wenige Fahrzeuge entgegen. Vielleicht hatten sie die Geduld verloren und gewendet. Gesetzt, dass … Frank schien in diesem Moment derselbe Gedanke zu beschäftigen:

»Mir gefällt das hier nicht. Die Sache mit dem Unwetter könnte ein Bluff sein.«

»Aber du hast doch gerade gesagt, dass …«

»Vielleicht hat der Typ Alarm ausgelöst, ohne dass wir es bemerkt haben. Außerdem könnten Bullen inzwischen nach dem Wagen fahnden.«

»Scheiße. Sollen wir umdrehen?«

Frank zögerte. »Was meinst du, Lisa?«

»Weiß nicht. Aber ich glaube, es ist keine gute Idee, wieder in Richtung Bank zu fahren. Andererseits … könnten wir dann wieder in die Stadt zurück, auf die Hütte pfeifen und es uns in unserer schönen Wohnung gemütlich machen.«

»Tja, vielleicht ließe sich das bewerkstelligen, ohne dass Olsen es merkt; sonst wäre nämlich unser Alibi futsch. Und wenn das Auto in Trondheim entdeckt wird, wissen die Bullen, dass die Bankräuber nicht aus Oslo sind.«

»Also kehren wir nicht um?«

»Nein«, sagte Frank. »Am besten wir biegen irgendwo in eine Seitenstraße ab und warten, bis es hier weitergeht. Mach mal das Radio an, Roger. Vielleicht erwischen wir die Lokalnachrichten.« Seine Stimme war hörbar unsicherer geworden.

Roger gehorchte – und schauderte. Die Autos vor ihnen rollten langsam wieder an; er nahm den Fuß vom Bremspedal. Franks Argumente waren nicht gerade überzeugend. Der erste Teil des Plans hatte gut funktioniert, doch Roger hegte wachsende Zweifel, was dessen Fortsetzung betraf. Eine leer stehende Hütte in Oppdal aufzubrechen, um sich dort für ein paar Tage aufzuhalten, ehe sie nach Oslo wollten, um so richtig die Sau rauszulassen, oder auch für eine Weile ins Ausland zu verschwinden, kam ihm etwas vage vor. Konnten sie nicht ebenso gut gleich nach Oslo fahren, um das Auto dort abzustellen, wo man es finden sollte? Auf Rogers Vorschlag hin hatte Frank eingewandt, dass die Polizei im Laufe der Nacht möglicherweise nach dem gestohlenen Wagen Ausschau hielt. Vielleicht war der Austausch des Nummernschilds kein ausreichender Schutz. Falls schon am Klett-Kreuz eine Falle für sie aufgestellt worden war, würden sie direkt hineintappen. Andererseits mussten sie dort vorbei, um zu der weiter südlich gelegenen Hütte zu gelangen.

»Dort«, sagte Frank, »dort geht's rechts ab.«

»In Ordnung.«

# 4

Nach wenigen Minuten, die Roger wie eine Ewigkeit vorkamen, hatte sich die Autoschlange so weit fortbewegt, dass er das Steuer hart nach rechts einschlagen und abbiegen konnte. Die Straße führte ziemlich steil bergauf, an einigen Villen vorbei bis auf eine kleine Anhöhe, wo sie sich zusehends verengte. Als sie einen Bauernhof passiert hatten, forderten die beiden Roger auf, anzuhalten.

»Hier sind wir für eine Weile in Sicherheit.«

Roger stellte den Motor ab. Der Wind zerrte an der Karosserie. Es gab keinen Niederschlag; nur der lockere Schnee wirbelte auf und wurde wie Puderzucker über die Straße geweht. Sie hatten eine schöne Aussicht über Leinstrand und Klett. Die langen Schlangen der gelben Autolichter und Straßenlampen, die in der Dunkelheit leuchteten, ließen Roger an den glatten Bernstein denken, aus dessen Stücken sich Heidi eine Kette gemacht hatte.

Es war unschwer zu erkennen, dass der Verkehr immer noch stillstand. Während sie darauf warteten, dass er wieder in Gang kam, lauschten sie beiden Radios. Noch war der Überfall nicht erwähnt worden, doch nach einer Weile, während der Lokalnachrichten, bekam der Sprecher offenbar eine Eilmeldung hereingereicht. Roger stellte lauter:

*»Soeben erreicht uns die Meldung, dass vor einer halben*

*Stunde ein bewaffneter Überfall auf eine Bankfiliale in Heimdal stattgefunden hat. Unmittelbar nach Geschäftsschluss drangen drei maskierte Männer durch einen Hintereingang in die Bank ein. Eine weibliche Angestellte wurde beim Versuch, sich zur Wehr zu setzen, brutal niedergeschlagen und schwebt seitdem in Lebensgefahr. Den Bankräubern gelang mit den vollständigen Kassenbeständen die Flucht. Um wie viel Geld es sich handelt, ist bislang unbekannt. Personen, die auffällige Vorkommnisse in der Nähe der Bank beobachtet haben, werden gebeten, mit der Polizei Kontakt aufzunehmen. Wir informieren Sie umgehend, sollten weitere Einzelheiten des Überfalls bekannt werden.«*

Nach dieser nicht ganz korrekten Zusammenfassung war Frank der Erste, der die Sprache wiederfand, und er tat es mit lachender Stimme: »Nicht einmal *wir* wissen, wie viel Kohle wir haben! Vielleicht sollten wir die Pause benutzen, um uns einen ersten Überblick zu verschaff…«

»Dazu haben wir keine Zeit!«, fiel ihm Lisa ins Wort. »Wir sind immer noch viel zu nah an Heimdal. Lass uns sehen, dass wir hier wegkommen.«

Roger schwieg. Während er immer noch die stehende Autoschlange anstarrte, die einige Kilometer von ihnen entfernt war, und seine feuchten Hände sich abwechselnd öffneten und schlossen, wirbelten die Worte durch seinen Kopf: *… und schwebt seitdem in Lebensgefahr.* Frank und Lisa schien dies völlig kalt zu lassen. Frank hatte ihm von Anfang an versichert, dass die Waffen nur der Einschüchterung dienten. Dass sie geladen waren, bedeutete nicht, dass sie zu schießen beabsichtigten; es sollte nur ihre Moral stärken und ihnen das nötige Selbstbewusstsein verleihen. Zwar hatte Frank sein Versprechen, nicht zu schießen, eingehalten, die Frau des Filialleiters jedoch auf eine Art und Weise niedergeschlagen, die lebensbedrohlicher sein konnte als eine Ladung Schrot. Warum akzeptierte Lisa sein Verhalten so kritiklos? Weil sie glaubte, die Verletzung sei nicht allzu schwer? Heidi wäre in solch einem Fall durchgedreht. Er selbst nahm offenbar eine Zwischenposition ein.

Es ärgerte ihn, dass er in diesem Moment an Heidi dachte, die nichts mehr von ihm wissen wollte. Vermutlich hatte es an den bernsteinfarbenen Lichtern gelegen. Heidi wollte Schmuckherstellerin werden, und Roger hatte ihr dabei helfen sollen, obwohl er keine Ahnung von diesem Metier hatte. Doch irgendwas war plötzlich schief gelaufen. Vielleicht hatte sie geahnt, dass sie auf ihn nicht bauen konnte, dass seine Psyche zu labil war. Oder sie hatte sich einfach einen anderen Kerl geangelt, der besser zu ihr passte.

Die Bernsteinkette im Tal setzte sich langsam wieder in Bewegung.

»Frank!«

»Schrei nicht so, Roger. Ich sitze direkt neben dir.«

»Ich glaube, der Stau löst sich langsam auf.«

»Ja, sieht so aus.«

Alle drei richteten ihre Blicke auf das Verkehrskreuz bei Klett. Die Autolichter bewegten sich mit zunehmender Geschwindigkeit. Dafür konnte es nur eine Erklärung geben: Die Wegsperre hatte nichts mit ihnen zu tun. In Trøndelag provozierte man wegen eines gewöhnlichen Bankraubs doch kein Verkehrschaos. Die Polizei kannte weder die Identität der Täter noch das Auto, in dem sie sich auf der Flucht befanden. Und sie konnte in der Hoffnung, die Verbrecher zu finden, schließlich nicht jedes einzelne Fahrzeug aufs Geratewohl kontrollieren.

An der nächsten Hofeinfahrt wendete Roger den Wagen. Bald konnten sie sich in Kattedamsdalen in den Verkehr einordnen, der sich jetzt flüssig durch die Kurven schlängelte, und wenige Minuten später befanden sie sich wieder auf dem flachen Land, wo sich der stürmische Wind mindestens so stark bemerkbar machte wie in der Höhe. Aufgrund der Wetterverhältnisse fuhr kaum ein Auto schneller als sechzig Stundenkilometer, was ihnen nach dem Bummeltempo von vorhin ziemlich rasch vorkam. Da am windumtosten Verkehrskreuz keine Streifenwagen zu sehen waren, nur ein Räumfahrzeug stand am Straßenrand, ordnete sich Roger in den Kreisverkehr ein und bog auf die E6 Richtung Oslo ab.

Frank hatte sich die nächste Zigarette angezündet. Roger begnügte sich mit Passivrauchen. Wagte nicht, sich eine eigene anzuzünden, solange er am Steuer saß, denn hin und wieder wurde der Wagen von Windböen zur Seite gedrückt. Dennoch war der Corolla ein warmes Gehäuse auf vier Rädern, das sie sicher durch die Dunkelheit beförderte. Ihre Anspannung ließ langsam nach, und als sie Melhus hinter sich gelassen hatten, wurden sie von einer überschäumenden, kindlichen Freude erfasst. Zumindest Frank und Lisa.

»Na, was sagst du nun, Kleine?«

»Lief doch alles wie am Schnürchen.«

»Da müssen Vollprofis am Werk gewesen sein.«

»Bestimmt Leute aus Oslo.«

»Worauf du dich verlassen kannst.«

Nach diesem Wortwechsel schütteten sie sich aus vor Lachen. Roger ließ sie in Ruhe, bis er entdeckte, dass ein orangefarbenes Lämpchen am Armaturenbrett aufleuchtete.

»Wir haben fast kein Benzin mehr«, sagte er.

»Können wir uns ein paar Liter Benzin leisten, Lisa?«, fragte Frank.

»Da muss ich erst in meiner Banktasche nachschauen … Hey, sieht aus, als hätte ich gerade im Monopoly gewonnen.«

»Geht klar, Roger.«

In Lundamo hielten sie an einer Tankstelle. Roger öffnete von innen den Tankdeckel und stieg zögerlich aus.

Während er den Zapfhahn in die Tanköffnung steckte, spähte er über das Auto hinweg in Richtung Kasse. Erblickte dahinter einen Mann in roter Uniform, sonst niemanden. Nachdem das Zählwerk bei 40 Litern stehen geblieben war, hängte er den Zapfhahn wieder an seinen Platz.

Lisa hatte sich einen Tausend-Kronen-Schein aus der Tasche geangelt. Sie kurbelte das Seitenfenster herunter und gab ihn Roger. »Zieh die Jogginghose aus, ehe du reingehst und bezahlst.«

»Und bring ein paar Päckchen Tabak mit«, fügte Frank hinzu.

Er begriff, dass es keinen Zweck hatte zu protestieren und vorzuschlagen, einer von ihnen solle bezahlen. Er war eben doch nur der Juniorpartner, der Anfänger, der Assistent. Er zerrte sich die dunkle Hose von den Beinen und schmiss sie wortlos in den Wagen, als wolle er zeigen, dass er sich nicht alles gefallen ließe. Dann ging er um den Wagen herum und trottete zur Kasse. Der Mann in der roten Uniform hatte einen kupferfarbenen Schnurrbart. Er hob den Kopf und lächelte zuvorkommend.

»Mistwetter, was?«

»Ja, nicht zum Aushalten.« Roger versuchte weiterhin, den Osloer Dialekt nachzuahmen.

»Sind Sie auf Reisen?«

»Nein, nein, ich will nur nach Støren.«

»Glück für Sie. Im Raum Oppdal ist der Sturm wieder in vollem Gang.«

Roger nickte ungeduldig. Das launische Wetter in dieser Gegend kannte er vom Hörensagen. Erst vor wenigen Wochen hatte der Sturm mehrere Hausdächer abgedeckt. Und natürlich wollten sie genau dorthin!

Nachdem er den Tabak sowie drei Flaschen Cola an sich genommen hatte, stopfte er das Wechselgeld in die Jackentasche und verabschiedete sich mit einem Kopfnicken.

»Schönen Abend noch«, sagte der Mann mit dem dekorativen Bart gewohnheitsmäßig.

Die Cola wurde im Auto mit ungeteilter Begeisterung quittiert, und kurz darauf waren sie wieder unterwegs. Die Verkehrsdichte nahm ab. In Soknedalen war vom Unwetter nur wenig zu spüren, doch nachdem sie Ulsberg passiert hatten, frischte der Wind gewaltig auf. Obwohl Roger es eilig hatte weiterzukommen, traute er sich nicht, zu stark aufs Gaspedal zu treten. Die beiden anderen schienen zu verstehen, dass er sich ganz aufs Fahren konzentrieren musste, und Roger war erleichtert, dass ihm weitere kindische Wortwechsel erspart blieben. An einer Stelle war ein Lastwagen in den Graben gerutscht, doch sie hielten nicht an, um sich zu erkundigen, ob der Fahrer Hilfe brauchte. Frank hatte es aufgegeben, den Polizeifunk abzuhören. Vermutlich befanden sie sich dazu schon zu weit von der Stadt entfernt. Die nächsten Radionachrichten brachten im Großen und Ganzen keine Neuigkeiten. Die Bullen waren sicherlich zu sehr mit der Fahndung beschäftigt, um weitere Pressemeldungen herauszugeben. Es wurde jedoch erwähnt, einer der Bankräuber sei vermutlich eine Frau gewesen und alle drei hätten ausgeprägten Osloer Dialekt gesprochen – eine Mitteilung, die Frank vergnügt grinsen ließ. Es hieß ferner, die verletzte Frau – von einer Angestellten war nicht mehr die Rede – habe gemeinsam mit ihrer Tochter zufällig ihrem Mann einen Besuch abgestattet, bevor der Überfall geschah. Der unter Schock stehende Filialleiter hatte ausgesagt, es sei ihm, unmittelbar bevor seine Frau niedergeschlagen wurde, gelungen, den Alarm auszulösen, was seine Frau leider nicht bemerkt habe. Das Kreiskrankenhaus in Trondheim vermeldete, die Frau sei immer noch bewusstlos, schwebe aber vermutlich nicht mehr in Lebensgefahr. Die letzte Meldung nahm Roger mit stummer Erleichterung auf; ebenso die Tatsache, dass die Polizei offenbar keine konkreten Spuren verfolgte. Lisa würde offenbar Recht behalten: Diesmal musste Franks sorgsam durchdachter Plan einfach zum Erfolg führen. Zum ersten Mal seit langer Zeit spürte er ein euphorisches Kribbeln im Körper, ein kindliches Gefühl unbezähmbarer Freude. Im Moment erfüllten ihn nur die heftigen Windstöße mit Sorge. Nicht so sehr, weil sie die Karosserie erzittern ließen, sondern weil die stärksten Sturmböen den Wagen immer wieder von der Fahrbahn zu wehen drohten. Kein Wunder, dass sie sich fast allein auf der Straße befanden. Zusätzlich zu den Schneeverwehungen machte ihnen der wieder einsetzende Schneefall zu schaffen. Roger fragte Lisa, wie weit es noch bis zur Hütte sei.

»Sie liegt ein paar Kilometer von Oppdal entfernt. Wir müssen zunächst ins Zentrum und dann rechts in Richtung Sunndalsøra.«

Man konnte die Lichter des Wintersportzentrums erkennen; rechterhand zeichneten sich Slalomhänge ab, und bald hatten sie die ersten Häuser des Ortes erreicht. Als sie die von Lisa erwähnte Kreuzung ansteuerten, lief es Roger kalt über den Rücken. Das blinkende Blaulicht des Streifenwagens, der am Straßenrand stand, war nicht zu übersehen. Im dichten Schneegestöber, den Rücken an den Wagen gelehnt, stand ein Polizist da und streckte die Hand aus.

Frank nickte bekräftigend, als Roger abbremste. Es kam nicht infrage, einfach vorbeizufahren. Frank kurbelte das Fenster herunter, woraufhin ihm und Roger ein Schauer eiskalter Stecknadeln ins Gesicht schlug. Der Polizist, dessen Bart vollkommen weiß war, bot ihnen einen gewissen Schutz vor dem Wind, als er sich zu ihnen herunterbeugte und fragte:

»Alles in Ordnung?«

»Danke, alles bestens«, entgegnete Frank.

»Ich möchte Ihnen empfehlen, mit allergrößter Vorsicht durch den Ort zu fahren. Dies ist das schlimmste Unwetter seit Jahren. Überall lösen sich Dachlawinen. Am besten, Sie brechen die Tour ab und nehmen sich eine Unterkunft.«

»Das haben wir auch vor. Wir sind gleich bei unserem Hotel.«

Der Polizist nickte, trat zurück und musste hinter dem Streifenwagen in Deckung gehen, als ihn ein gewaltiger Windstoß umzuwerfen drohte.

»Volltrottel«, sagte Frank, nachdem er die Seitenscheibe wieder nach oben gekurbelt hatte und sie weiterrollten. »Wie nett von den Hütern des Gesetzes, sich bei den Ganoven zu erkundigen, ob alles in Ordnung ist. Hätte er uns festnehmen wollen, hätte ich die Flinte genommen und ihm mitten in die Visage geschossen.«

Roger lief ein weiterer Schauer über den Rücken. Seine Erleichterung paarte sich mit Widerwillen. Franks Stimme erlaubte keinen Zweifel, dass er es ernst meinte. Seine Waffe lag griffbereit unter dem Vordersitz. Er hatte seinen Fuß auf den Griff gestellt, als der Polizist den Kopf durch das Fenster gesteckt hatte.

Das Nächste, was sie sahen, war das Erlöschen sämtlicher Lichter des Ortes, und als sie an der Hauptkreuzung rechts abbogen, geschah das, wovor sie der Polizist gewarnt hatte. Von irgendeinem Dach flog ihnen etwas entgegen, das sich als flache Metallplatte erwies. Es wirbelte durch die Luft, veränderte seine Form und krachte auf der anderen Straßenseite gegen eine Hauswand. Nicht viel hatte gefehlt, und ihr Auto wäre von der scharfkantigen Dachplatte getroffen worden. Unter anderen Umständen hätten sie einen Riesenschreck bekommen, doch jetzt blieben sie ruhig. Die Vorgänge der letzten Stunden, inklusive die Begegnung mit dem Polizisten, hatten einen noch stärkeren Eindruck auf sie gemacht. Kaum vorstellbar, dass ihnen so etwas Banales wie das Wetter einen Strich durch die Rechnung machen sollte.

Dennoch war Roger erleichtert, als sie das Zentrum von Oppdal hinter sich ließen. Außerdem brachte dies eine Kursänderung mit sich, die sie aus der unmittelbaren Gefahrenzone brachte. Wenn die Polizei damit rechnete, dass sich die Bankräuber auf dem Weg nach Oslo befanden, würden sie die Straßen in Richtung Westen sicher weniger stark kontrollieren.

»Du weißt doch genau, wo sich die Hütte befindet, oder?«, fragte er Lisa nach einer Weile.

»So ziemlich. Ich bin öfter da gewesen, das letzte Mal vor drei Jahren. Sie gehört einer Kusine von mir und ihrem Freund. Die sind Sonntag in Urlaub gefahren. Deshalb können wir die Hütte benutzen, ohne dass sie davon erfahren. Ich hoffe nur, der Schlüssel liegt immer noch an derselben Stelle …«

»Für richtige Profis kein Problem«, schaltete Frank sich ein. Roger hätte ihn am liebsten aufgefordert, die Schnauze zu halten. Er war mittlerweile ziemlich erschöpft. Fünf Minuten später gab Lisa das Signal zum Abbiegen. Auf dem Schild stand *Gjevilvasshütte*.

»Gleich sind wir da«, sagte sie.

Der Weg war ziemlich schmal, aber die Schneeverwehungen hinderten den Corolla nicht am Weiterfahren. Der Stromausfall war offensichtlich behoben, doch sahen sie nur hin und wieder ein paar Lichter und begegneten keinem einzigen Auto. Lisa bat Roger, langsamer zu fahren, während sie nach einem bestimmten Kuhstall Ausschau hielt, neben dem die Zufahrt zur Hütte lag.

Sie hatte Recht. Die Zufahrt war nicht geräumt, doch die frische Schneedecke relativ dünn, sodass Roger keine Schwierigkeiten hatte, zwischen den Birkenstämmen den Verlauf des Weges zu erkennen. Noch eine scharfe Linkskurve, dann erblickten sie mehrere Laternen an einer dunklen Bretterwand. Nachdem er auf der Rückseite der Hütte angehalten hatte, atmete er tief durch und zog den Zündschlüssel ab.

»Bingo«, sagte Frank. »Bist super gefahren, Roger.« Ein kleines Lob aus Franks Mund, das Roger ein stimulierendes Prickeln bescherte.

Sie stiegen aus und befanden sich mit einem Mal in windumtoster Dunkelheit. Frank erinnerte sich daran, dass sich in einer der Taschen eine Taschenlampe befand, doch sie brauchten nicht nach ihr zu suchen, weil der Autobesitzer namens Krogness so zuvorkommend gewesen war, eine weitere im Handschuhfach zu deponieren. Lisa benötigte nicht eine Minute, um den Schlüssel zu finden, der unter dem vorspringenden Dach des Toilettenhäuschens an einem Nagel hing. Sie schloss die Haustür auf, trat in den Flur und bat Frank, die Taschenlampe auf den kleinen Sicherungskasten zu richten. Sie drehten an einigen Sicherungen – und waren in die Zivilisation zurückgekehrt.

Die Hütte übertraf Rogers Erwartungen. Sie bestand

aus einem großen Wohnraum mit Kochnische und drei kleineren Zimmern. Zwar gab es kein fließendes Wasser, dafür aber sowohl einen Kühlschrank als auch einen Elektroherd. Neben dem rustikalen Kamin stand ein Farbfernseher auf einem niedrigen Tisch. Kleine Wandleuchten sowie eine Deckenlampe tauchten die Einrichtung, die größtenteils aus Kiefernholz bestand, in ein warmes Licht. Dass es drinnen immer noch eiskalt war, brauchte sie nicht zu verwundern. Lisa schaltete die Elektroheizung ein und entfachte ein Kaminfeuer. »Schlaue Hüttenbesitzer verlassen ihre Hütte niemals, ohne alles für den nächsten Besuch vorzubereiten.« Lisa sagte dies, als handele es sich um ein Zitat ihrer Kusine. Die Fensterläden waren verriegelt, und sie einigten sich darauf, sie nicht vor dem morgigen Tag zu öffnen.

Frank hatte sich am Fernseher zu schaffen gemacht, sodass sie noch den größten Teil der Hauptnachrichten sehen konnten. Zunächst gab es eine längere Reportage aus den Niederlanden, in denen die Hochwassersituation so angespannt war, dass die Leute mit Schlauchbooten durch die Straßen schipperten. Das letzte Hochwasser war erst ein Jahr her, doch die Experten rechneten damit, dass die Situation diesmal noch dramatischer werden könnte. Auch in Teilen Deutschlands und Frankreichs standen Häuser und ganze Dörfer unter Wasser. Nach einem kurzen Bericht aus Tschetschenien, wo die russische Armee immer noch Widerstandskämpfer in der Hauptstadt niedermetzelte, wurden Bilder aus Trondheim gezeigt. Die automatischen Videokameras hatten Frank und Lisa aufgenommen, während diese die Kassen im Schalterraum plünderten. Der Schriftzug VIF auf den Rücken ihrer Trainingsanzüge war deutlich zu lesen. Ein Kumpel von Frank hatte sie vor Jahren in einer

Fußballerkabine mitgehen lassen, ohne zu wissen, was er eigentlich damit anfangen sollte. Sie bekamen auch eine Videoaufzeichnung aus dem Tresorraum zu sehen; dabei hatten sie in diesem Raum gar keine Kamera bemerkt. Sie war die ganze Zeit auf den Safe gerichtet gewesen, und Frank gluckste triumphierend, als zu beobachten war, wie er den Filialleiter zwang, den Safe zu öffnen. Nicht zu sehen war hingegen, wie Frank dessen Frau niederschlug – entweder weil dies in einem toten Winkel der Kamera geschehen war, oder weil das norwegische Fernsehen diese Szene den Zuschauern sowie den Angehörigen des Opfers nicht zumuten wollte. Roger zitterte, während er die Bilder betrachtete, obwohl er selbst auf dem Film nicht erschien. Danach wurde ein kurzes Interview mit einem ernst dreinblickenden Hauptkommissar namens Christian Rønnes gesendet, der aussagte, der Überfall sei professionell durchgeführt worden, ohne die Anwendung von Sprengstoff oder anderen Hilfsmitteln. Die rücksichtslose Entschlossenheit der Bankräuber lasse darauf schließen, dass sie sich durch nichts hätten aufhalten lassen. Die Frau des Filialleiters liege immer noch bewusstlos im Kreiskrankenhaus von Trondheim. Ein gestohlener Toyota Corolla XLi mit dem Kennzeichen VE 56362, der bislang nicht wieder aufgetaucht sei, stünde mit dem Bankraub möglicherweise in Verbindung. Im Großen und Ganzen hätten die Verbrecher nur wenige Spuren hinterlassen. Man sei auf Hinweise aus der Bevölkerung angewiesen und müsse sich darauf einrichten, so Rønnes, dass die Aufklärung des Verbrechens geraume Zeit in Anspruch nehmen könne. Als sich die Reporterin am Ende des Interviews nach der Höhe der Beute erkundigte, antwortete der Polizeibeamte, es handele sich in etwa um anderthalb Millionen Kronen.

»Eineinhalb Mille!«, rief Frank aus. Er drückte Lisa so hart an sich, dass diese protestierte, während Roger sich im Moment nicht auszumalen traute, was eine so hohe Summe eigentlich bedeutete.

Danach trugen sie alle Gegenstände, die sich im Wagen befanden, ins Haus. Nachdem Roger das Auto abgeschlossen hatte – in gewisser Weise fühlte er sich inzwischen für den Wagen verantwortlich –, hatte er das Gefühl, es sei in der Hütte bereits wärmer geworden. Frank wollte das Geld nachzählen und zur Feier des Tages eine Flasche Wodka springen lassen, doch Lisa meinte, sie sollten zuvor etwas essen. Dennoch öffnete Frank schon einmal die Flasche, leerte den Inhalt der Geldtasche über dem Esstisch und begann mit dem Sortieren und Zählen. Die beiden anderen schienen für ihn nicht mehr zu existieren. Roger stand mit dem Rücken zum lodernden Kaminfeuer und sah ihm zu. Zunächst war er von dem Gedanken an das Drittel der Beute besessen, das ihm zustand, doch dann fühlte er sich von Franks primitiver Gier nur noch abgestoßen. Er ging zur Kochnische, wo Lisa damit beschäftigt war, Eier und Speck zu braten.

»Kann ich dir helfen?« Die Frage kam ihm nicht sonderlich originell vor.

Lisa drehte sich erstaunt um, schien freudig überrascht und entgegnete, er könne Brot schneiden und den Tisch decken. »Frank ist zwar der Älteste von uns, aber seine Kinderstube lässt immer noch zu wünschen übrig.«

Sie setzten sich an den kleinen Küchentisch, schenkten sich Bier ein und begannen zu essen. Roger mit Heißhunger, Lisa langsam und genüsslich.

»Tut gut, was zu essen, nicht?«, sagte sie lächelnd.

»Großartig.«

»Frank wird bestimmt auch gleich kommen. Sein Onkel-Dagobert-Benehmen wollen wir ihm heute verzeihen. Er hat wirklich sein Herzblut für diese Aktion gegeben. Kein Wunder, dass er jetzt schier aus dem Häuschen ist. Ich dagegen bin ziemlich müde.«

»Ich auch«, entgegnete Roger.

In Wahrheit fühlte er sich so müde, dass er nur noch ins Bett sinken wollte, obwohl er das erste Mal mit Lisa *allein* war und erst jetzt bemerkte, wie hübsch sie war. Hübscher als Heidi sogar. Ihre langen blonden Haare ließen ihn an ein klassisches Musikstück denken, dessen Titel er sich nie merken konnte, und ihre großen Augen mit dem offenen Blick erinnerten ihn an eine berühmte Schauspielerin, deren Name ihm ebenfalls entfallen war. Doch in ihrem Blick lag auch ein beunruhigender Hunger, der ihn verunsicherte.

»Die Hütte ist klasse.«

»Ja, nicht wahr? Früher war ich mit Lillian hier. Wir waren gute Freundinnen, haben Bergtouren unternommen und ...« Sie hielt inne und zuckte die Schultern. »Das war, bevor sie sich diesen Typen geangelt hat, der meinte, ich sei als Kusine nicht der richtige Umgang für Lillian. Ich bin ziemlich ausgeflippt, ist doch logisch, bin ja wohl keine Schande für meine Familie. Und dann hat sich dieser Typ in der Stadt auch noch an mich rangemacht, also hab ich ihn gezielt wohin getreten ... na, du weißt schon. Ich habe Lillian klar zu machen versucht, dass er es war, der mich angebaggert hat, aber von da an wurde ich nicht mehr eingeladen.«

Roger nickte stumm.

»Wenn wir wieder wegfahren, müssen wir dafür sorgen, dass alles so aussieht wie vorher. Frankie Boy ist so was egal, aber dafür hat er andere Qualitäten ...«

Sie hatte sicherlich nicht den unartikulierten Jubelschrei gemeint, der ihr Gespräch unterbrach. Frank tänzelte mit dem Wodkaglas um den Kamin herum. Seine Augen unter dem dunklen Pony strahlten, wie Roger es nie zuvor bei ihm gesehen hatte.

»Ich hab's doch immer gesagt. Auf Banken ist kein Verlass, nicht mal in Geldsachen. Eine Million sechshundertachtzigtausend! Die Geldrollen hab ich noch gar nicht mitgezählt.«

Roger, der in den letzten Stunden ständig in Angst gelebt hatte, hob die Arme über den Kopf und klatschte enthusiastischer, als ihm eigentlich zumute war. Jetzt durften auch er und Lisa sich den Wodka nicht länger entgehen lassen. Roger brannte er ungewöhnlich stark in der Kehle, genauso wie die Zigarette nach dem Essen. Dann saß er glücklich, aber völlig erschöpft im Sessel vor dem Kamin und zitterte nicht länger. Als eine Frau in einer Fernsehreportage begann, über die Gründe ihres Selbstmordversuchs zu sprechen, bemerkte er kaum, dass Lisa rücksichtsvoll den Fernseher ausschaltete. Aus irgendeinem Grund ließ ihn Franks Gesicht nicht los. Es war mager und asketisch, gleichzeitig gierig und träumerisch und erinnerte ihn an ein Porträt von Chet Baker aus der Zeit, bevor der Drogenkonsum die hübschen Züge des Trompeters verzerrt und in eine Grimasse mit toten Augen verwandelt hatte. War Frank auch drogenabhängig? Er wusste es nicht. Sein Blick schien Lichtjahre entfernt, vor allem wenn er die Geldbündel mit den benutzten sowie unbenutzten Hundert- und Tausendkronenscheinen streichelte. Gleichzeitig ahnte Roger, dass er selbst nicht mehr in der Lage war, seine Umgebung objektiv zu beurteilen. Die Einrichtung, die ihn umgab, nahm irreale Proportionen an.

Zu fortgeschrittener Stunde dieses denkwürdigen Abends, nach weiteren Zigaretten und noch mehr Wodka, mussten ihn die beiden anderen förmlich ins Schlafzimmer schleifen und aufs Bett verfrachten, wo er auf der Stelle in Schlaf fiel.

»Braver Roger.«

»Mach dich nicht über ihn lustig, Frank. Ohne ihn wären wir vielleicht niemals mit heiler Haut hierher gekommen.«

»Weiß ich doch.«

»Aber du hast alles geplant …«

»Stimmt, und jetzt gibt's einen Belohnungsfick, oder?«

»Na klar. Aber zuerst will ich noch mal richtig in dem Geldhaufen baden.«

»Ausgezeichnete Idee«, sagte Frank.

Nachdem sie mit ihren Armen eine Zeit lang durch den Geldhaufen gefahren waren, benutzten sie ihre Hände, um sich die Kleider vom Leib zu reißen.

# 5

MITTWOCH, 1. FEBRUAR 1995

In wirkliche Hochstimmung geriet Roger erst nach dem Erwachen. Als er die Augen öffnete, war der neue Tag erst fünf Stunden alt, und er hatte beinahe sieben Stunden geschlafen. Er erwachte vermutlich wegen der ungewohnten Wärme und des Windes, der an Schornstein und Dachtraufe rüttelte.

Er selbst glaubte, es habe an seinem Traum gelegen, obwohl er nur vage Erinnerungen an ein großes Schiff hatte, das ihn nach New York bringen sollte. Deutlich konnte er sich hingegen daran erinnern, dass sein Vater bei der Freiheitsstatue auf ihn warten sollte. Er war nicht tot, so wie man Roger immer erzählt hatte. Als er an Land ging, winkte sein Vater ihm zu, doch die berühmte Statue befand sich plötzlich gar nicht mehr in New York, sondern war auf das stillgelegte Trondheimer Bahnhofsgelände in Skansen verlegt worden. Er lief über die Schienen seinem Vater entgegen, doch ein einfahrender Zug zwang ihn zu warten. Der schrille Pfiff der Lokomotive gellte in seinen Ohren, und dann war der Traum vorbei.

Als er das Heulen der Sturmböen hörte und spürte, dass er völlig verschwitzt war, wusste er sofort, dass er sich in einer Berghütte befand. Dennoch musste er sich zwicken, um sich klar zu machen, dass er wirklich an einem gelungenen Banküberfall teilgenommen und selbst den Fluchtwagen gesteuert hatte. Den unangenehmen Geschmack im Mund verdankte er sicher dem Alkohol sowie dem Umstand, dass er sich nicht die Zähne geputzt hatte. Erst jetzt bemerkte er, dass er vollständig angezogen unter der Decke lag – daher die Wärme –, und ihm dämmerte, dass Lisa und Frank ihn ins Bett gebracht hatten. Nicht weil er betrunken gewesen wäre, sondern vor allem wegen seiner physischen Erschöpfung. Zuvor hatte er alles getan, was sie von ihm verlangt hatten, und mehr als das. Zur Belohnung war er reich geworden. In seiner grünen Tasche befand sich über eine halbe Millionen Kronen. Das entsprach drei bis vier Jahreseinkommen, nach Steuerabzug. Eine großartige Ausbeute für einen jungen Mann, der sich vor einer Woche noch das Leben hatte nehmen wollen. In diesem Augenblick schätzte er sich glücklich, Nachbarn gehabt zu haben, die nicht so stocktaub waren wie sein Vermieter.

Und damit nicht genug. Das gewohnte Gefühl, dass alles, was er anpackte, misslang, zerbrach, pulverisiert wurde und ihm wie Sand durch die Finger lief, hatte sich verflüchtigt. Jetzt konnte ihm alles gelingen, sogar, die Welt aus den Angeln zu heben. Er war überglücklich.

Eine Weile blieb er liegen und überließ sich seinen Fantasien: wohin er reisen, wozu er das Geld benutzen wollte. Er konnte schließlich nicht damit rechnen, dass seine beiden Wohltäter ihn weiterhin mit sich herumschleppen würden, was er auch nicht wollte. Sollte er sich nach einiger Zeit wieder in Trondheim niederlassen, seiner Mutter einen Batzen Geld zustecken und Heidi signalisieren, dass sie jetzt die eigene Schmuckwerkstatt, von der sie immer geträumt hatte, realisieren konnte? Nein, nichts dergleichen. Sie verdienten es einfach nicht. Sie waren es doch, die ihn um den Verstand gebracht hatten. Doch gleichzeitig war es verlockend, ihnen zu zeigen, wie gut es ihm jetzt ging, wie stark er sich fühlte. Der kleine Roger hatte eine Woche in Oslo verbracht und das Geld auf der Trabrennbahn gewonnen. Frank zufolge war dies die sicherste Art und Weise, den frisch erworbenen Reichtum zu erklären. Die Gewinner der Pferdewetten blieben anonym, und ihre Prämien ließen sich nicht so leicht nachprüfen … Nein, er würde den Teufel tun, vor Heidi zu Kreuze zu kriechen! Außerdem war es trotz all des Geldes keineswegs sicher, dass sie ihn zurückhaben wollte. Immerhin war sie es gewesen, die sich von ihm getrennt hatte. Und wie stand es eigentlich um ihre Beziehung, wenn sie ihn wegen des Geldes zurücknahm? Es gab doch so viele andere Möglichkeiten. Vielleicht sollte er nach New York reisen. Warum nicht? Dort gab es eine schier unerschöpfliche Anzahl von Nachtklubs, und er konnte sich die Musik anhören, die ihm am besten gefiel. Nicht den dröhnenden Heavy Metal, den Heidi bevorzugte, sondern differenzierten Bebop. Er konnte sich einen professionellen Jazzpianisten als Lehrer suchen, der ihm mehr über Harmonien beibrachte. Dann würde er vielleicht selbst ein guter Pianist werden, der CDs einspielte und mit der Zeit so berühmt wurde, dass man diese auch in Norwegen kaufen konnte. Die klassische Geschichte des jungen Mannes, der nach Amerika auswandern musste, um zu Hause als Künstler Anerkennung zu finden. Das Schicksal hatte es gut mit ihm gemeint. Warum sollte es nicht so weitergehen? Jetzt lag doch alles in seiner Hand.

Eigentlich war er immer noch müde, verspürte jedoch ein ungewohnt angenehmes Kribbeln unter der Haut. Die gestern noch empfundene Unsicherheit hatte sich in ein positives Gefühl verwandelt. Er strampelte sich frei, schaltete das Licht ein und zwinkerte mit den Augen.

In dem kleinen Schlafzimmer stand nur ein Bett. Aus der Einrichtung ließ sich schließen, dass normalerweise ein Junge hier wohnte, vermutlich der Sohn von Lisas Kusine. An den Wänden hingen Poster der Fußballer Alan Shearer und Romario sowie eine Aufnahme der aktuellen Mannschaft von Rosenborg Trondheim.

Es gab auch ein Foto von Diego Maradona, der seine Karriere während einer WM wegen Kokainmissbrauchs hatte beenden müssen. Roger streckte ihm die Zunge raus und spürte erneut den ekelhaften Geschmack in seinem Mund. Er selbst hatte sich – von gelegentlichen Joints abgesehen – nie an Drogen herangewagt. Nicht die ahnungslos moralisierenden Lehrer hatten ihn abgeschreckt, sondern die vielen amerikanischen Jazzmusiker, die allzu jung gestorben waren. An besagtem Abend in der letzten Woche hätte er sich eine starke Dosis gewünscht, hatte sich aber mit einer Flasche Wodka begnügen müssen. War wohl auch gut so gewesen.

Er schauderte, schwang die Beine aus dem Bett und drehte sich ein paarmal um die eigene Achse, bevor er ins Wohnzimmer ging. Dort brauchte er kein Licht anzuschalten, weil sie einige Lampen angelassen hatten. Wusste nicht, warum er in aller Herrgottsfrühe aufstand und woher das angenehme Prickeln unter der Haut stammte. Eine Tasse Tee würde sein Wohlbefinden noch steigern. Doch keiner von ihnen hatte bisher

Wasser aus dem Brunnen geholt. Er schnitt sich eine Scheibe Brot ab, aß sie im Stehen und spülte mit einem Glas Orangensaft nach. Da er immer noch den ekelhaften Geschmack im Mund verspürte, beschloss er, Wasser zu holen, um sich die Zähne zu putzen. Er hatte auch das Bedürfnis, sich zu waschen.

Unter der Spüle fand er einen Plastikeimer, schlich sich auf den Gang, zog Jacke und Joggingschuhe an, schaltete die Taschenlampe ein und trat hinaus ins Dunkel. Es gab immer noch kräftige Böen, obwohl der Wind ein wenig nachgelassen hatte. Er ging um das Auto herum und ließ den Lichtkegel wandern. Der Brunnen lag angeblich gegenüber dem Plumpsklo, weniger als zehn Meter von der Hütte entfernt. Er entdeckte ihn sogleich, doch der schwere Brunnendeckel, der, wie Roger vermutete, aus isolierendem Material bestand, ließ sich nicht ohne weiteres wegheben. Er kratzte den Schnee weg und gab dem Deckel einen Tritt, worauf entlang der Kante ein Spalt sichtbar wurde. Er stellte fest, dass er genau dort gezogen hatte, wo sich die Scharniere befanden, entdeckte einen Handgriff auf der anderen Seite des Deckels, und jetzt ging es relativ leicht. Als er in die zylindrische Öffnung leuchtete, sah er, dass die Oberfläche von Eis bedeckt war und sich mindestens einen Meter unter dem Niveau des Erdbodens befand. Doch Roger war nicht zum ersten Mal auf dem Land und machte sich auf die Suche nach einem langen Stab, der sich irgendwo in der Nähe befinden musste. Es zeigte sich, dass dieser, gemeinsam mit einer Leiter, quer an der Hüttenwand hing. Der Stab war an einem Ende mit einer Spitze und einem Haken versehen, und als er ihn mehrmals in die Tiefe stieß, gelang es ihm, ein Loch in die Eisfläche zu schlagen, das groß genug war, damit der Eimer hindurchpasste. Nachdem er einen Eimer Wasser heraufgezogen hatte, musste er ihn neben dem Brunnen abstellen und sich verpusten. Er streckte den Rücken, legte den Kopf in den Nacken – und sah über sich den Sternenhimmel.

Der Anblick war so überwältigend, dass er nicht wusste, ob er Furcht oder Bewunderung empfinden sollte. Myriaden funkelnder Sterne schlugen ihn so in Bann, dass er für den Bruchteil einer Sekunde die unfassbare Weite spürte, die sich zwischen ihm und dem Lichtermeer befand. Diese überraschende Empfindung hatte nichts mit Andacht zu tun. Religiöse Gefühle waren ihm fremd.

Als er dreizehn war, hatte er sich viel mit Astronomie beschäftigt und gespannt Jørans Ausführungen über mögliches Leben auf anderen Planeten gelauscht. Vielleicht gab es sogar hoch zivilisierte Wesen, die der menschlichen Rasse überlegen waren – was für eine Vorstellung, dass sie in diesem Moment von ihnen beobachtet würden! Er hatte seiner Mutter damals Geld gestohlen, sich über einen Postversand das lachhaft billige, doch angeblich »unübertroffene« Teleskop KOMET II bestellt und nach acht Tagen beinahe unerträglichen Wartens ein in der Länge verstellbares Papprohr erhalten, an dessen einem Ende sich eine große, am anderen eine kleine Linse befand. Mithilfe solcher Fernrohre, hatte Jøran ihn aufgeklärt, entdeckten Astronomen ständig neue Objekte im Weltraum, die in der Regel nach ihren Entdeckern benannt würden. Sein Pappteleskop ermöglichte es Roger, einige graue Mondkrater zu studieren, jedoch konnte er niemals etwas entdecken, das auf außerirdisches Leben hingewiesen hätte.

Zwar hatte er schon am ersten Abend ein diffuses

Objekt ausgemacht, das er sogleich »Rogers Fleck« taufte, musste bei näherer Betrachtung jedoch feststellen, dass es sich um ein Staubkorn auf der Linse handelte.

Als er begann, in seinen dünnen Joggingschuhen an den Zehen zu frieren, riss er sich vom Anblick des Sternenhimmels los.

Es tat gut, wieder in die Hütte zu kommen. Wie schon das Auto empfand er sie als behagliche Höhle, die ihn vor den Gefahren der Umwelt schützte. Er putzte sich die Zähne, setzte Wasser auf, wusch sein Gesicht und bereitete sich eine Tasse Tee zu. Danach entfachte er ein Feuer im Kamin, setzte sich in den Sessel davor und rollte sich eine Zigarette. Hier konnte ihm niemand etwas anhaben. Er lauschte dem Wind und dem Summen zweier Fliegen, die von der Wärme zum Leben erweckt worden waren, und fragte sich, ob er noch ein wenig schlafen sollte. Oder sollte er sein Geld noch mal durchzählen? Er tat keines von beidem, sondern studierte das Buchregal. Als Kind hatte er Bücher sehr gern gehabt und war später von Jøran animiert worden, einige norwegische und ausländische Romane zu lesen. »Nahrung für die Fantasie«, hatte Jøran gesagt. Er hatte anfangs nicht genau verstanden, was Jøran damit meinte, doch Bücher hatten ihm stets zu denken gegeben und ihm gezeigt, dass es auch andere Formen der Kindheit gab als die ärmliche, die er selbst erlebte. Doch nach und nach waren die Bücher von Videos abgelöst worden. Nun ließ er seinen Blick über die unbekannten Titel der Hüttenbibliothek wandern und begann sich, da er nichts über Musik oder Astronomie entdeckte, in ein Buch über Salzwasserfische zu vertiefen. Nach einer Weile fühlte er sich so entspannt und zufrieden, dass er sich in Anbetracht des gestrigen Tages wunderte, wie gut es ihm ging. Das Leben war plötzlich herrlich, und so sollte es für immer bleiben. Der Gedanke an Frank und Lisa rief in ihm ein Gefühl der Dankbarkeit hervor. Mehr Wasser zu holen und das Frühstück zu machen war das Mindeste, das er für sie tun konnte.

Während er vor der Arbeitsfläche stand und Brot schnitt, empfand er das dringende Bedürfnis, sich jemand anzuvertrauen und zu zeigen, wie gut es ihm ging. Es war fast acht Uhr, doch sollte es bereits dämmern, bekam er davon nichts mit, weil die Fensterläden nicht das geringste Licht durchließen. Er hatte das Radio angestellt, zur Musik mitgesummt und die Nachrichten gehört. Dann erschrak er, als er plötzlich einen Schatten hinter sich wahrnahm.

Es war Lisa. Sie trug nur Slip und BH und betrachtete ihn freimütig. Ihr langes Haar war zerzaust und von der Farbe eines Weizenfelds im Spätsommer. Sie lächelte, als sie den gedeckten Frühstückstisch erblickte.

»Ach, Roger, wie nett von dir.«

»Ich …«

Er hatte Heidi oft in Unterwäsche gesehen, aber dies war etwas anderes. Er kannte Lisa ja fast gar nicht. Sie war fraulicher, üppiger. Er wusste nicht, wo er seine Hände lassen sollte, als sie zu ihm kam und ihn auf die Wange küsste. War ein wenig enttäuscht, als er ihre Wodkafahne wahrnahm, doch als er ihre Brüste spürte, hoffte er inständig, dass Lisa nur aufgestanden war, um mit ihm zu flirten und sich von einem athletischen jungen Mann vögeln zu lassen, der fünf Jahre jünger war als sie selbst. Noch mehr enttäuscht war er, als sie sich den Zeigefinger vor ihre vollen Lippen hielt und auf das Radio zeigte. Gemeinsam lauschten sie dem Nachrichtensprecher:

*»Aus Trondheim wird soeben vermeldet, dass Nina Mogård, die Ehefrau des Filialleiters, die während des gestrigen Banküberfalls in Heimdal niedergeschlagen worden war, heute Morgen ihren Verletzungen erlag, ohne das Bewusstsein wiedererlangt zu haben.«*

Blass vor Schreck starrten sie einander an.

# 6

Es war offensichtlich, dass ihnen das Frühstück nicht schmeckte.

Frank kaute stumm vor sich hin und versuchte nicht einmal, sich wichtig zu machen. Das Wissen, dass ihr Überfall einer unschuldigen Frau das Leben gekostet, ihren Mann in Schock versetzt und ein kleines Mädchen mutterlos gemacht hatte, war schwer zu ertragen. Frank, der hierfür die Verantwortung trug, vergoss keine Tränen, war aber offensichtlich nahe daran. Hin und wieder verbarg er sein Gesicht in den Händen. Legte seine Brotscheibe auf den Teller und drehte sich eine Zigarette. Seine Hände zitterten, als sie ihm Feuer gaben.

»Scheiße, scheiße, scheiße!«

Lisa, jetzt in Baumwollhose und rot-weiß kariertem Hemd, stand auf und legte ihm die Hand auf die Schulter. »Es war ihre eigene Schuld!«, sagte sie eindringlich.

»Mmh.«

»Die Frau hätte sich zurückhalten sollen, so wie ihr Mann.«

»Ja.«

»Du wolltest sie doch schließlich nicht …«

»Natürlich nicht!«

Roger stand am Kamin und beobachtete sie aus der Distanz. Er kam sich wie ein riesiger Eiszapfen vor, obwohl die Birkenscheite loderten. Für ein paar Stunden war es ihm gelungen, alle Widrigkeiten des Lebens zu verdrängen und so etwas wie das vollkommene Glück zu empfinden, im Bewusstsein, dass ihm keiner etwas anhaben konnte und dass sich alles zum Besten ordnen würde. Das Schicksal hatte ihm eine neue Chance gegeben. Die Konfrontation mit der Realität war umso härter, vor allem, weil diese plötzlich mit einschloss, dass sie ein Menschenleben auf dem Gewissen hatten. Alles hatte sich seit gestern verändert. Der Überfall war nicht mehr ein alltägliches Verbrechen, jetzt handelte es sich um vorsätzliche Tötung. Vorsätzlich! Dieses Wort hatte der Nachrichtensprecher benutzt. In solch einer Situation nutzte es nichts mehr, zu behaupten, man habe es nicht gewollt. Wenn man sie schnappte, würden sie für viele Jahre ins Gefängnis wandern. Warum, zum Teufel, hatte Frank auch so viel Kraft in den Schlag legen müssen? Gerade er, der ihnen versichert hatte, dass Gewalt ausgeschlossen wäre. Er, der angeblich so viel aus seinen früheren Fehlern gelernt hatte. Nur deshalb hatte Roger sich zum Mitmachen überreden lassen.

Es war wie auf seinem Geburtstag vor vielen Jahren, als sie ein großes Fest hatten feiern wollen und er den Auftrag seiner Mutter, den Topf mit der dampfenden Kochschokolade im Auge zu behalten, vernachlässigt hatte. Er hatte den klassischen Fehler begangen, dem Herd für einen Moment den Rücken zuzukehren und den verdächtigen Augenblick der Stille nicht wahrzunehmen, der in der letzten Sekunde eintrat, bevor der Kakao überkochte und sich über die Herdplatte ergoss.

Jetzt war es für Reue zu spät. Am Geburtstag hatte es statt Feier und Kakao eine Standpauke und Tränen gegeben, und auch diesmal nutzte es nichts, so zu tun, als könne man die Zeit zurückdrehen und die Entscheidung, an dem Überfall teilzunehmen, rückgängig machen. Er war wie gelähmt, senkte den Kopf und spürte, wie ihm Tränen in die Augen traten. Es war ihm egal, ob die anderen ihn beobachteten. Außerdem schienen die mit sich selbst beschäftigt zu sein.

»Du hast einfach Pech gehabt«, sagte Lisa zu Frank und verbesserte sich: »*Wir* haben einfach Pech gehabt.«

»Ja.«

»Aber sie wissen nicht, wo wir sind.«

»Nein.«

»Also dürfen wir uns nicht aus dem Konzept bringen lassen. Keep cool. Wir müssen zusammenhalten. Die Bullen haben doch überhaupt keine Ahnung, wer wir sind.«

Roger schaute erstaunt auf. War Lisa, wenn es darauf ankam, die Kaltblütigste von ihnen allen? Sie hatte gesagt, die Chancen für ein Gelingen stünden bei 90 Prozent. Bedeutete das, dass sie eine Tote in Kauf nahm?

Frank schien einen Teil seines alten Wesens wiedererlangt zu haben: »Das stimmt, verdammt noch mal. Die Bullen haben keinen blassen Schimmer.« In seinen Augen glomm der Anflug eines Triumphs auf. Lisas Worte schienen ihm neues Selbstvertrauen eingeflößt zu haben.

»Ich meine ja nur«, sie fuhr ihm durch sein dunkles Haar, »dass wir überhaupt keinen Grund haben, den Kopf in den Sand zu stecken. Geschehen ist geschehen.«

»Recht hast du.«

»Vielleicht bluffen die Bullen ja bloß. Wollen uns dazu bringen, uns freiwillig zu stellen.«

»Ja, von so was hab ich auch schon gehört«, pflichtete Frank ihr bei.

Roger wandte sich ab. Er fühlte sich nicht in der Lage, an dem Versöhnungsfest teilzunehmen. Sie konnten doch nicht einfach so tun, als wäre nichts geschehen.

Auch für sie war der Topf übergekocht, doch anstatt zu jammern, taten sie das Ganze als Kleinigkeit ab. Taten so, als würden sie den Geruch des Angebrannten, der in der Luft hing, nicht bemerken. Wie konnten sie nur?

Er ging in sein Schlafzimmer. Setzte sich auf das Bett und betrachtete die siegessicheren Gesichter des Teams von Rosenborg Trondheim. Unter ihnen befand sich kein einziger Versager, aber sie hatten auch Glück gehabt. Sportjournalisten wussten zu berichten, dass einzelne Talente besonders hart dafür gearbeitet hatten, ihr Ziel zu erreichen. Aber das war doch wohl das Mindeste. Schließlich wurden sie von niemand gezwungen. Fußballer waren ein merkwürdiges Volk. Jeder von ihnen erzählte gerne, welche Widerstände er hatte überwinden müssen, um in die erste Mannschaft zu kommen. Widerstände? Die wussten doch gar nicht, was das bedeutete. Wussten nicht, was für ein Gefühl es war, als Einziger in der Sportstunde nicht über den Bock springen zu können. Deren Mütter und Väter spornten sie doch unentwegt an, unterstützten sie und ebneten ihnen in jeder Hinsicht den Weg. Die konnten sich erlauben, nach dem Spiel über die Stränge zu schlagen, sich mit aalglatten Sponsoren zu besaufen, um bei nächster Gelegenheit weitere Auszeichnungen entgegenzunehmen, Berichte über sich in der Zeitung zu lesen und hochnäsig zu werden, ohne einen Grund dafür zu haben. In der Regel konnten sie sich bei ihrem Trainer für den Erfolg bedanken. Und beim Glück.

Leute wie Roger Dalvang hatten nie einen Trainer und schon gar keine Sponsoren gehabt. Er hatte nicht einmal einen Vater gehabt. Nur eine versoffene Mutter, die in ihren lila Klamotten durch die Gegend schlurfte und ihn bei jeder Gelegenheit anschnauzte. Und Glück hatte er nie kennen gelernt. Über mangelndes musikalisches Talent brauchte er sich hingegen nicht zu beklagen. Er hatte ein Ohr für Töne, Klänge und Harmonien wie nur wenige, doch niemand hatte ihm geholfen, aus seiner Begabung etwas zu machen.

Im nächsten Augenblick schämte er sich für seine Gedanken. Der Vergleich hinkte. Es hatten sich ihm schon hin und wieder Chancen geboten, doch er hatte versäumt, sie beim Schopf zu packen. Du bist einfach ein bisschen zu weich, genau wie ich, hatte Jøran gesagt.

Als er wieder aufstand, wunderte er sich darüber, wie sehr er zitterte. Das Gewehr lag in der Kommodenschublade, aber er rührte es nicht an. Er wankte auf den Gang hinaus und zog seinen Anorak an. Es stand ihm frei, zwischen den Birken durch den Schnee zu stapfen und aufs Geratewohl den Snauberg hinaufzusteigen. Wenn er nur weit genug ging, gab es kein Zurück mehr. Und wenn er erst einmal die Orientierung verloren hatte, konnte er sich auch freiwillig in den Schnee legen und unter dem offenen Himmel, im Angesicht der unerreichbaren Sterne, erfrieren. Es musste ein angenehmes Gefühl sein, wenn die Glieder so steif geworden waren, dass man keinen Schmerz mehr empfand. Als Zehnjähriger war er einmal so wütend auf seine Mutter gewesen, dass er sich im Park in den Schnee gelegt hatte, um von dieser Welt Abschied zu nehmen. Doch nach einer Viertelstunde war das Sterben so langweilig geworden, dass er wieder nach Hause trottete, sich auf sein Zimmer schlich und eine Patience legte. Wenn die Mutter gewusst hätte, wie nah er dem Tod gewesen war! Doch damals war alles anders gewesen, damals hatten die Schläge noch ausgestanden, die ihn später auf die Bretter geschickt hatten, damals war er noch nicht angezählt worden. Es gab natürlich auch weniger eisige Lösungen: Er konnte sich in den Corolla setzen und mit Vollgas und geschlossenen Augen auf eine Bergwand zurasen. Jøran hatte sich für das Gewehr entschieden und gezeigt, wie einfach es war. Doch nicht einmal das war ihm gelungen. Er öffnete die Tür, ließ sich den Wind ins Gesicht wehen und stellte fest, dass es inzwischen hell geworden war. Die Birkenstämme wirkten jungfräulich und nackt.

Eine Hand legte sich unerwartet auf seine Schulter.

»Was hast du vor, Roger?«

Er drehte sich um und begegnete Franks fragendem Blick.

»Pinkeln gehen, Holz holen.«

»Gutes Stichwort. Vielleicht sollte ich endlich mal mit anpacken. Wo liegen die Holzscheite?«

»Unter dem Dach hinterm Klo.«

Im Schutz des Schuppens pinkelten sie gemeinsam.

Frank sagte: »Dumme Geschichte, das mit der Frau.«

»War doch keine Absicht.«

»Nein. Wollte ihr nichts antun. So was geschieht einfach.«

»Kein Wunder, dass dich das ziemlich mitgenommen hat.«

»Ja, ging mir ziemlich dreckig vorhin. Hab vorher noch nie jemand umgebracht. Hätte ja genauso gut dir passieren können.«

»Ist es aber nicht!«, sagte Roger rasch.

»Nein, aber du *könntest* der Täter sein. In den Jogginganzügen waren wir doch gar nicht voneinander zu unterscheiden.«

»Wie meinst du das?«

»Wenn sie uns schnappen … dann wäre es möglich, dass wir uns gegenseitig beschuldigen.«

»Warum sollten wir das tun?«

»Dann können sie keinen von uns verurteilen.«

Roger verstummte.

»Ganz ruhig, wir werden ja nicht geschnappt.«

»N...nein.«

»Das gefällt dir nicht, was, Roger? Bin früher bei den Pfadfindern gewesen. Einer für alle, alle für einen war die Parole. So muss das zwischen uns auch sein, sonst funktioniert es nicht.«

»Ich hätte doch niemals ...«

»Aber natürlich hättest du! Wenn du angegriffen worden wärst, hättest du genau dasselbe getan.«

»Sie wollte dich nur daran hindern, die Tür zuzumachen.«

Sie zogen ihre Reißverschlüsse nach oben und schauten sich an. Roger senkte den Blick.

»Enttäusch mich nicht, Junge! Dir ist doch wohl von Anfang an klar gewesen, das wir zusammenhalten müssen, was auch geschieht. So wie Lisa das tut.«

»Sie ... sie ist deine Freundin.«

»Freundin? Hab noch nie eine Freundin gehabt. Lisa fickt gut. Kannst sie dir gerne ausleihen, wenn du willst. So wie wir auch die Beute geteilt haben. Einer für alle, alle für einen.«

Roger suchte erneut Franks dunkle Augen. Was das Geld anging, hatte er sein Versprechen gehalten. Er hatte von Anfang an gesagt, dass sie die Beute durch drei teilen würden, und so war es auch geschehen.

»Verstehst du?«

»Ja ... aber ich habe die Frau nicht getötet!«

»Okay, okay, aber du hast trotzdem etwas vergessen.«

»Und das wäre?«

»Dass ich dir das Leben gerettet habe.«

»Das habe ich nicht vergessen, Frank.«

»Ist das etwa nichts wert?«

Roger nickte und fühlte sich vollkommen leer. War nicht imstande, Frank zu erklären, dass dessen Worte für ihn einen anderen Sinn hatten, dass er sich beinahe wieder am Nullpunkt befand. Sein Leben war schließlich überhaupt nichts wert. Aber Frank konnte das nicht verstehen, dachte vor allem an sich selbst und daran, was geschehen würde, wenn sie doch festgenommen würden.

Sie trugen beide einen Arm voll Holz in die Hütte und öffneten danach sämtliche Fensterläden. Frank behielt Recht – auf diese Weise wurde es drinnen schon etwas gemütlicher; und da das Auto nun mal vor der Hütte stand, machte es einen merkwürdigen Eindruck, wenn die Läden geschlossen blieben.

Roger nahm wieder das Buch über Salzwasserfische zur Hand, konnte sich jedoch nicht in die behagliche Stimmung zurückversetzen, die er vor dem Hören der Radionachrichten empfunden hatte. Er versuchte, alle düsteren Gedanken zu verdrängen, doch er las, ohne etwas zu verstehen: *Der Körperbau des Lumb, einer Schellfischart, erinnert an den Leng; er ist allerdings etwas rundlicher und hat außerdem nur eine zusammenhängende Rückenflosse. Sein Maul weist einen leichten Überbiss und eine Reihe scharfer Zähne auf. Die kleinen Schuppen sitzen tief in der Haut. Die lange Rücken- und Afterflosse ist mit der Schwanzflosse verbunden. Der Lumb kann über einen Meter lang und bis zu 15 Kilo schwer werden.*

Wie merkwürdig, dass Lisas Kusine beziehungsweise deren Mann in ihrer Berghütte ein Buch über Salzwasserfische stehen hatten. Noch viel merkwürdiger war es, dass er hier war und sich solche Gedanken machte, während die Polizei vermutlich den Tatort untersuchte und Hinweisen nach dem Verbleib der drei brutalen Bankräuber nachging.

Nein, brutal war noch untertrieben, und Roger befürchtete, dass es bei Frank immer wieder zu unkontrollierten Gewaltausbrüchen kommen konnte. *Hätte er uns festnehmen wollen, hätte ich das Gewehr genommen und ihm mitten in die Visage geschossen.* Was hatte Frank so hart werden lassen?

Frank stand am Fenster und starrte schweigend hinaus. Das schien Lisa zu irritieren, denn plötzlich fragte sie, ob jemand mit ihr Karten spielen wolle. Als Roger traurig den Kopf schüttelte, ging Frank zu ihm, zog ihn aus dem Sessel, legte ihm den Arm um die Schultern und führte ihn zum Tisch. »Ich glaube, wir brauchen alle ein bisschen Ablenkung. Vor allem du, Roger. Ich sehe dir doch an, dass du mein Missgeschick ziemlich schwer nimmst, schwerer als ich sogar.«

Vielleicht war Frank doch sensibler, als er gedacht hatte. Roger fühlte sich schon besser. Lisa holte drei kleine Gläser, füllte sie mit Wodka und brachte die Flasche weg. Frank gewann die meisten Spiele, ohne sich anzustrengen. Zumindest verbesserte sich dadurch seine Laune.

»Komisch«, sagte er. »Die Situation erinnert mich immer mehr an gemütliche Osterferien. Als würden wir nur hier drin hocken, weil wir auf besseres Wetter warten.«

»Draußen im Schuppen stehen mindestens drei Paar Langlaufskier«, warf Lisa ein.

»Wenn ich passende Schuhe finde, mache ich eine kleine Tour und teste meine Fitness. Die hat in letzter Zeit doch ziemlich zu wünschen übrig gelassen.«

Der sanfte Unterton in Franks Stimme ließ Roger zu ihm aufblicken. Frank kam ihm plötzlich empfindsamer vor; seine dunklen Augen strahlten sogar eine gewisse Wärme aus.

»Was meint ihr, wie lange wir hier bleiben sollten?«, fragte Roger.

»Och, ein paar Tage vielleicht. Was meinst du, Lisa?«

»Schwer zu sagen. Hängt auch von den Bullen ab. Bald kommen die nächsten Nachrichten.«

Sie hörten die Nachrichten zu jeder vollen Stunde. Der Bankraub wurde jedes Mal erwähnt, aber es war offensichtlich, dass die Ermittlungen auf der Stelle traten. Die Polizei ging davon aus, dass zwischen dem gestohlenen Toyota Corolla und dem Überfall auf die Bankfiliale ein Zusammenhang bestand, doch konkrete Hinweise in Bezug auf die Täter lagen anscheinend nicht vor. Gleichzeitig wurde ihnen bewusst, dass dem Fall wegen des Todes von Nina Mogård nun eine ungleich höhere Aufmerksamkeit zuteil wurde und die Polizei weitere Einsatzkräfte hinzugezogen hatte. Selbst die Meldungen über die Hochwasserkatastrophe in Teilen Europas traten in den Hintergrund.

»Wie interessant wir plötzlich geworden sind«, sagte Frank grinsend.

Roger fragte sich, ob ihr Anführer wirklich so unbekümmert war, wie er vorgab. Zumindest schien er die unmittelbaren Folgen seiner Tat, die eine Familie ins Unglück gestürzt hatte, verdrängt zu haben. Während Lisa den Vorfall einfach nicht mehr erwähnte, hatte Roger das Gefühl, in seinem Zwerchfell habe sich ein unförmiger Klumpen gebildet, der ihm das Atmen erschwerte. Dennoch empfand er wieder etwas von der Geborgenheit des Morgens. Das Kartenspiel, das Tageslicht, die ruhigen Beschäftigungen in der Hütte vermittelten auch ihm das Gefühl, sich auf einer Ferienreise zu befinden. Und sonderbarerweise gelang es ihm sogar, die bedrückendsten Gedanken auf Distanz zu halten. Es kam nur darauf an, die Kontrolle über sich nicht zu verlieren, sich bewusst zu machen, dass der Überfall geglückt und er reich war, dass sich ihm jetzt phänomenale Möglichkeiten boten. Es ging ganz einfach um die Fähigkeit, sich mit etwas *abzufinden*.

Es ließ sich auch nicht leugnen, dass er die Spannung bis zu einem gewissen Grad genossen hatte. Zum ersten Mal in seinem Leben war er an Vorgängen beteiligt, die ihm Bedeutung verliehen. Begann zu begreifen, dass auch er es erhebend fand, in den Radionachrichten eine Rolle zu spielen.

Nach den Dreiuhrnachrichten öffnete Lisa zwei Konservendosen für sie, und während sie aßen und Bier tranken, bemerkten sie, dass der Wind sich gelegt hatte. Er heulte nicht mehr, wenn er um die Hütte herumfegte, und Roger fühlte sich zufriedener denn je. Genau in dem Moment, als Frank sich auf den Bauch klopfte und lautstark rülpste, worauf Lisa ihm einen tadelnden Blick zuwarf, klopfte es an der Tür. Sie starrten einander an.

# 7

Lisa war die Erste, die ihre Sprache wiederfand.

»Wir können nicht so tun, als wären wir nicht da.«

Frank stand auf und schlich zum Fenster. Spähte kurz hinaus und drehte sich um. »Keine Reifenspuren, kein Auto.«

Doch sie wussten, dass sie sich nicht verhört hatten. Roger spürte, wie er zu zittern begann. Jetzt war es aus. Die Bullen hatten sie eingelullt. Falls sie nicht öffneten, würde sie bald eine Megafonstimme hören, die mitteilte, dass die Hütte umstellt war, und die sie aufforderte, mit erhobenen Händen nach draußen zu kommen.

Aber das geschah nicht. Hingegen klopfte es erneut an der Tür. Lisa stand ebenfalls auf.

»Ich schau nach, wer da ist.«

Sie eilte auf den Gang, während Frank und Roger sich zu beiden Seiten des Türrahmens verborgen hielten. Lisa öffnete die Haustür.

»Hallo«, hörten sie Lisa sagen.

»Guten Tag«, entgegnete eine tiefe männliche Stimme. »Ich wusste nicht, dass jemand zu Hause ist.«

»Nein, äh, wir …«

»Mein Name ist Ola Brendhaug, mir gehört der nächste Bauernhof in dieser Gegend. Ich bin auf Skiern unterwegs und sehe nach, ob der Sturm irgendwelche Dächer beschädigt hat. Ich habe Frau Nilsen versprochen, dass ich ihre Hütte im Auge behalte.«

»Ach, ja, ich erinnere mich, dass Lillian so etwas sagte. Ich bin ihre Kusine Elisabeth. Ich bin mit zwei Freunden hier, während Lillian mit ihrer Familie auf den Kanarischen Inseln ist.«

»Da haben Sie aber verdammtes Pech mit dem Wetter. Doch soweit ich sehe, ist nichts beschädigt worden.«

»Nein, nein, die Hütte ist sehr solide. Und gemütlich. Ich bin schon früher mehrmals hier gewesen, mit Lillian und ihrem Mann.«

»Ach so. Vielleicht könnte ich gleich die Gelegenheit nutzen, um etwas auszumessen. Frau Nilsen hat mich nämlich gefragt, ob ich ihr eine neue Steinplatte vor dem Kamin besorgen könnte. Wenn es ginge, noch vor Ostern. Haben Sie etwas dagegen, dass ich reinkomme? Es dauert nur einen Augenblick.«

»Nun, äh …«

Frank kniff die Augen zusammen, und Roger verstand. Keiner von ihnen legte Wert darauf, dem hilfsbereiten Bauern zu begegnen. Wenn Lisa ihn schon unbedingt hereinlassen musste, konnten sie Zuflucht in einem der Schlafzimmer suchen. Andererseits wäre es sonderbar, wenn die Leute aus der Stadt in Deckung gingen, nur weil ein gutmütiger Nachbar ihnen einen Besuch abstattete. Frank schien zu demselben Ergebnis gekommen zu sein. Er warf die Hände in die Luft und schüttelte den Kopf.

»Ich weiß, wo der Zollstock liegt«, hörten sie den Mann sagen.

»Kommen Sie rein.«

Er ließ sich nicht zweimal bitten, und als er in seinen altmodischen Skistiefeln ins Wohnzimmer stapfte, war Frank, was ihm gar nicht ähnlich sah, vollauf damit beschäftigt, den Tisch abzuräumen, während sich Roger in seinem Lieblingssessel in das Leben der Salzwasserfische vertiefte.

»Das ist Ola Brendhaug«, sagte Lisa. »Er misst nur den Kamin ab.«

Roger blickte auf und sah, wie Frank die freie Hand ausstreckte. »Schön, Sie kennen zu lernen. Ich heiße Petter.« Er zwinkerte Roger zu.

Brendhaug schien etwa Anfang sechzig zu sein. Sein gutmütiges Gesicht, das aus einem in die Jahre gekommenen Skianorak herausschaute, machte ihn zu einer harmlosen Erscheinung. Er würde registrieren, dass alles in Ordnung war, und die Sache wieder vergessen. Als Frank die schmutzigen Teller zur Kochnische trug, stand Roger auf.

»Ich heiße Nils«, sagte er und drückte dem Bauern dessen breite Hand mit den dicklichen Fingern.

»Ola ... Brendhaug.« Der Mann fand es offenbar merkwürdig, sich nur mit dem Vornamen vorzustellen, schien aber keine Schwierigkeiten zu haben, seine Wünsche zu artikulieren: »Tut mir Leid, wenn ich störe. Wie ich sehe, haben Sie gerade gegessen und wollten jetzt sicherlich Kaffee trinken.«

Die Andeutung war nicht zu überhören, und Roger imponierte die Selbstverständlichkeit, mit der Lisa in die Rolle der Gastgeberin schlüpfte, die sowohl mit der Hütte als auch den Gepflogenheiten der Einheimischen vertraut war. »Aber Sie stören doch nicht, Ola. Nehmen Sie auch eine Tasse?«

Die Antwort kam wie aus der Pistole geschossen: »Ach, das ist doch nicht nötig.«

Brendhaug strich sich mit der Hand über seinen graumelierten Scheitel, öffnete den Reißverschluss seines Anoraks und ließ sich in den Sessel fallen, in dem Roger gerade noch gesessen hatte. Dann zog er eine Pfeife aus seiner Tasche und begann sie zu stopfen. Während Lisa die Kaffeetassen auf den Tisch stellte und ein paar Kekse in eine Schale legte, gab Brendhaug eine kurze Zusammenfassung der Schäden, die der Sturm in den letzten vierundzwanzig Stunden in Oppdahl angerichtet hatte.

»Es gab große Sachschäden. Am schlimmsten hat es den Hof in Tågvoldan erwischt. Das Dach und der obere Teil der Scheune wurden völlig zerstört. Ein Wunder, dass keine Menschen zu Schaden kamen. Was für ein Chaos. Einige Kindergartenkinder wurden von der Feuerwehr nach Hause gebracht. So ein Unwetter hat es hier nie zuvor gegeben, und das will schon was heißen.«

»Einfach grauenhaft«, pflichtete Lisa ihm bei.

»Und während wir hier gegen den Sturm ankämpfen, kämpfen Holländer und Deutsche gegen das Hochwasser. Soll mir bloß keiner was von Gottes unerforschlichen Ratschlüssen erzählen. Ich glaube, das hat alles mit dem Dreck zu tun, den wir in die Luft pusten.«

»Ganz bestimmt.«

»Der Rauch meiner Pfeife ist dagegen nur ein Furz im Wind«, sagte er lachend.

Während sie Kaffee tranken, sprachen sie weiter über die Luftverschmutzung und das Klima. Ein Thema, das Frank langweilte, weil er nur sehr wenig darüber wusste, das ihren Gast aber immerhin davon abhielt, neugierige Fragen zu stellen. Als jedoch der Kaffee getrunken und die Pfeife erloschen war, machte er keine Anstalten zu gehen, sondern schnitt von sich aus – gut informiert und redefreudig, wie er war – das gefährliche Thema an.

»Sind Sie schon lange hier?«

»Eine Weile«, antwortete Lisa vage.

»Da haben Sie vielleicht noch gar nichts von dem Banküberfall in Heimdal gehört?«

»Doch, doch.«

»Man hat die Frau des Filialleiters getötet. Diese Schweine werden von Mal zu Mal brutaler. Ich habe sie gestern im Fernsehen angeschaut; die sahen aus wie eine Mischung aus Guerillakämpfern und Sportlern. Auf ihren Trainingsanzügen stand VIF. Möchte wissen, wo sie die herhaben ...«

Lisas Blick schien in diesem Moment auf etwas zu fallen, das Roger nicht sehen konnte. Er bemerkte, wie ihre großen Augen noch größer wurden, als hätte sie plötzlich einen bewaffneten Polizisten im Türrahmen entdeckt. Unwillkürlich drehte er den Kopf und sah, dass einer der Trainingspullover über einer Stuhllehne hing. Der Schriftzug VIF leuchtete ihm förmlich entgegen. Franks Idee, so zu tun, als kämen die Bankräuber aus Oslo – Herrgott!

Dann hörte er sie sagen: »Frank, wolltest du nicht noch etwas Holz fällen?«

Frank schaute sie verdutzt an. »Ach ja.«

Nachdem er ihr einen mörderischen Blick zugeworfen hatte, ging er zur Tür. Den Pullover ließ er über dem Stuhl hängen. Er hatte den Hinweis offenbar nicht verstanden und geglaubt, sie wolle Brendhaug nur zum Gehen bewegen. Aber warum dann die seitliche Kopfbewegung? Roger schwante, dass in diesem Moment alles auf eine Katastrophe zulief – abgesehen von der Tatsache, dass der Bauer jederzeit den Trainingspullover entdecken konnte.

»Ich hole auch noch ein bisschen Holz«, sagte er und stand auf. Er registrierte noch, wie Lisa ihm einen raschen, dankbaren Blick zuwarf, als er sich den Pullover schnappte und zur Tür ging.

Nachdem er die Wohnzimmertür hinter sich geschlossen hatte, bemerkte er, dass Frank die Hütte gar nicht verlassen hatte. Er lehnte mit dem Rücken an der Haustür. Als Roger näher trat, sah er, dass Frank sich an seiner Doppelflinte zu schaffen machte. Mit rot angelaufenem Gesicht stieß er die Worte so verbissen hervor, dass Roger begriff, dass ihnen womöglich der nächste Albtraum bevorstand:

»Wir dürfen ihn nicht gehen lassen!«

»Wie meinst du das? Ich habe den Pullover mitgenommen. Er hat ihn nicht gesehen.«

»Den Pullover?« Frank senkte die Waffe, als Roger auf die drei Buchstaben zeigte. »Deshalb wollte sie also, dass ich den Raum verlasse?«

Roger nickte. Glaubte, die Gefahr sei gebannt, doch dann fuhr Frank fort: »Guter Einfall von Lisa. Wenn diese Vollidiotin mich nur nicht mit Frank angeredet hätte. Ich hab mich doch vorhin als Petter vorgestellt. Und was sagt sie: ›Frank, wolltest du nicht noch etwas Holz fällen?‹ Verdammte Scheiße!«

Roger wusste nicht, was er sagen sollte. Jetzt, da Frank es erwähnte, konnte er sich auch an den Satz erinnern.

»Und hast du gesehen, wie dieser aufdringliche Typ reagiert hat? Der ist vor Schreck fast aus dem Sessel gesprungen. Wenn wir ihn jetzt gehen lassen, haben wir in zwanzig Minuten die Bullen hier.«

Roger, dem weder Lisas Versehen noch die Reaktion des Bauern aufgefallen war – er hatte sich ganz auf den Trainingspullover konzentriert –, konnte nicht glauben, dass Brendhaug sie aufgrund eines einzigen Versprechers durchschaut hatte. »Du irrst dich, Frank«, versuchte er.

»Das werden wir bald wissen. Wenn er vor uns zurückweicht, ist der Fall klar … da kommt er.«

Die Tür am anderen Ende des Gangs öffnete sich. Der gutmütige Nachbar stand mit dem Rücken zu ihnen, weil er sich immer noch mit Lisa unterhielt.

»Ach, nein, vielen Dank. Ich muss zusehen, dass ich nach Hause komme, bevor es dunkel wird.«

Er nickte ihr zu und trat ein paar Schritte zurück, um seine Ankündigung in die Tat umzusetzen. Frank drückte Roger rasch das Gewehr in die Hand und stellte sich vor ihn. Roger schaute ihm über die Schulter, als ihr Gast sich näherte. Er sah Lisa im Hintergrund. Offensichtlich wollte sie ihn hinausbegleiten. Als Brendhaug sich umdrehte, um den Rest des Gangs zur Tür hin zurückzulegen, blieb er abrupt stehen, als er feststellte, dass der Ausweg versperrt war. Roger glaubte jedoch nicht, dass er die Waffe bemerkt hatte.

»Warum so eilig, Ola?«, fragte Frank mit breitem Grinsen.

»Ich bin schon viel zu lang hier gewesen, meine Frau wird ...«

»Haben Sie nicht etwas vergessen?«

»Vergessen? Ich wüsste nicht ...«

Als er sich an Frank vorbeidrücken wollte, kam die Aufklärung augenblicklich: »Die Größe der Bodenplatte vor dem Kamin auszumessen. Das hatten Sie Frau Nilsen doch versprochen.«

Dem Bauern fiel die Kinnlade herunter. Nicht vor Angst, hoffte Roger.

»Oder eilt das plötzlich nicht mehr?«

»Ich, äh ... mache das ein anderes Mal.«

Jetzt bestand kein Zweifel mehr. Der Mann hatte Angst – Todesangst!

Lisa, die dem Armen nicht ins Gesicht sehen konnte, verstand offenbar nicht, was vor sich ging. »Ola kann doch wohl selbst entscheiden, wann er das machen will. Würdest du ihn jetzt durchlassen, Frank?«, sagte sie mit angemessener Schärfe in der Stimme.

Doch Frank schrie sie an. Seine Stimme überschlug sich fast vor Wut, wie gestern in der Bank: »Jetzt hast du's wieder gesagt, verdammte Schlampe! Hast du vergessen, dass ich Petter heiße?«

Das saß. Lisa wurde kreidebleich. Brendhaug ebenso.

»Los, in die Stube!«

Der Bauer stolperte rückwärts. »Ihr ... ihr müsst den Verstand verloren haben. Was soll das alles bedeuten?«

»Du weißt genau, was das bedeutet, Ola!« Frank stieß ihn in den Brustkasten. »Das bedeutet, dass du besser nie an diese Tür geklopft hättest. Das war ein Riesenfehler!«

Roger ging als Letzter; das Gewehr schleifte er beinahe hinter sich her. Kurz darauf dachte er: War es ein Riesenfehler von Frank, dass er Brendhaug die Waffe nicht gezeigt hatte? Wäre es dann nicht so weit gekommen?

Der Rest verlief jedenfalls wie in einem amerikanischen Gangsterfilm. Als sie alle vier im Wohnzimmer saßen und es schien, als habe der grauhaarige Mann in seinem hoffnungslos altmodischen Skianzug allen Mut verloren, sprang er auf wie ein übermütiges Fohlen und stürzte auf den Gang hinaus. Doch Frank war schneller, riss Roger das Gewehr aus der Hand und schrie Brendhaug an, er solle stehen bleiben. Als dieser die Türklinke herunterdrückte – nicht ahnend, dass eine Flinte auf ihn gerichtet war –, schoss Frank. Der Mann zuckte zusammen, erstarrte, wankte, aber er fiel nicht. Frank trat näher an ihn heran und feuerte aus weniger als einem Meter Entfernung die Patrone des anderen Laufs auf ihn ab. Der Geruch von Schießpulver erfüllte den Hüttengang. Ola Brendhaug blieb leblos vor der Tür liegen. Falls er langsam verblutete, sahen sie es nicht, weil das Blut, das aus den vielen kleinen Rückenwunden strömte, sowohl vom Pullover als auch vom Anorak aufgesogen wurde.

Sie waren alle drei wie von Sinnen, vor allem Frank, dessen Selbsterhaltungstrieb seine Verzweiflung überlagert hatte.

»Packt die Sachen zusammen!«, schrie er Lisa zu.

Sie gehorchte auf der Stelle, entgegnete jedoch: »*Du* hast den Pullover über der Stuhllehne hängen lassen. Der Kerl hätte sich nur einmal umzudrehen brauchen. Ich musste irgendwas unternehmen.«

»Stimmt schon, aber du hättest mich niemals Frank nennen dürfen.«

»Und was war gestern in der Bank? Da hast du meinen Namen gesagt.«

»Ja, als nur das kleine Mädchen da war.«

»Ach, komm, das ist dir doch aus Versehen passiert. Genau wie mir heute.«

»Du hättest den Typ niemals in die Hütte lassen dürfen!«

So stritten sie eine Weile, während sie fieberhaft Kleider und Nahrungsmittel in die Taschen stopften – bis Roger fragte, was sie mit der Leiche tun sollten. Frank hatte sich darüber noch keine Gedanken gemacht, stimmte Roger aber sofort zu, als dieser den Brunnen vorschlug. In der Hütte sollte es ordentlich aussehen, falls sich jemand Einlass verschaffte. Dass sie sich schnellstmöglich aus dem Staub machen mussten, brauchten sie nicht zu diskutieren. Lisa meinte, Brendhaugs Hof liege nur einen halben Kilometer entfernt. In einer Stunde, spätestens bei Anbruch der Dunkelheit, würde seine Frau anfangen, nach ihm zu suchen. Vermutlich hatte er ihr gesagt, wohin er wollte. Wenn sie die Hütte erreichte, musste der Wagen verschwunden und die Fensterläden verriegelt sein. Kam sie erst spät, würde die Dunkelheit ihnen helfen. Am besten wäre es, der Wind frischte erneut auf oder es fiele mehr Schnee, der die Reifenspuren überdeckte. Frank bat Lisa, drinnen für Ordnung zu sorgen. Roger und er würden sich um den Rest kümmern. Es mangelte ihnen nicht an Ideen, wenn es drauf ankam. Im Inneren der Hütte fand sich ein großer Speckstein, den sie mithilfe einer Nylonschnur am Hals des Mannes befestigten. Den Rest der Schnur benutzten sie dazu, ihm seine Skier und Skistöcke um den Leib zu binden. Sie durften nichts zurücklassen, was darauf schließen ließ, Ola Brendhaug habe sich bei der Hütte aufgehalten. Es begann zu dämmern, und Roger fiel ein, dass sie vor ziemlich genau 24 Stunden die Bank überfallen hatten. Später hatten sie so getan, als seien sie im Osterurlaub, doch dieser hatte kürzer gedauert als geplant. Und das alles wegen des verdammten Unwetters. Wäre der Sturm nicht gewesen, hätte sich kein pflichtbewusster Bauer auf den Weg gemacht, um zu kontrollieren, ob die Hütten in der Umgebung unbeschadet waren. Frank und Roger arbeiteten Hand in Hand und wechselten kaum ein Wort miteinander. Doch wie stand es mit dem Brunnen? Mithilfe des Stocks erweiterte Roger das Loch in der Eisdecke. Die Frage war, wie tief der Brunnen reichte. Er ließ den Stock so weit wie möglich hinunter, erreichte jedoch nicht den Grund. Eine Tiefe von gut zwei Metern würde ausreichen; das wäre ein bisschen länger als die Skier. Nachdem sie in alle Richtungen geschaut hatten, hoben sie das schwere Bündel an und schleppten es um das Auto herum bis zum Brunnen. Sie hievten das Paket auf die Kante, stiegen beide auf den Brunnenrand und begannen die Leiche kopfüber langsam nach unten zu fieren. Auch diesen Job erledigten sie wie in Trance. Sie dachten gar nicht mehr daran, was sie taten, sondern konzentrierten sich voll und ganz auf die Ausführung. Als nur noch die Füße der Leiche und die Enden der Skier über die Kante schauten, ließen sie das Bündel fallen. Der tote Körper rutschte ein Stück nach unten, blieb jedoch stecken, bevor er ganz unter der Wasseroberfläche verschwunden war. Vielleicht hätten sie die Skispitzen nicht zuerst hinabsenken sollen; jetzt fungierten sie offenbar als Widerhaken, die sich oberhalb des Grunds verkeilt hatten. Wenn sie dem Brunnen jetzt den Rücken kehrten – mit aus dem Wasser ragenden Skistiefeln –, hätten sie die Leiche auch ebenso gut vor der Hütte liegen lassen können. Gemeinsam ließen sie den Stock hinunter, bekamen mit dem Haken die Schnur zu fassen, mit dem die Füße zusammengebunden waren, und begannen die Leiche wieder nach oben zu ziehen. Plötzlich gab es ein schleifendes und platschendes Geräusch, kein Gewicht hing mehr am Stock, und als sie mit der Taschenlampe hinableuchteten, war kein Bündel, sondern nur mehr die zerschlagene Eisfläche zu sehen. Und als wäre dies der glücklichen Umstände nicht genug, fing es in dem Moment, als sie den Deckel wieder an seinen Platz schoben, zu schneien an. Roger wäre Frank am liebsten vor Freude um den Hals gefallen, doch der war bereits auf dem Rückweg zur Hütte. Gemeinsam schlossen und verriegelten sie die Fensterläden. Zuletzt, nachdem Roger die Tür zum Plumpsklo abgeschlossen hatte, hängte er den Stock wieder an die Hauswand. Es war bereits nach halb fünf und trotz des einsetzenden Schneefalls nun fast ganz dunkel.

Verschwitzt und erschöpft trotteten sie in die Hütte. Frank stützte sich hustend an der Wand ab und atmete tief durch. Seine Kondition war, er hatte es selbst gesagt, nicht die allerbeste. Lisa hatte die dringlichsten Arbeiten erledigt, ihre persönliche Habe zusammengepackt und dafür gesorgt, dass es in der Stube wieder einigermaßen ordentlich aussah. »Das Geschirr habe ich in eine Plastikschüssel neben die Spüle gelegt. Ich kann schließlich nicht alles allein schaffen.« Roger entdeckte die Pfeife des Toten in einem Aschenbecher und steckte sie in die Jackentasche. »Kein Zweifel, dass der Schwachkopf etwas gemerkt hatte«, sagte Frank. Sie verstauten alles im Kofferraum, warfen einen letzten Blick in die Schlafzimmer und kontrollierten, ob sie das Geld, das jetzt auf zwei Taschen verteilt war, dabeihatten. Lisa schaltete die Sicherungen aus, schloss die Haustür ab und hängte den Schlüssel wieder an seinen Platz hinter der Toilette. Die alte Hüttenregel, den Kamin bereits für das nächste Feuer vorzubereiten, konnten sie nicht einhalten, weil die Glut darin immer noch glimmte. »Lillian wird sicher bemerken, dass sich in der Hütte unerlaubte Gäste aufgehalten haben, aber es dauert bestimmt eine ganze Weile, bis sie und ihr Scheißtyp hierher kommen.«

Unerlaubte Gäste.

Roger dachte vor allem an die Leiche im Brunnen, die langsam das Trinkwasser verpestete. Als Kind, vor unendlich vielen Jahren – es kam ihm wie ein anderes Leben vor –, hatte er einen Sommer gemeinsam mit seiner Mutter auf einem Bauernhof an der Küste verbracht. Zu diesem Hof gehörte ein Brunnen, und der Bauer hatte ihnen erzählt, auf dem Grund des Brunnens schwimme eine Lachsforelle. Solange diese lebe – wovon? –, könnten die Menschen sicher sein, dass das Brunnenwasser trinkbar sei. Roger hatte auf dem Bauch gelegen und in den Brunnen gespäht, die Lachsforelle aber nie zu Gesicht bekommen, bis die Mutter diese eines Tages zufällig in einem Wassereimer nach oben beförderte. Sie betrachteten das lebende, farblose und bleiche Fischgeschöpf eine Weile, bevor die Mutter den Eimer wieder hinunterließ. Von diesem Moment an weigerte sich Roger, das Wasser zu trinken. Vielleicht gab es in diesem Brunnen auch eine Lachsforelle, dachte er. Die würde jetzt um den Kopf der Leiche herumschwimmen und überlegen, was zu tun war. Würde sie beginnen, Ola Brendhaug anzuknabbern, oder würde sie sterben, weil sie nicht in der Lage war, all das Fleisch zu essen, bevor es vermoderte?

Doch eigentlich ließen ihn diese Gedanken kalt. Etwas war mit ihm geschehen. Er war mit sich selbst im Reinen, wusste aber nicht, warum. An diesem Nachmittag war mit ihnen allen etwas geschehen. Zuerst hatten sie Kaffee getrunken und dann hatten sie ihren Gast erschossen. Weil einer von ihnen Frank statt Petter gesagt hatte.

Dann saßen sie wieder im Corolla. Roger war weiterhin der Fahrer. Mühelos manövrierte er den Wagen über den schmalen Pfad bis zur Straße hinunter. Es war dunkel, es schneite, und bis jetzt war keine Bauersfrau aufgetaucht, die sich nach ihrem Mann erkundigt hätte.

»Rechts oder links?«

»Links«, sagte Lisa. »Sonst sind wir gleich bei der Gjevilvasshütte.«

Roger nickte. Eine Weile schwiegen sie alle drei, was jedoch keiner von ihnen als bedrückend, sondern vielmehr als sehr natürlich empfand. Roger war froh, eine Beschäftigung zu haben. Hinter dem Steuer zu sitzen musste immer noch angenehmer sein, als beschäftigungslos aus dem Fenster zu starren und sich immer wieder mit den eigenen Handlungen zu konfrontieren.

Er war der Erste, der etwas sagte, als sie die Landstraße erreicht hatten.

»Rechts oder links?«, wiederholte er.

Darüber hatten sie bisher gar nicht gesprochen. Zunächst hatten sie nur so schnell wie möglich wegkommen wollen. Zwar hatte das Ziel ursprünglich Oslo geheißen, aber auch das schien nicht sicher. Frank hatte sich von Anfang an ziemlich vage ausgedrückt, was sie dort unternehmen sollten. Hatte bloß immer wieder betont, mit dem Geld in der Tasche stünden ihnen alle Wege offen. Sein Plan hatte die Fahrt in die Hauptstadt mit eingeschlossen. Doch was dann?

»Fahr rechts«, sagte Lisa. »Die Autobahn ist zu gefährlich.«

»Was meinst du, Frank?«

»Ausnahmsweise einig.«

Frank schien sie nicht mehr als Vollidiotin oder verdammte Schlampe zu betrachten. Ohne dies einzuräumen, hatte er ihren Versprecher offenbar als beklagenswertes Unglück akzeptiert. Oder erinnerte er sich an das Pfadfindermotto, von dem er so geschwärmt hatte? Oder bedeutete sie ihm wirklich etwas?

Roger nahm die Landstraße in Richtung Westen, die durch das Tal führte. Er war sie zu anderen Jahreszeiten schon gefahren, als Keyboarder von *Driving Mad*, und wusste, dass es vor Sundalsøra keine größeren Ortschaften gab. Damals hatten sie in einer Sporthalle richtig abgerockt, in der typischen Weise junger Bands, die den Mangel an Qualität hinter ekstatischem Gebaren und dröhnender Lautstärke versteckten. Ein halbes Jahr später hatte die Band sich aufgelöst. Ihr Sänger, der noch die größte Einsicht in ihre Mittelmäßigkeit besaß, bekam einen Job in einer anderen Band. Ihr Sologitarrist zog nach Bergen, um Taxi zu fahren. Der Bassist wurde zum Militär eingezogen, während der vierte Mann aufhörte, sein Schlagzeug zu traktieren und stattdessen mit dem Trinken anfing. Roger war es egal. Für ihn war die Musik nur ein Mittel, um vorübergehend dem Alltag zu entfliehen, und besonders einträglich war es auch nicht gewesen.

Als es eine Weile geradeaus ging, fragte er, ob es okay sei, den CD-Spieler auszuprobieren. Frank hielt das für eine gute Idee und studierte die vier, fünf CDs, die sich in einer kleinen Nische hinter der Handbremse befanden.

»Ach, verdammt, der Kerl hat nur Klassik. Vivaldi, Bach … und Grieg.«

»Grieg passt gut zu einer Fahrt durch die norwegische Natur«, kam es vom Rücksitz.

»Scheißromantik, wenn du mich fragst.«

»Und das da?«, fragte Roger, der das Bild eines stilisierten Flügels erkannte.

»Keith Jarrett« steht drauf.

»Großartig, mach an.«

»Nie gehört von der Frau.«

»Ist ein Mann, Jazzpianist.«

»Verstehe«, sagte Frank. »Hast du nicht gesagt, dass du so was selbst spielst?«

»Früher mal. Hab kein Klavier mehr.«

Frank grinste, schaltete das Licht im Wagen aus und steckte die CD in den Schlitz. »Meine Damen und Herren, begrüßen Sie mit mir … das Klavierphänomen Roger Dalvang!«

Fast nichts hatte sich verändert. Frank war der Chef. Nachdem es ihm gelungen war, Roger neuen Lebenswillen einzuimpfen, hatte er zwei Menschen getötet – mit derselben Leichtigkeit, mit der andere Leute einen Schundroman in die Mülltonne werfen. Als die ersten

Töne von *You and the Night and the Music* erklangen, begann Frank rhythmisch mit den Fingern zu schnippen. Zwar nicht im Offbeat, aber dies war ja auch nicht seine Lieblingsmusik. Roger war sogleich von der Musik erfüllt. Wenn er die Augen schloss, sah er Keith Jarrett vor sich, tief über die Tasten gebeugt, summend wie Glenn Gould, während Bassist und Schlagzeuger auf jeden seiner Impulse eingingen.

Doch er konnte sich nicht erlauben, die Augen zu schließen, er war der Fahrer. Während das Jazztrio vor sich hin swingte, musste er sich auf die Kurven konzentrieren. Obwohl er sich im Geiste in einem rauchigen Jazzclub in Greenwich Village befand, hatte er die Aufgabe, den Wagen auf der Straße zu halten. Das dichte Schneegestöber flutete ihm im Scheinwerferlicht in einem endlosen Strom entgegen – wie ein Fernsehschirm ohne Antennenanschluss. Die gesamte Milchstraße schien auf ihn zuzurasen. Jede Schneeflocke ein vom Himmel gefallener Stern.

Irgendwann konnte er die Fahrbahnbegrenzungen nicht mehr erkennen, an denen sich hohe Schneewälle auftürmten. Der Wagen brach jedes Mal nach links aus, wenn er ein wenig auf die Bremse trat. Er schlug das Steuer hart ein, was eine Rutschpartie nach sich zog, die am rechten Straßenrand endete. Roger öffnete die Tür, stieg aus, lehnte sich gegen die Kühlerhaube und erbrach sich. Das Erbrochene spritzte bis auf die Windschutzscheibe, wo es von den Scheibenwischern zur Seite geschoben wurde. Niemand stieg aus, um ihm zu helfen. Weder Lisa noch Frank verstanden, warum sich der Fahrer auf einmal übergeben musste. Roger wusste es selbst nicht. Mit einer Hand voll Schnee wischte er sich den Mund ab. Zitternd vor Erleichterung krabbelte er wieder auf den Vordersitz.

Keith Jarrett spielte *Bye Bye Blackbird,* und Frank bemerkte: »Hättest eben nicht so viel essen dürfen, alter Junge.«

»Schießen Sie nicht auf den Pianisten«, sagte Lisa.

# 8

Sie zündeten sich jeder eine Zigarette an.

»Können wir weiterfahren?«, wollte Frank wissen.

»Gleich. Ich muss mich nur ein bisschen ausruhen. Der Schneefall macht mich ganz schwindlig.«

Das konnte Frank gut nachvollziehen. »Wenn du willst, kann dich einer von uns ablösen. Bei diesem Wetter gibt es mit Sicherheit keine Verkehrskontrollen.«

»Lass nur, ich fahre selbst.«

Doch der Wagen bewegte sich nicht vom Fleck. Die beiden anderen stiegen aus und versuchten zu schieben, kamen aber weder vor noch zurück. Die Räder drehten durch, und es schien, als würde sich ihre warme, lilafarbene Behausung nur immer tiefer in den Schnee eingraben. Die Schneeflocken, die vom Himmel fielen, bedeckten ihre Köpfe mit dekorativen Hauben.

»Du hättest besser einen Traktor klauen sollen«, sagte Lisa.

Kaum hatte sie das gesagt, hörten sie auch schon ein brummendes Geräusch, worauf über der Kuppe, die vor ihnen lag, ein blinkendes gelbes Licht auftauchte. Ein unförmiges Monstrum, das zunächst an einen Dinosaurier erinnerte, erwies sich als baggerähnliches Räumfahrzeug. Es blieb neben ihnen stehen, und ein Mann in orangefarbener Uniform kletterte heraus.

»Braucht ihr Hilfe?«, klang es im melodiösen Dialekt des Nordens.

»Nee, wir genießen die schöne Aussicht«, entgegnete Frank grinsend.

Der Mann grinste zurück, holte ein Tau und befestigte es an einem Haken, der sich an der Räumschaufel befand. Dann gab er Frank einen Spaten und zeigte auf den Corolla. Frank begann zu schaufeln und geriet schnell außer Atem.

»Ihr seid körperliche Arbeit nicht gewohnt«, stellte der Mann fest.

Er nahm Frank den Spaten aus der Hand und hatte die Front ihres Wagens im Nu so weit freigeschaufelt, dass er sich flach auf den Bauch legen und das andere Ende des Taus unterhalb der Stoßstange befestigen konnte. Dann kletterte er wie ein Eichhörnchen wieder in sein Ungetüm, das kurz darauf langsam zurücksetzte. Als das Tau sich straffte, hatte Roger wieder hinter dem Steuer Platz genommen und die Handbremse gelöst. Fünf Sekunden später waren sie freigekommen.

»Danke für die Hilfe«, sagte Frank.

»Na, dann weiterhin gute Fahrt.«

Sie winkten dem Mann zu, während sich das Räumfahrzeug in Richtung Tal entfernte. Als sie in die entgegengesetzte Richtung weiterfuhren, stellte Frank den CD-Player ab. »Ich glaube, der Jazz hat dich schwindlig gemacht, Roger. Solltest lieber Madonna hören.«

Die nächste Nachrichtensendung begann mit Neuigkeiten über die Flutkatastrophe. Vielerorts seien die Deiche gefährdet, und in Maastricht würden Vorbereitungen zur Evakuierung von 100 000 Menschen getroffen. Erst die vierte Meldung, nachdem zuvor über den Krieg in Tschetschenien und die Sturmschäden in Mittelnorwegen berichtet worden war, galt der Jagd auf die Bankräuber. Es dürfe nicht mehr als selbstverständlich betrachtet werden, dass sie in einem Toyota Corolla mit dem Kennzeichen VE 56362 unterwegs seien. Dieses Fahrzeug könne ebenso gut von anderen Personen entwendet worden sein. Auch müsse man in Betracht ziehen, dass die als äußerst gefährlich einzustufenden Verbrecher inzwischen auf einen anderen Wagen umgestiegen sein könnten. Leider sei ihre Identität weiterhin unbekannt, doch der Filialleiter habe ausgesagt, alle drei hätten Osloer Dialekt gesprochen. Folglich stelle sich die Polizei darauf ein, dass sie in Richtung Süden unterwegs seien. Was ihre Verbindung zur Hauptstadt betraf, wurde erwähnt, beim Sportverein VIF könne sich niemand daran erinnern, dass irgendwann drei Trainingsanzüge entwendet worden seien. Doch dies, habe einer der Vereinsvorsitzenden bemerkt, könne ja bereits vor mehreren Jahren geschehen sein.

»Ausgezeichnet!«, rief Frank erfreut aus. »So was hört die Konkurrenz gern. Die VIF-Leute füllen ihre leeren Kassen durch kriminelle Machenschaften in Trøndelag auf.«

»Ach, komm«, sagte Lisa. »So schwachsinnig kann doch niemand sein, im Trainingsanzug des eigenen Sportvereins ein Verbrechen zu verüben.«

»Jedenfalls haben wir sie ziemlich an der Nase herumgeführt.«

Lisa war nicht ganz so optimistisch wie er. »Vielleicht haben wir Fehler gemacht, die wir noch gar nicht bemerkt haben. Bis jetzt ist ja nicht gerade alles nach Plan verlaufen.«

»Ein bisschen improvisieren muss man immer. Wir müssen jetzt einfach Zeit gewinnen. In ein paar Tagen haben die Bullen wieder andere Dinge im Kopf. Bis dahin brauchen wir erst mal ein neues Versteck. Irgendwelche Vorschläge?«

Niemand hatte einen Vorschlag.

Nachdem sie den steilen Anstieg hinter sich gebracht hatten, schneite es nicht mehr so dicht. Roger wusste, dass das Tal eng war und dass sich zu beiden Seiten steile Bergwände erhoben, doch sie konnten nichts als die Straße erkennen, die vor ihnen lag. Ein paarmal überquerten sie die Driva, die in dieser Gegend breiter wurde und langsamer dahinfloss.

Sie erreichten Sunndalsøra gegen halb sieben. Es hatte aufgehört zu schneien. Roger fuhr langsam durch den nahezu menschenleeren, dicht bebauten Ort. Lisa musste aufs Klo. Roger ließ sie an einer Tankstelle aussteigen. Sie kam mit Cola und Chips, einer Straßenkarte sowie zwei Zeitungen zurück. Wieder wurden sie an den Überfall erinnert. In beiden Zeitungen waren Fotos von Nina Mogård abgedruckt, von deren Tod allerdings noch keine Rede war.

Frank zeigte auf ein Hotel namens *Baron*, das ein Stück entfernt lag. »Sieht ganz schön verlockend aus.«

Roger sagte, dort habe er damals mit seiner Band übernachtet. Am besten konnte er sich an die gebackenen Waffeln erinnern, die es zum Frühstück gegeben hatte.

»Wir sollten das sein lassen«, meinte Lisa, »die einen Blick auf die Karte warf. »Wir sind nicht einmal zweihundert Kilometer von Trondheim entfernt.«

Sie gaben ihr Recht.

»Kristiansund, Molde oder Åndalsnes?«

»Åndalsnes«, entschied Frank. »Was haben wir an der Küste verloren?«

Dann ging es weiter, zunächst ein Stück am Sunndalsfjord entlang, dann über eine Landzunge. Keiner von ihnen war je hier gewesen. Sie überquerten einen Pass und schlängelten sich auf dunklen Serpentinen unbekannten Tälern entgegen. Wenn die kurvenreichen Straßen ein Stück geradeaus gingen, spürten sie die heftigen Windböen, die über die steilen Abhänge pfiffen. Doch Roger war inzwischen mit dem Wagen vertraut. Immer quälender wurde die Frage, wo sie übernachten könnten, denn eine ganze Nacht im Auto zu verbringen, war nicht sehr verlockend.

»Wir dürfen keinesfalls alle miteinander dasselbe Hotel benutzen«, sagte Lisa. »Jeder weiß, dass es drei Bankräuber waren.«

Selbst Frank, der von ihnen das stärkste Bedürfnis nach ein wenig Luxus hatte, sah ein, dass sie Hotels und Pensionen meiden sollten. »Also müssen wir uns was anderes suchen. Ein entlegenes Haus oder so eine ähnliche Hütte wie in Oppdal. Mit Fernseher und Fußbodenheizung im Bad.«

»Ohne neugierige Bauern in der Umgebung«, fügte Lisa hinzu.

Und ohne Brunnen, dachte Roger.

Das Problem war nur, dass sich niemand von ihnen in dieser Gegend auskannte, und die Dunkelheit machte die Sache nicht einfacher. Sie versuchten es auf einigen Nebenstraßen, fanden jedoch keine geeigneten Gebäude und mussten jedes Mal wieder umkehren. Als sie in Åndalsnes ankamen, zeigte die Uhr am Armaturenbrett 21.30. Sie saßen gewissermaßen in der Falle. Wenn sie weiter am Fjord entlang fuhren, würden sie in Ålesund landen. Die einzige Alternative bestand darin, in südöstlicher Richtung über Romsdalen nach Dombås zu fahren, was jedoch hieß, dass sie automatisch auf die Autobahn gelangen würden.

Sie hatten auf einem einsamen Parkplatz in der Nähe des Bahnhofs geparkt, bliesen sich gegenseitig den Rauch ins Gesicht und starrten aus dem Fenster. Roger wurde langsam müde und spürte, wie die allgemeine Stimmung sich allmählich verschlechterte, wie ihre Tollkühnheit in kleinliches Gezänk überging. Während Lisa und Frank aufeinander rumhackten, fragte sich Roger, ob es nicht doch eine dritte Möglichkeit gab. Frank hatte dem Hausmeister in Trondheim mitgeteilt, dass sie für ungewisse Zeit in Oslo bleiben wollten, aber was hatte der schwerhörige Olsen davon eigentlich mitbekommen? Würde er sich daran erinnern, dass sie vor drei Tagen nach Oslo gereist waren, wenn sich jemand nach ihnen erkundigte? Und falls es wirklich darauf ankommen sollte – wie wollte Franks Kontaktmann in Oslo eigentlich beweisen, dass sie zum Zeitpunkt des Bankraubs tatsächlich in der Hauptstadt gewesen waren? Doch die eigentliche Schwäche von Franks Plan bestand darin, den Anschein erweckt zu haben, die Verbrecher kämen aus Oslo. Diese Idee hatte es ihnen unmöglich gemacht, auf dem schnellsten Weg dorthin zu fahren. Weil Lisa die Hütte in Oppdal erwähnt hatte, war Frank auf den Gedanken gekommen, zunächst dort zu bleiben, bis sie ungefährdet in Richtung Süden fahren konnten. Doch diese Zwischenstation wäre ihnen fast zum Verhängnis geworden – und hatte ein weiteres Menschenleben gefordert.

Noch am Sonntag hatte ihm Franks Plan mächtig imponiert, doch nun trieb er ihm den Schweiß auf die Stirn. Er beinhaltete allzu viele Ungenauigkeiten und würde irgendwann dazu führen, dass sie den Fahndern ins Netz gingen. Es sei denn …

Plötzlich hatte er die Lösung vor Augen. Er warf seine Kippe aus dem Fenster und drehte sich zu Frank um, der beleidigt das Gesicht verzog, weil Lisa ihm vorwarf, dass ihm nichts mehr einfiele.

»Und wenn die Bullen wirklich auf den Trick mit den

VIF-Anzügen reingefallen sind? Wenn die wirklich glauben, es handelt sich um eine Gang aus Oslo?«

»Natürlich glauben die Schwachköpfe das!«

»Dann sind sie auch davon überzeugt, dass die Gang längst wieder in Oslo ist.«

»Nein, die gehen eher davon aus, dass sie uns unterwegs schnappen, in Gudbrandsdalen oder in Østerdalen.«

»Denk daran, was sie im Radio gesagt haben. Die Bankräuber könnten auch einen anderen Wagen benutzt haben. Der Überfall ist schon *dreißig* Stunden her.«

»Verdammt, du hast Recht.« Frank ahnte, worauf Roger hinauswollte. »Die Bullen haben es sicher aufgegeben, die Hauptstraßen zu kontrollieren.«

»Und noch was!«, fuhr Roger eifrig fort. »Lisa, hast du nicht erzählt, dass Olsen selbst niemals in den Hof geht und sich die Wohnungen ansieht?«

»Jedenfalls nicht, seit ich da wohne. Er schämt sich bestimmt über die Löcher, die er vermietet.«

»Dann können wir die riskante Fahrt nach Oslo doch gleich bleiben lassen. Wenn wir über Dombås fahren, sind wir noch vor vier Uhr morgens wieder in der Sandgata. Wir sind die ganze Zeit nicht von zu Hause weg gewesen, lagen seit Sonntag mit einer Grippe im Bett. Vergessen wir doch unser Alibi in Oslo. Wenn's drauf ankommt, hat sich der schwerhörige Olsen eben verhört.«

»So einfach ist das nicht«, sagte Frank. »Was ist mit dem Corolla?«

»Wenn wir in der Stadt sind, schrauben wir die richtigen Schilder wieder an, leeren den Wagen und fahren ihn irgendwo in den Graben. Die Bankräuber haben ihn ja schließlich nicht benutzt.«

Vom Rücksitz kam ein befreiendes Lachen. »Die Idee ist wirklich gar nicht so dumm. Warum bist du da nicht draufgekommen, Frank?«

Die Antwort ließ auf sich warten, und Roger begriff auch, warum.

Lisa hatte betont, dass Frank eine Möglichkeit außer Acht gelassen hatte, an die er längst hätte denken müssen. Jetzt konnte er sein Projekt nicht ohne weiteres auf den Müll werfen.

Endlich sagte er: »Du meinst, dass die Autobahn nicht mehr kontrolliert wird? Kann sein. Aber dann ist es doch auch kein Risiko mehr, nach Oslo zu fahren.«

»Was, zum Teufel, sollen wir im hektischen Oslo, wenn es zu Hause genauso sicher ist?«

»Sicher? Wir brauchen nur ein paar hundert Kronen auszugeben, und schon wundern sich die Leute, woher wir die Kohle haben. Was soll das für ein Leben sein?«

»Ich setze auf die Masche mit der Grippe. Das Geld unter die Matratze und für zwei Wochen ins Bett. Danach, Frank, wenn alles zur Ruhe gekommen ist, können wir nach Oslo fahren und richtig die Sau rauslassen. Roger ist ein helles Köpfchen.«

»Nie im Leben fahre ich zurück in das Drecksloch in der Sandgata! In Oslo kenne ich Leute, die alles perfekt für uns organisieren.«

Roger fürchtete, Franks Sturheit könne sich durchsetzen, und schmierte ihm ein bisschen Honig um den Bart: »Deine Idee mit den Trainingsanzügen war einfach super, Frank. Und die Bullen sind bestimmt drauf reingefallen. Du könntest sogar mal anrufen und ihnen weitere Tipps in der Richtung gegen – so gut, wie du den Dialekt nachahmen kannst.«

»Ja, vielleicht ...«

»Aber Lisa hat schon ein bisschen Recht. Wir sollten nichts überstürzen.«

Frank hob die Schultern. »Wir müssen uns ja nicht gleich entscheiden. Wir können warten, bis wir in Dombås sind. Dann wissen wir vielleicht mehr.«

Dieses halbherzige Einlenken genügte Roger. Er kurbelte die Scheibe hoch, drehte den Zündschlüssel und ließ den Wagen auf die Straße rollen.

Sie fuhren am Bergmassiv Trollveggen entlang, das in der Dunkelheit nicht zu erkennen war. Während Frank Kartoffelchips knabberte, dachte Roger an all die Kletterer, die sich freiwillig in die Steilwand begaben, um sich Meter für Meter nach oben zu kämpfen. Die Ungeduldigen hingegen, denen an der Geschwindigkeit gelegen war, sprangen über der Kante ab, in der Hoffnung, ihr Fallschirm werde sich rechtzeitig öffnen. Roger hatte einen Artikel darüber gelesen, was diese Menschen antrieb, ganz gleich, ob sie nach oben oder nach unten strebten. Sie suchten die Spannung, den Kick. Der Alltag schien ihnen zu sicher, zu langweilig, zu blutarm. Nur in der Gefahr spürten sie das Leben unmittelbar. Er war sich nicht sicher, ob er diese Einschätzung teilte.

Kurz vor zehn schaltete Frank den Sendersuchlauf des Autoradios ein. Zwischen den steilen Felswänden war der Empfang nicht besonders gut, doch sie konnten deutlich verstehen, was gesagt wurde:

*»Am Südufer des Gjevilvatnet wird nach dem vierundsechzigjährigen Landwirt Ola Brendhaug gesucht, der seit achtzehn Uhr des gestrigen Tages als vermisst gemeldet wird. Brendhaug war auf Skiern unterwegs, um sich einen Überblick über die Sturmschäden an einigen Hütten im Raum Oppdal zu verschaffen. Die örtlichen Polizeibehörden schließen nicht aus, dass der Vermisste von einer kleineren*

*Lawine erfasst worden sein könnte. Die Rettungsmannschaften haben zwei Lawinenhunde im Einsatz. Bislang fehlt von dem als bergerfahren geltenden Landwirt jede Spur …«*

»Das wird auch so bleiben!« Frank stopfte sich die letzten Chips in den Mund und knüllte die Tüte zusammen.

Roger hatte wieder Mut gefasst, doch etwas in ihm war zerschlagen worden, etwas, das sich nicht reparieren ließ. Er griff fester ums Lenkrad und starrte auf die Straße, auf der ihnen nur wenige Pkws oder helle Lastzüge entgegenkamen, die wie leuchtende Schaustellerwagen durch die Dunkelheit rasten.

»Das muss schrecklich für seine Frau sein«, sagte Lisa leise.

Roger wusste nicht, ob Lisa sich nur kurz hatte Luft machen wollen oder noch etwas hinzufügen wollte, denn Frank bat sie zu schweigen. Die knisternde Radiostimme sprach weiter:

*»Die drei Personen, die gestern eine Bankfiliale in Heimdal überfallen und die Frau des Filialleiters getötet haben, sind weiterhin auf freiem Fuß. Ihre Identität ist immer noch ungewiss. Aus Polizeikreisen verlautete, es sei davon auszugehen, dass die Bankräuber aus dem Großraum Oslo stammten und sich inzwischen wieder dort aufhielten. Das gestrige Unwetter habe die Ermittlungen allerdings wesentlich erschwert, weil zahlreiche Einsatzkräfte mit der Abwicklung des Verkehrs beschäftigt gewesen seien …«*

»Da könnt ihr's hören«, sagte Frank. »Die Bullen haben voll angebissen.«

»Dem Wettergott sei Dank«, sagte Lisa.

»Dank, wem du willst. Wenn wir nach Dombås kommen, schlagen wir uns erst mal den Bauch voll. Ich spendiere!«

Roger hatte keine Lust, sich an dem Gespräch zu beteiligen, war jedoch froh, dass die Stimmung wieder besser schien. Frank hatte ungefragt den CD-Player angestellt, und diesmal konnte Roger dem Pianojazz lauschen, ohne vom Schneegestöber gestört zu werden, das ihm entgegenraste. Danach musste Frank ein wenig Bach über sich ergehen lassen, während Roger den Musikgeschmack von Anders Krogness aus Jakobsli segnete. Von ihren drei Opfern war er derjenige, der ohne Zweifel am besten davongekommen war. Aber vielleicht vermisste Krogness die Keith-Jarrett-CD ja mehr als seinen Wagen.

Eine ganze Weile fuhren sie hinter einem Räumfahrzeug her, das den Schnee in hohem Bogen an den rechten Fahrbahnrand beförderte.

»Warum fährst du nicht vorbei?«, fragte Frank.

»Weil er uns den Weg freiräumt.« Auf einigen Gebieten war ihr Chef bei weitem nicht so klug, wie er erscheinen wollte

»Ja, natürlich.«

Falls Frank Lisas Kichern vom Rücksitz hörte, ignorierte er es. Vielleicht war er bloß des Fahrens müde.

Sie fuhren jetzt wieder bergab. Das Räumfahrzeug fuhr zur Seite, weil auf der Ostseite der Wasserscheide nicht so viel Schnee gefallen war, und um 23 Uhr 45 erreichten sie Dombås. Auf dem geräumigen Parkplatz vor einem Gasthof war viel Platz, dennoch waren sie sich einig, den Wagen lieber diskret an der Seite zu parken. Trotz der ermutigenden Nachrichten war nicht auszuschließen, dass irgendwann ein Polizeiauto vorbeikam. Frank versteckte die Gewehre unter dem Vordersitz und kontrollierte sorgfältig, ob alle Türen verschlossen waren. Unmittelbar nachdem die letzten Schüsse gefallen waren, hatte er die doppelläufige Flinte nachgeladen. »Man kann nie wissen«, hatte er zu Lisa gesagt.

Roger genoss es, die Glieder zu strecken, und hätte sich gern ein wenig die Beine vertreten, doch der kühle Wind sorgte dafür, dass er den anderen beiden in den Gasthof folgte.

Der nur spärlich besuchte Gastraum lag im ersten Stock. Frank bestellte einen Toast mit Frikadelle, während Lisa und Roger sich für Pizza entschieden. Sie hatten sich direkt ans Fenster gesetzt, um das Auto im Auge behalten zu können. Obwohl an diesem Tisch Rauchverbot herrschte, holte Frank sofort einen Aschenbecher.

»Kommt nicht infrage«, sagte Lisa. »Entweder du setzt dich an einen anderen Tisch oder du wartest bis später. Wir wollen hier nur was essen und den Leuten nicht signalisieren, dass wir auf die Gesetze pfeifen.«

Frank nahm brummend einen Schluck Bier und ließ die Zigaretten in der Tasche. Nachdem sie ihr Essen bekommen hatten, warf er einen Blick auf seine Armbanduhr:

»Eine Minute vor zwölf. Wir sind sicherlich vor vier Uhr zu Hause.« Er wirkte ein bisschen niedergeschlagen, als er das sagte.

Lisa zwinkerte Roger zu, der sich leicht wie eine Feder fühlte. Er hatte sich die ganze Zeit vor Oslo geängstigt. Zum einen kannte er sich dort kaum aus, zum anderen graute ihm davor, fremden Menschen zu begegnen, die ihnen »weiterhelfen« sollten. Lisa war Gott sei Dank ganz seiner Ansicht und meinte, sie sollten eine Zeit lang warten, ehe sie sich wieder richtig unter die Leute mischten. Er schnitt ein Stück von seiner Pizza ab und spürte, dass sie sehr heiß war. Während er damit wartete, es in den Mund zu stecken, warf er einen Blick auf den Parkplatz. Ein Auto schwenkte auf den Parkplatz ein und blieb unmittelbar vor dem Gasthof stehen. Nicht irgendein Auto, wie er feststellte, als die Scheinwerfer erloschen. Zwei Männer stiegen auf verschiedenen Seiten aus. Nicht irgendwelche Männer.

»Mmh, endlich was zwischen die Kiemen«, sagte Frank und begann, sich über die verführerische Hausmannskost herzumachen. Alles lag bereit: Zwiebeln, Erbsen, Petersilie, ein welkes Salatblatt und eine Tomatenscheibe.

Roger beugte sich über den Tisch, gab Franks Arm einen Stoß und zeigte auf den Streifenwagen.

# 9

DONNERSTAG, 2. FEBRUAR 1995

Die beiden uniformierten Männer waren bereits auf dem Weg zum Eingang. Das musste ein Zufall sein. Es musste!

Etwas, das sie kaum noch befürchtet hatten, war eingetreten. Roger spürte, wie sein Puls in die Höhe schnellte, wie das sonderbare Gebilde in seinem Zwerchfell – er stellte sich einen pilzförmigen Muskel vor – anschwoll. Lisa saß neben Frank. Nachdem sich beide vergewissert hatten, dass Roger richtig gesehen hatte, starrten sie ihn an, und er begriff, dass sie mindestens so viel Angst empfanden wie er selbst. Er hatte den Pizzahappen wieder auf den Teller gelegt und wollte aufstehen, als Frank demonstrierte, wer von ihnen das Sagen hatte.

»Bleib sitzen!«, zischte er. »Die sind nicht wegen uns hier.«

Roger gehorchte.

»Wenn wir einfach rausrennen, wecken wir nur Misstrauen. Wir haben das Essen ja fast nicht angerührt.«

Roger musste sich eingestehen, dass Frank Recht hatte. Dass er derjenige von ihnen war, der in einer solchen Situation am ehesten die Ruhe bewahrte. Roger krümmte die Zehen in den Schuhen und nahm seine Gabel wieder in die Hand. Mit einem Mal verspürte er gegenüber dem Pizzahappen einen ebenso starken Widerwillen wie gegen ein verdorbenes Stück Wurst, doch er steckte ihn sich in den Mund und zwang sich zum Kauen.

»Schau genau hin, wie sie sich verhalten, wenn sie den Raum betreten«, flüsterte Frank.

Er nickte und hob den Kopf, weil er als Einziger von ihnen nicht mit dem Rücken zur Tür saß. Schwere, entschlossene Schritte stampften die Treppe herauf. Dann erschienen zwei kräftige Kerle in funkelnagelneuen langen Uniformjacken und mit eleganten Kopfbedeckungen, die sie aussehen ließen wie zwei Feuerwehrleute auf Inspektionsfahrt. Der eine erblickte einen Tisch in ihrer Nähe und deutete mit dem Finger darauf. Der andere nickte. Roger hörte auf zu kauen und konnte den Blick nicht von ihnen abwenden, bis sie zu der langen Theke schlenderten und hinter einem Blumenarrangement verschwanden.

»Ich glaube, sie wollen sich ganz in unsere Nähe setzen.«

»Die Bullen sitzen eben auch gern am Fenster«, sagte Frank.

»Jetzt iss und lass dir nichts anmerken.«

Lisa versuchte beides, doch es gelang ihr nicht besonders gut.

»Wenn ihr mich unbedingt ansprechen müsst, ich heiße Petter. Verstanden?«

Eine Minute später kamen beide Polizisten mit einem Tablett in der Hand zurück und setzten sich, wie Roger vermutet hatte, an den Nebentisch hinter seinem Rücken. Dem folgenden Gespräch – in einem Dialekt, der offenbarte, dass sie keine Einheimischen waren – entnahm Roger, dass es sich um zwei Beamte handelte, die unter normalen Umständen sicher besonnen gehandelt hätten, jedoch von einer soeben eingetroffenen Nachricht dermaßen erschüttert waren, dass sie die üblichen Vorsichtsmaßregeln außer Acht ließen.

»Einfach grauenhaft!«

»Das Schlimmste, was ich je gehört habe!«

»Gut, dass wir nicht in der Nähe waren.«

»Wart's ab. Die werden sicher Verstärkung anfordern.«

»Ach was, das ist ein Fall für die Kripo, Henrik.«

»Ich glaub, von dem Mann hab ich schon mal gehört.«

»Dem Bauern?«

»Ja, der, den sie gefunden haben. Letztes Jahr hatten sie irgendjemand geschnappt, der ihm ein paar Schafe gestohlen hatte. Stand in der Zeitung.«

»Vielleicht ein Racheakt.«

»Nee, das ist viel zu brutal und pervers. Stell dir vor, Odd Magnar, den haben sie mit seinen Skiern wie ein Paket zusammengeschnürt und in den Brunnen geworfen.«

»Mit einem Gewicht um den Hals. Pfui Teufel!«

Roger bekam plötzlich keine Luft mehr und hatte das Gefühl, das Essen bleibe ihm in der Kehle stecken. Er war sicher gewesen, die Leiche würde wochen-, wenn nicht monatelang im Brunnen versteckt bleiben. Dabei hatte die Polizei sie bereits entdeckt! Er musste husten. Frank sandte ihm einen drohenden Blick. Doch Roger blieb nichts anderes übrig, als zu Ende zu husten, und während er das tat, dachte er mit Grauen: *Es war mein Einfall. Ich hatte die Idee mit dem Brunnen.* Das war beinahe das Schlimmste. Er konnte die Reaktion der beiden Polizisten gut nachvollziehen. Mord war in ihren Augen ohnehin das abscheulichste Verbrechen, dessen ein Mensch sich schuldig machen konnte. Diese Tat jedoch übertraf in ihrem Zynismus alles, was sie sich bislang hatten vorstellen können. Dass er nicht der Mörder war, half Roger in diesem Moment kein bisschen weiter. *Ich bin brutal. Ich bin pervers. Ich bin ein kranker Mensch.*

Als er in diesem Moment spürte, wie eine fremde Stuhllehne an seine eigene stieß, lief es ihm kalt über den Rücken. Er ahnte, dass der Polizist namens Henrik sich zu ihm umgedreht hatte, und hörte im nächsten Moment dessen Stimme:

»Entschuldigen Sie. Dieses Gespräch sollte Ihnen eigentlich nicht zu Ohren kommen, aber morgen werden ohnehin die Zeitungen darüber berichten.«

»Wo ist das denn passiert?«, erkundigte sich Frank.

»Bei einer Hütte westlich von Oppdal.«

»Der Mann wurde ermordet?«

»Ja, zuerst haben sie ihm mit einer Schrotflinte in den Rücken geschossen und ihn dann wie eine Katze im Eiswasser ertränkt.«

»Wie grausam! So was passiert nicht mal in Tschetschenien.«

»Das können Sie laut sagen. Wenn der Lawinenhund nicht gewesen wäre, hätte die Leiche wohl jahrelang im Brunnen gelegen.«

Der Polizist wandte sich wieder seinem Kollegen zu, und Roger begriff, dass die beiden nun ihre delikaten Krabbensandwiches in Angriff nahmen. Ihm war so übel, dass er fast ohnmächtig wurde. Es war ihm ein Rätsel, wie Frank in der Lage war, sich auf solch ein Gespräch einzulassen.

»Ich glaube, du solltest aufs Klo gehen«, flüsterte Lisa. »Du bist kreideweiß. In fünf Minuten treffen wir uns draußen.«

Er nickte dankbar und rappelte sich auf, während der Polizist näher an den Tisch heranrückte, um ihn vorbeizulassen. Roger gab sich die größte Mühe, so normal wie möglich durch den Gastraum zu gehen, doch als er die Toilette erreicht hatte, stürzte er in eines der Abteile und sank vor der Kloschüssel in die Knie. Er stützte sich mit den Händen am Sitz ab, spürte, wie sein Magen sich zusammenkrampfte, und spuckte eine gelbliche Flüssigkeit aus. Es brannte säuerlich in seiner Kehle. Danach beugte er sich zitternd über das Waschbecken und versuchte sich den Mund mit kaltem Wasser auszuspülen. Trocknete sich ab, hob den Kopf und blickte sich im Spiegel an. Entdeckte, dass sein Gesicht mehr grün als weiß und sein Blick verschleiert war. Wie konnten Frank und Lisa nur so gelassen bleiben? Er wusste, dass von den Polizisten aller Wahrscheinlichkeit nach keine unmittelbare Gefahr ausging. Dass sie nicht ahnten, wer da am Nebentisch saß. Dennoch hatte er die Nerven verloren. Er war nicht der richtige Mann für so etwas, hatte wohl auch nicht damit gerechnet, dass der Bankraub ihm das Gegenteil beweisen würde. Vor ein paar Stunden, in Åndalsnes, hatte er sich eingebildet, die Ereignisse hätten ihn härter gemacht. Doch sobald er mit den eigenen Handlungen konfrontiert wurde, fuhr ihm die Angst in die Glieder. Wenn sie zurück in die Stadt kämen, wäre es gut, wenn sie sich sofort trennen und ihn in Ruhe lassen würden. *Eigentlich sollte ich längst tot sein.* Er richtete sich auf und trat einen Schritt zurück. Spürte, dass er in der Lage war, sich auf den Beinen zu halten, wenngleich seine Knie zitterten. Er nahm seinen Kamm aus der Tasche und zog ihn durch seine zerzausten Haare. Blieb eine Weile stehen, bis er Schritte auf dem Gang hörte.

»Roger?« Es war Frank, der zu ihm hereinkam.

»Geht schon besser.«

»Okay. Dass sie die Leiche entdeckt haben, hilft den Bullen auch nicht weiter.«

»Nein, die f…finden bestimmt nicht heraus, dass …«

Frank schaute ihn aufmerksam an und hatte beinahe sein altes Grinsen wiedergefunden. »Nie und nimmer. Du hast doch gehört, was sie gesagt haben. Die werden zunächst diesen Typ verhören, der damals die Schafe geklaut hat.«

»Und uns in R… Ruhe lassen …«

»Na klar. Komm jetzt.«

Frank legte ihm den Arm um die Schultern und führte ihn zur Tür. Ließ ihn auch nicht los, während sie die Treppe hinuntergingen. Draußen wartete Lisa auf sie. Die frische Luft tat Roger gut. Dennoch nickte er dankbar, als Frank ihm anbot, das Steuer zu übernehmen. Roger setzte sich auf die Rückbank, während Lisa auf dem Beifahrersitz Platz nahm. Sie drehte sich zu ihm und gab ihm etwas, das in eine Serviette eingeschlagen war.

»Deine Pizza. Du kannst sie ja später noch essen.«

Roger konnte sich nicht vorstellen, je wieder Lust auf Pizza zu haben, und legte das Päckchen neben sich auf den Sitz. Frank ließ den Motor an. Das Auto machte einen Satz nach vorne. Roger hoffte, dass der Chef nur Anfangsschwierigkeiten mit der ungewohnten Kupplung hatte, und Frank steuerte den Wagen dann auch kontrolliert an dem parkenden Streifenwagen vorbei und fuhr an der nächsten Kreuzung weiter geradeaus.

»Jetzt fahren wir in die Richtung, aus der wir gekommen sind«, sagte Lisa.

»Nur ein kleines Stück«, meinte Frank, »falls einer der Bullen zufällig aus dem Fenster schaut. Ich habe ihnen gesagt, dass wir zum Bowlingspielen nach Ålesund wollen. Sicher ist sicher.«

»Das wäre doch nicht nötig gewesen.«

»Das kann man nie wissen. Hauptsache, wir haben sie nicht länger am Hals.«

Ein paar Kilometer später bog er jäh in eine Seitenstraße ab und hielt neben einer einsam gelegenen Scheune. »Jetzt warten wir erst mal eine Viertelstunde und holen die verpasste Zigarette nach.«

Sie leisteten ihm Folge, während Lisa und Frank darüber diskutierten, warum die Polizei die Leiche so schnell entdeckt hatte. Sie waren sich einig, dass sie dies nur dem Lawinenhund zu verdanken haben konnten. Ihnen selbst waren keine nennenswerten Fehler unterlaufen. Dann drehte Lisa sich um und wandte sich an Roger. »Geht's dir ein bisschen besser?«

»Ja.«

»Ich hatte auch Angst. Dachte, jetzt haben sie uns erwischt.«

»Das war nicht das Schlimmste. Aber als die sich darüber unterhalten haben, dass …«

»Verstehe.«

»Die Leiche im Brunnen.«

»Ich weiß. Aber Frank hat Recht. Die Bullen haben überhaupt keinen Anhaltspunkt.«

»Das ändert doch nichts an der Sache!« Roger erkannte seine Stimme, die sich fast überschlagen hatte, beinahe nicht wieder.

»Natürlich nicht. Aber glaub mir, auch Frank und ich haben nicht gewollt, was mit Brendhaug und der Frau in der Bank passiert ist.«

»Es wirkte aber nicht so!«

Lisa schwieg verdutzt, doch Roger war jetzt so in Rage, dass er alles loswerden musste:

»Okay, ihr habt Angst, geschnappt zu werden. Das habe ich auch. Aber ihr macht euch überhaupt keine Gedanken darüber, was ihr … was wir zusammen getan haben!«

Als er in Tränen ausbrach, verlor Frank die Geduld:

»Jetzt hältst du die Schnauze, Junior! Krokodilstränen helfen uns nicht weiter. Geht das in deinen Schädel?«

»Du hast uns versprochen, dass nicht geschossen wird.«

»Da irrst du dich. Ich bin davon ausgegangen, dass es nicht notwendig sein würde. Das ist was ganz anderes. Habe ich etwa nicht laut und deutlich gesagt, dass du mitmachen darfst, *weil* du ein Gewehr hast?«

»Doch, schon, aber wir wollten die Gewehre nur zur Abschreckung mitnehmen.«

»Und wenn dich jemand bedroht, hättest du nicht mal den Mut, dich zu wehren, du jämmerlicher Waschlappen.«

Frank hielt jäh inne, als sei er plötzlich auf einen anderen Gedanken gekommen. Das schien auch der Fall zu sein, denn als er den Mund wieder öffnete, hatte seine Stimme einen sanften, beinahe verwunderten Klang.

»Das ist nicht wahr. Vor einer Woche hattest du den Mut, als du von all den Dingen bedroht wurdest, die um dich herum passierten. Ich werd nur einfach nicht schlau aus dir, Roger. Als ich in dein Zimmer kam und dir die Knarre aus der Hand riss, hast du geheult, weil ich dich am Schießen gehindert habe. Und jetzt heulst du aus dem umgekehrten Grund.«

»Aber das ist doch etwas ganz anderes«, versuchte Lisa sich einzumischen.

»Nein, das ist ziemlich dasselbe!« Frank drehte sich ganz herum und suchte Blickkontakt zu Roger. Sprach jetzt noch leiser und persönlicher: »Du bist um deine Kindheit betrogen worden. Die Welt hat dich unglaublich mies behandelt. Das ist bei mir nicht anders. Ich könnte dir da so einiges erzählen – zum Beispiel von diesen lächerlichen Versagern, die dreist genug waren, sich als meine Eltern zu bezeichnen. Was für ein Witz!

Und Lisa hatte es auch nicht viel besser. Aber wie ich dir schon an dem Abend gesagt habe – es nutzt nichts, sich zu bedauern. Wenn wir überleben wollen, müssen wir die Zähne zusammenbeißen, die uns noch übrig geblieben sind. Ich bin nicht religiös, aber wenn Gott dafür gesorgt hat, dass wir in einem Schweinestall aufwachsen, dann wird er sich ja wohl irgendwas dabei gedacht haben. Wir müssen es ihnen heimzahlen, Roger. Müssen uns durchsetzen, ganz nach der Lehre von Darwin. Wenn uns das nicht gelingt, dann sind wir am Ende. Wir müssen die Gesellschaft ausnutzen, solange wir dazu in der Lage sind. Dürfen die kurze Zeit, die uns bleibt, nicht vergeuden. Es ist doch nicht unsere Schuld, dass wir in der Gosse gelandet sind.«

»Aber …«

»Stimmt schon, war ein verdammter Mist mit den beiden. Sogar ich hab ein paar Gefühle. Manchmal zumindest. Aber wir können es nicht mehr ungeschehen machen. Die einzige Alternative ist, sich freiwillig zu stellen und im Knast zu landen. Und was das bedeutet, weiß ich genau. Die letzte Station vor der Hölle. Nie mehr! Ehe es dazu kommt, mache ich das, was du vorhattest, nehme meine Flinte und …«

Es war vor allem der verbissene Tonfall, nicht der Inhalt dieser überraschenden Ansprache, der Roger veranlasste, ein Taschentuch zu zücken, sich zu schnäuzen und alles noch mal durch den Kopf gehen zu lassen. An Franks Worten war schon etwas dran. Er dachte an sein Gewehr. Das war eigentlich ein gutes Beispiel dafür, was sein älterer Freund gemeint hatte. Vor ein paar Jahren hatte er es auf dem Dachboden hinter einer alten Kiste mit Bettwäsche gefunden. Er hatte die Waffe seiner Mutter gezeigt und gefragt:

»Wo kommt die her?«

Sie hatte ein merkwürdiges Gesicht gemacht und von ihrem »Wasserglas« aufgeschaut. Sie meinte immer noch, Roger weismachen zu können, es enthalte Wasser statt Gin. »Ach, das da. Das stammt von dem Typen namens Svein Dalvang, von wem sonst?«

»Wozu hat Papa die Flinte benutzt?«

»Er hat auf Ratten geschossen. Zu mehr hat er's nicht gebracht im Leben.« Die Verachtung – oder war es Resignation? – brachte ihre Stimme zum Zittern.

»Warum ist der Lauf abgesägt?«

»Frag mich nicht, Roger. Von Gewehren verstehe ich nichts. Aber das ist fast der einzige Gegenstand, den dein verdammter Vater hinterlassen hat.«

Ein Gegenstand, mit dem man Ratten erschießen konnte – sein Erbe.

Ratten. Frank hatte in gewisser Weise Recht. Und Heidi hatte gesagt, er solle bloß das verdammte Gewehr loswerden. Davon gäbe es in norwegischen Haushalten viel zu viele. Auch sie hatte Recht gehabt.

Als die beiden auf den Vordersitzen sich zum Weiterfahren entschlossen, saß er zusammengesunken da und hielt seine erloschene Zigarette in der Hand. Nachdem Frank den Rückwärtsgang eingelegt hatte, machte das Auto einen Satz, worauf Roger seine Zigarette fallen ließ. Doch er hatte keine Lust, sie aufzuheben. War vollkommen von einer dumpfen Apathie befallen. Hatte nicht mal die Kraft, dem ungeübten Fahrer einen Rat zu geben. Er musste sich dem Älteren anvertrauen.

Er hob erst wieder den Kopf, als Frank sagte: »Freie Bahn! Die Bullen haben sich satt gegessen und sind wieder unterwegs Richtung Süden.«

Erneut erreichten sie Dombås. Der Streifenwagen vor dem Gasthof war verschwunden. Frank bog nach links auf die Autobahn ein. Jetzt ging es nur noch geradeaus, nordwärts, heimwärts. Nächste Station: Sandgata, dachte Roger. Ein Ort, der eigentlich nichts Verlockendes an sich hatte, doch da er Sandgata mit der Stadt assoziierte, begann der Klumpen in seinem Zwerchfell zu schrumpfen. Er durfte nicht vergessen, dass sie immer noch auf freiem Fuß waren und dass keine Menschenseele ahnte, dass sie es waren, die eine Bankfiliale um anderthalb Millionen Kronen erleichtert hatten. Der zehn Jahre ältere Frank hatte ihm neue Hoffnung vermittelt. Er musste nur vorsichtig sein. Das Geld konnte er auf der Trabrennbahn gewonnen haben. Er würde sich eine bescheidene Wohnung besorgen, sich einen ordentlichen CD-Player, ein gebrauchtes Klavier und ein paar Noten kaufen. Unterricht nehmen, sich an die Gesetze halten, es zu etwas bringen. In Trondheim. Fast automatisch öffnete er den Mund und hörte sich sagen:

»Lisa, kannst du die Keith-Jarrett-CD noch mal einlegen?«

»Ja, natürlich.«

Er hatte den Eindruck, dass sie sich freuten, ihm einen Gefallen tun zu können, und als *You and the Night and the Music* erklang, richtete er sich auf und drehte sich eine neue Zigarette. Er fand zwar, Frank fahre ziemlich schnell, aber das lag wohl kaum an dem einen Bier, das er sich im Gasthof genehmigt hatte, sondern daran, dass auch er sich danach sehnte, nach Hause zu kommen, die Tour zu beenden, das Auto loszuwerden und ein neues Leben zu beginnen. Die Hauptstadtpläne hatte er offensichtlich endgültig begraben.

Bei Fokstumyra schlossen sie zu einem anderen Wagen auf. Lisa sagte laut, was Roger dachte:

»Fahr nicht vorbei. Wir sind ohnehin viel zu schnell.«

Frank entgegnete nichts, machte aber auch keine Anstalten, vom Gas zu gehen. Die Rücklichter, die zunächst wie glühende rote Funken im Dunkeln geleuchtet hatten, wuchsen rasch auf die Größe von Tomaten an.

»Nein, Frank! Wir haben es doch nicht eilig. Vielleicht ist das so ein Typ, der sich die Nummern anderer Autos aufschreibt.«

»Reg dich ab. Der ist so langsam wie eine Schildkröte.«

»Du solltest dich abregen!«

Frank scherte sich nicht um ihre Warnung. Die Rücklichter kamen näher und näher. Roger beugte sich vor und sah, dass die Tachonadel genau 100 km/h anzeigte. Da die Höchstgeschwindigkeit 90 betrug, fand er, Lisa könne ihre Aufforderung ruhig noch mal wiederholen. Er schaute in den Lichtkegel, den ihr eigenes Auto warf, doch aufgrund des Schnees, den das vor ihnen fahrende Auto aufwirbelte, erkannte niemand von ihnen die Gefahr, ehe sie nicht auf fünfzig Meter herangekommen waren. Als Frank gerade den Blinker betätigt hatte und beschleunigen wollte, um vorbeizufahren, sahen sie mit einem Mal die Stoßstange des Wagens direkt vor sich.

Frank reagierte auf der Stelle, aber ein wenig zu heftig. Sein Fuß ging vom Gas und trat mit voller Kraft auf die Bremse. Der Corolla brach aus, stellte sich quer und rutschte ein Stück über die Straße, ehe Frank ihn wieder in den Griff bekam und überraschend kontrolliert am rechten Fahrbahnrand zum Stehen brachte.

Der Wagen vor ihnen tat dasselbe, wenn auch langsamer. Der Fahrer hatte sie offenbar beobachtet und wollte sich vergewissern, dass nichts geschehen war. Sie waren ungefähr hundert Meter von ihm entfernt, als sie sahen, dass der Rückfahrscheinwerfer aufleuchtete.

Lisa schrie: »Dreh um, Frank! Dreh um!«

»Spinnst du? Das schaff ich nicht, so wenig Platz, wie hier …«

Etwas war faul, schrecklich faul. Das begriffen sie, als das andere Fahrzeug langsam zurücksetzte und auf sie zurollte. Ihre schlimme Befürchtung bestätigte sich, als sie die blaue Lampe auf dem Dach des weißen Wagens erkannten. Offenbar handelte es sich um denselben Streifenwagen, den sie – ausschließlich aufgrund des Dialekts, den die Beamten gesprochen hatten – auf dem Weg in Richtung Süden wähnten. Was hatte der hier verloren?

Was haben wir hier verloren?, dachte Roger. Doch das wirklich Verhängnisvolle war, dass Frank die Dummheit begangen hatte, zu behaupten, sie wollten nach Ålesund zum Bowlingspielen.

# 10

Dennoch hoffte er, es handele sich nur um ein Trugbild, ein Hirngespinst, eine Fata Morgana. Roger war auf dem Rücksitz zur Salzsäule erstarrt, als der Streifenwagen direkt neben ihnen anhielt. Als er sah, dass der Mann, der aus dem Wagen sprang, der Polizist namens Henrik war, schloss er die Augen und flüchtete sich in eine andere Welt. Während Keith Jarrett erneut *Bye Bye Blackbird* spielte, befand sich Roger mit einem Mal in Greenwich Village. Frank und Lisa hingegen wurden von Hysterie und Verzweiflung ergriffen.

»Was machen wir?«, fragte Frank.

»Sag, dass du gerade gemerkt hast, dass wir in die falsche Richtung unterwegs sind«, entgegnete Lisa. »Dass wir gerade umdrehen wollten.«

»Das glaubt der nie im Leben!«

»Dann sag, dass du gerade erfahren hast, dass deine Mutter krank ist.«

»Wir haben kein Handy.«

»Dann hast du eben dein Portemonnaie vergessen. Herrgott, lass dir was einfallen!«

»Mach erst mal die verdammte Musik aus.«

Als das Jazztrio abgewürgt wurde, öffnete Roger die Augen. Früh genug, um zu sehen, wie Frank seinen Gurt löste und aus dem Wagen stieg. Er ließ die Tür offen und fragte in überraschend freundlichem Ton:

»Haben Sie den auch gesehen?«

»Was gesehen?«, antwortete der Polizist.

»Na, den Elch oder was das auch war. Hätte ich nicht sofort gebremst, wären wir mit ihm zusammengestoßen.«

Ein weiteres Mal war Roger von Franks Geistesgegenwart beeindruckt, die er jedes Mal unter Beweis stellte, wenn's drauf ankam. Indem er die Aufmerksamkeit des Polizisten auf einen neuen Sachverhalt lenkte, hoffte er, dieser würde seiner Bemerkung hinsichtlich Ålesund keine Beachtung mehr schenken. Doch die Antwort war konsternierend.

»Einen Elch? In dieser Gegend gibt's keine Elche.«

Frank reagierte sofort. »Dann muss es ein Rentier oder ein Wolf gewesen sein. Das Tier hat sich fürchterlich erschrocken und ist wie der Blitz davongejagt.«

»Was Sie nicht sagen. Tja … ich finde, Sie waren ohnehin etwas zu schnell unterwegs. Vielleicht hätten Sie das Bier lieber nicht trinken sollen.«

»Das war doch nur Leichtbier.«

»Wenn Odd Magnar dabei wäre, müssten Sie jetzt ins Röhrchen pusten. Der ist da viel strenger als ich.«

»Sie wollen wahrscheinlich nach Oppdal. Wegen des Mordfalls …«

»Richtig. Wir in Dombå sollten nur einen Mann abstellen, also haben Odd Magnar und ich gelost. Der Ordnung halber sollte ich vielleicht einen Blick auf Ihren Führerschein werfen.«

»Was für einen netten Dialekt Sie sprechen. Kommen Sie aus Toten?«

»Toten? Nein, nein, mein Kollege und ich sind beide in Løten geboren. Zeigen Sie mir jetzt bitte Ihren Führerschein.«

»Ist … das wirklich notwendig? Ich meine, Sie haben es doch sehr eilig, und wir …«

»So eilig nun auch wieder nicht.«

»Dann muss ich Ihnen die Wahrheit sagen. Ich habe keinen Führerschein. Wir machen eine Übungsfahrt.«

»Ach so. Und wer von Ihnen besitzt einen Führerschein?«

»Rog... äh, der auf dem Rücksitz, Nils.«

»Dann zeigen Sie mir erst mal den.«

»In Ordnung.« Frank drehte sich um und steckte seinen Kopf in den Wagen. »Hey, Nils, gib mir mal deinen Lappen.« Lisa gegenüber schnitt er eine sonderbare Grimasse.

Roger steckte die Hand in die Tasche. Er erinnerte sich daran, dass Franks Führerschein vor kurzem eingezogen worden war und Lisa vergessen hatte, ihren mitzunehmen; sie war angeblich seit ihrem neunzehnten Lebensjahr nicht mehr gefahren. Erst nachdem er Frank den Führerschein gegeben hatte, wurde ihm bewusst, dass jetzt alles aus war. Er versuchte, ihn wiederzubekommen, doch es gelang ihm nicht, weil die Rücklehne im Weg war. Frank musste doch klar sein, dass der Bulle Verdacht schöpfte, wenn der Name nicht stimmte. Und schlimmer noch – *er* war der Schuldige. Frank scherte sich nicht um den Pfadfinderschwur, sobald er selbst in Gefahr war. Ausgerechnet Frank, der ihm noch vor kurzem die Ohren voll gesülzt hatte. Roger sah nicht, was Lisa tat, sondern starrte unausgesetzt auf die Türöffnung, wo Henrik im Licht des Innenraums pflichtschuldig den Führerschein kontrollierte. Der Polizist war so groß, dass Roger weder seine Kopfbedeckung noch seinen Kopf erkennen konnte, doch er hörte seine Worte:

»Roger Dalvang? Ich dachte, Sie heißen Nils. Zwanzig Jahre, ja, ja. Etwas zu jung, um anderen Fahrunterricht zu erteilen. Und in diesem Fall sollten sich auch nicht mehr als zwei Personen im Auto befinden. Tut mir

Leid, aber ich muss den Fall aufnehmen. Ich brauche alle Ihre Namen. Sowie den Fahrzeugschein.«

Frank drehte sich um. »Der Fahrzeugschein liegt im Handschuhfach, Lisa.«

*Lisa. Fahrzeugschein.*

Herrgott. Frank dachte immer nur an sein eigenes Ego. Einer für alle, alle für einen? Diese Parole war für ihn nicht mehr als eine Fliege, die man verscheuchte, wenn sie einem lästig wurde. Binnen weniger Minuten würde der besonnene Henrik herausfinden, dass der Fahrzeugschein zu einem gestohlenen Auto gehörte. Und Frank würde ihn ohne mit der Wimper zu zucken verleugnen: »*Was, du heißt Roger? Mir hast du gesagt, du heißt Nils.*«

Roger sah, dass Lisa aus dem Wagen stieg. Auch er sollte eigentlich aussteigen und die anderen bei ihrem Versuch unterstützen, den Polizisten von seinem Vorhaben abzubringen. Doch er war wie gelähmt und nicht in der Lage, auch nur den kleinen Finger zu rühren.

»Hatten Sie nicht gesagt, Sie wollten nach Ålesund?«

»Da müssen Sie sich verhört haben.«

»Werden Sie ja nicht frech!«

»Das war nicht meine Absicht. Da kommt Lisa mit dem Fahrzeugschein.«

»Vielen Dank … Toyota Corolla XLi … Fahrzeughalter: Anders Krogness, Jakobsli …«

»Das ist mein Bruder.«

Plötzlich begriff Roger, dass Franks Geschwätz eine Strategie zugrunde liegen musste.

»Hm, Krogness, der Name kommt mir irgendwie bekannt vor …«

»Bestimmt«, sagte Frank, »er wurde letztes Jahr Weltmeister im Unterwasserbowling.«

»Jetzt reicht's aber!«

Das war das Letzte, was Henrik sagen konnte, bevor der Schuss krachte. Roger, der sich einen Augenblick gefragt hatte, warum Lisa hinter dem Polizisten stehen geblieben war, nachdem sie ihm den Fahrzeugschein gegeben hatte, entdeckte sie erneut, als der Uniformierte zusammensackte, sein schmerzverzerrtes Gesicht an der Scheibe hinunterglitt und mitsamt seiner Dienstmütze verschwand. Sie ließ das Gewehr sinken und starrte Frank verwundert, beinahe fragend an, als sei sie nicht sicher, ob sie richtig gehandelt hatte.

# 11

Eine Stunde nach Mitternacht, am ersten Februardonnerstag des Jahres 1995, wurde ein Ort an der Europastraße E6 in der Nähe des windumtosten und öden Fokstumyra – im Sommer ein Vogelreservat, in dem über fünfzig verschiedene Arten brüten – zum Tatort eines schweren Verbrechens. Eine fünfundzwanzigjährige Frau hatte einem sechsunddreißigjährigen unbewaffneten Polizisten, der sich im Dienst befand, mit einem Schrotgewehr vorsätzlich in den Rücken geschossen. Dieser Handlung lagen zwei Ursachen zugrunde: eine überflüssige Notlüge hinsichtlich des Fahrziels sowie kurze Zeit später ein unüberlegtes und missglücktes Überholmanöver. Zur Tatzeit befanden sich nur zwei Autos auf der Wegstrecke. Beide parkten in Richtung Hjerkinn und beide hatten das Abblendlicht eingeschaltet. Bei dem einen Wagen handelte es sich um einen weißen Volvo, der an mehreren Stellen den blauen Schriftzug POLIZEI aufwies. Hinter diesem stand ein Toyota Corolla Sedan in Silbermetallic. Der Polizist, der anscheinend auf der Stelle oder aber nach wenigen Sekunden tot war, lag mit dem Rücken auf der Fahrbahn, einen knappen halben Meter vom hinteren Auto entfernt. Die Frau, die ihn erschossen hatte, stand in unmittelbarer Nähe und hielt immer noch das Gewehr in der Hand. Auf der anderen Seite der Leiche stand ein groß gewachsener Mann mit magerem Gesicht und dunklen Haaren. Er hatte sich gerade hinuntergebeugt und den Fahrzeugschein an sich genommen, den der Tote betrachtet hatte, bevor er zu Boden stürzte. Ein sehr junger Mann, der unbeweglich auf dem Rücksitz des Corollas saß, war zum Zeuge des Dramas geworden. Für einen Augenblick wirkte die Szenerie wie erstarrt; dann warf der groß gewachsene Mann den Fahrzeugschein auf den Fahrersitz und sagte:

»Steig aus, Roger. Wir müssen ihn in sein Auto verfrachten.«

Dass Roger seiner Aufforderung Folge leistete, lag nicht daran, dass Franks Stimme keinen Widerspruch zugelassen hätte, sondern daran, dass in ihr dieselbe namenlose Angst mitschwang, die Roger selbst empfand. Zwei Sekunden später stand auch Roger auf dem schneebedeckten Asphalt. Er kümmerte sich nicht um den stürmischen Wind und wollte auch dem leblosen Beamten nicht ins Gesicht sehen. Stattdessen versuchte er Lisas Blick zu erhaschen. Im Gegenlicht der Scheinwerfer war dies nicht leicht, doch er glaubte immer noch einen ungläubigen Ausdruck in ihren großen, hübschen Augen wahrzunehmen. Hatte er am selben Morgen nicht davon geträumt, mit diesem Ungeheuer von Frau zu schlafen?

»Nimm seine Füße«, sagte Frank.

Roger, der nicht wusste, was Frank im Sinn hatte, gehorchte auf der Stelle. Genau wie die Mitglieder der Familie Mogård, mit denen er vor ewigen Zeiten in einer Bankfiliale gestanden hatte, war er eine Marionette, an deren Fäden der Puppenspieler nach Belieben ziehen konnte. Der tote Polizist war nicht gerade ein Leichtgewicht, und Frank übernahm kurzatmig die schwerste Last. Er deutete mit dem Kopf auf die Stoßstange des Volvos, vor der sie die Leiche auf den Boden legten.

Der Kofferraum war abgeschlossen, und während Frank im Inneren des Wagens nach dem Knopf suchte, der ihn entriegelte, starrte Roger auf den unbeweglichen Mund, der vor nicht einmal einer Minute gesagt hatte: »Jetzt reicht's aber!« Die Scheinwerfer des Corollas ließen jedes Detail des maskenhaft erstarrten Gesichts plastisch hervortreten. Der schmerzverzerrte Ausdruck war wie festgefroren, und die offenen Augen reflektierten das Licht wie zwei kleine Taschenlampen. Roger, der nie etwas Ähnliches gesehen hatte, konnte seinen Blick nicht abwenden, bis Frank zurückkam und den Kofferraum öffnete. Außer der Notausrüstung fanden sie eine Wolldecke, mit der sie den Polizisten zudeckten, nachdem sie ihn in den Kofferraum gehievt hatten.

Sobald der Deckel wieder heruntergeklappt war, zeigte Roger auf ein paar kleine Flecke, die der Tote im Schnee hinterlassen hatte.

Frank zuckte die Schultern und knurrte: »Vergiss das bisschen Ketchup. Ich fahr den Streifenwagen. Roger, Lisa, ihr nehmt den Corolla.«

In dieser Situation gab es nichts mehr zu sagen, und Roger begriff, dass sie dem Streifenwagen folgen sollten. Als er sich umdrehte, sah er die Silhouette von Lisa mitten auf der Fahrbahn. Sie stand immer noch völlig regungslos da. Er ging zu ihr, nahm ihr das Gewehr ab, führte sie zum Corolla und ließ sie auf dem Beifahrersitz Platz nehmen. Der Geruch nach Schießpulver brannte ihm in der Nase, als er sich hinunterbeugte und das Gewehr zwischen ihre Füße unter den Sitz legte. Während er um das Auto herumging, sah er etwas Dunkles auf der Straße liegen, die Dienstmütze des Polizisten. Er riss sie an sich und bemerkte, dass der Volvo bereits anrollte. Hastig sprang er in den Wagen und warf

Lisa die Mütze in den Schoß. Ließ den Motor an und folgte dem Polizeiauto.

»Was soll ich damit?«, fragte Lisa, ohne die Mütze anzuschauen. Sie sprach mit monotoner, tonloser Stimme.

»Deine Trophäe.« Roger wusste, dass Ironie hier fehl am Platz war, doch mit folgender Bemerkung übertraf er sich selbst: »Wer einen Hirsch erlegt, muss sich das Geweih sichern.«

Sie schien ihn gar nicht verstanden zu haben, sondern blickte starr vor sich hin. Entweder ließen sie die Geschehnisse völlig kalt, oder sie versetzten sie in einen Zustand der Apathie. Jedenfalls hatte sie Franks Signale verstanden und das getan, was erforderlich war. Im Grunde verdiente sie Lob. Roger hasste sie für den Schuss, den sie abgegeben hatte, und bewunderte sie zugleich. Ansonsten empfand er erstaunlich wenig. Sie waren immer noch auf freiem Fuß. Die Angst war ein ständiger Begleiter – ein Heer von Insekten schien ihn befallen zu haben –, doch gleichzeitig bildete sie einen Schutzwall um ihn. Es war ihm selbst ein Rätsel.

Es war ihm ebenfalls ein Rätsel, was Frank jetzt vorhatte. Anstatt den Mann einfach liegen zu lassen, hatte er auch noch den Streifenwagen gestohlen. Die Blutspuren würden bald verwischt sein, aber wie, zum Teufel, konnte er sich nur einbilden, durch dieses Vorgehen aus der Gefahrenzone zu kommen?

Die Erklärung ließ nicht lange auf sich warten. Wenige hundert Meter weiter sah er die roten Bremslichter des Volvo aufleuchten, worauf dieser auf einen ungeschützten Parkplatz einschwenkte, den der Wind nahezu völlig vom Schnee befreit hatte. Frank wendete den Streifenwagen, blieb neben dem Corolla stehen und kurbelte das Fenster herunter. Roger tat dasselbe. Frank wirkte weitaus weniger erregt, als Roger angenommen hatte:

»Erinnerst du dich an die Scheune auf dem Weg nach Åndalsnes?«

»Wo wir eine geraucht haben?«

»Genau. Da fahren wir wieder hin. Dauert nur eine halbe Stunde hin und zurück. Besser, die Bullen finden ihr Auto dort als an dieser Straße. Sie werden glauben, dass Henrik irgendjemand auf dem Weg nach Romsdalen gefolgt ist.«

Zunächst fand Roger den Vorschlag vernünftig, doch plötzlich kam Lisa – fast explosionsartig – wieder zu sich. Sie lehnte sich über ihn hinweg, öffnete den Mund und schrie durch das offene Fenster:

»Oder sie glauben, der Bulle hat sich einen Dreck darum geschert, nach Oppdal zu fahren, weil er plötzlich Lust auf eine Partie Bowling in Åndalsnes kriegte! Du bist doch völlig durchgeknallt, Frank! Wenn wir uns weiter auf deine genialen Einfälle verlassen, sind wir am Arsch.«

Frank schwieg, doch Lisa war noch nicht fertig:

»Bisher hat dein Superplan drei Menschen das Leben gekostet! Wenn sie uns schließlich einbuchten, wird ein Heer von Leichen unseren Weg pflastern. Weißt du was, Frank? Du bist total meschugge! Ein absoluter Versager! Eine Null!«

Dann war sie am Ende. Sie sank in ihrem Sitz zusammen und begann zu schluchzen. Ihr ganzer Körper zitterte, doch jetzt mehr vor Verzweiflung als vor Erregung. Roger konnte Franks Gesicht nicht genau erkennen, doch es war nahe liegend, dass ihr Gefühlsausbruch ihn nicht kalt ließ. Als er endlich etwas erwiderte, klang seine Stimme sehr viel dünner als zuvor:

»Ich weiß, dass ich einen Riesenfehler gemacht habe. Aber die Idee mit der Scheune ist trotzdem gut. Fahr hinter mir her, Roger, und sprich mit Lisa. Sag unserem Goldmädchen, dass sie eine Medaille verdient und wir ohne sie geliefert gewesen wären. Verstanden?«

»Bin ja nicht blöd.«

»Hast du etwa einen besseren Vorschlag?«

»Nein. Aber wir sollten ein bisschen Abstand halten. Falls wir anderen Autos begegnen, meine ich. Vielleicht erinnert sich jemand daran, dass wir den Bullen Richtung Süden an der Stoßstange klebten.«

»Okay, gib mir eine Minute Vorsprung. Bist ein schlaues Kerlchen, Roger.«

Ausnahmsweise musste Roger ihm Recht geben. Und war gleichzeitig über seine eigene Fähigkeit erstaunt, in prekären Situationen einen kühlen Kopf zu bewahren. Das lag wohl daran, dass er auf sonderbare Weise in der Lage war, das Ganze – wie ein unbeteiligter Zuschauer – distanziert zu betrachten. Im Augenblick war Lisa die am wenigsten Konstruktive von ihnen, doch das konnte sich jederzeit wieder ändern. Lisa hatte mehr für sie getan, als sie von ihr hätten verlangen können. Ihre Reaktion war ganz natürlich. Wäre Roger Dalvang etwa der stummen Aufforderung Franks nachgekommen, sich das Gewehr zu schnappen, auszusteigen und Henrik in den Rücken zu schießen? Er bezweifelte es. Alles war so verwirrend, und er hatte mehr als genug mit den praktischen Dingen zu tun, die jetzt zu erledigen waren.

Nachdem Frank losgefahren war, blickte er verstohlen zu Lisa und sagte gegen seinen Willen: »Du hast ganz richtig gehandelt, Lisa.«

Sie zückte schweigend ein Taschentuch.

»Einer mehr oder weniger spielt keine …«

»Werd nicht so wie Frank und ich!«, unterbrach sie ihn heftig. »Wir sind verrückt, weißt du? Wir wissen nicht, was wir tun! Wir sind besessen!«

»Ja.«

»Du hättest dich nie mit uns einlassen dürfen!«

»Ja.«

»Du bist der Einzige von uns, für den noch Hoffnung besteht.«

Er wollte ihr nicht zuhören, hatte das Gefühl, verraten zu werden, als sei er zu nichts zu gebrauchen, als wollten sie ihn ausschließen. Wenn's drauf ankam, hatte er doch am wenigsten zu verlieren.

»Wenn du nicht gewesen wärst, Lisa, wären wir jetzt am Ende. Nun müssen wir weiter zusammenhalten.«

So ähnlich hätte Frank sich geäußert, doch Roger wusste, dass es aus seinem Mund weniger überzeugend klang. Er legte den ersten Gang ein, drehte am Lenkrad und rollte auf die Straße. Seine Mitfahrerin weinte noch ein wenig in sich hinein, ehe sie sich beruhigt hatte. Auf der abschüssigen Strecke kurz vor Dombås kam ihnen ein Lastwagen entgegen. Würde sich der Fahrer später daran erinnern, dass ihm ein Polizeiwagen entgegengekommen war, falls man ihn danach fragte? Lisa hatte völlig Recht. Frank allein war schuld an dem Schlamassel. Warum hatte er auch unbedingt diesen Wagen überholen müssen, obwohl Lisa ihn davor gewarnt hatte? Wovon wurde Frank angetrieben? Das hatte sich Roger schon öfter gefragt, ohne jedoch eine Antwort zu finden. Frank war kein Verlierer. Er verfügte über Charme, sah gut aus, hatte die beste Ausbildung von ihnen allen. Er hatte einen ordentlichen Schulabschluss gemacht und besaß sogar weiterführende Qualifikationen, über die er nicht sprechen wollte. Weiß Gott kein Dummkopf. Er wäre sicherlich ein erstklassiger Vertreter mit Handy und Aktentasche geworden. Oder ein großartiger Verkäufer in einem Geschäft für Herrenmoden. Vielleicht sogar Geschäftsführer. Doch stattdessen war er auf die schiefe Bahn geraten. Hatte Geld gestohlen und war zwei-, dreimal im Gefängnis gelandet, wie Lisa gesagt hatte. Warum? Eine Familienschwäche, hatte er geantwortet. Schon der Vater habe seine Finger nicht im Zaum halten können. Dennoch …

In Dombås war es still. Roger war von der Autobahn abgefahren, hatte aber vergessen, wo die Scheune lag. Doch Lisa erinnerte sich und machte schweigend eine entsprechende Handbewegung. Er bremste und hielt an. Schaute nach rechts, doch der weiße Volvo war nicht zu sehen. War Frank vorbeigefahren oder handelte es sich nur um eine ähnlich aussehende Scheune?

»Es *war* hier!«, sagte Lisa leise, aber bestimmt.

Er stellte den Motor ab, zog sein Tabakpäckchen aus der Tasche und drehte sich eine Zigarette. Hatte das deprimierende Gefühl, dass sie in der Patsche saßen und ebenso gut hätten aufgeben können. Doch dann kam Frank zu Fuß um die Ecke und stieg hinten in den Wagen.

»Ich habe das Polizeiauto hinter der Scheune geparkt. Bevor es hell wird, werden sie ihn nicht finden, und dann sind wir längst wieder zu Hause.« Er schwieg einen Moment und sagte dann mit erstaunlich sanfter Stimme: »Komm und setz dich zu mir, Lisa.«

»Warum sollte ich das tun?«

»Weil ich dir was sagen will.«

»Und das wäre?«

»Unter anderem, dass ich wahnsinnig stolz auf dich bin.«

»Wirklich?«, fragte sie und setzte sich zu ihm nach hinten.

Roger wunderte sich darüber, wie schnell sie nachgab. Noch vor kurzem hatte sie kein gutes Haar an ihm gelassen. Der Kerl musste eine unglaubliche Wirkung auf Frauen haben. Roger zündete sich die Zigarette an, ließ den Wagen auf die Straße rollen und fuhr in Richtung Dombås. Kleine Schneeflocken tanzten im Licht der Scheinwerfer, doch seine Augen hatten sich inzwischen daran gewöhnt. Als Junge hatte er von langen und spannenden Autofahrten in der Dunkelheit geträumt. Den Motor unter der Kühlerhaube betrachtete er als seinen treuen Freund, auf den stets Verlass war. Jetzt befand er sich auf so einer Tour – und sehnte sich nach deren Ende. Nichtsdestotrotz ließ das Gefühl der Resignation nach; im Grunde genommen hatten sie die Situation noch immer unter Kontrolle. Auch er fühlte sich durch Franks Gegenwart stimuliert, doch auf dem Rücksitz war ihm Frank lieber als hinter dem Steuer. Er selbst würde sich niemals aufspielen, indem er Autos überholte, die ohnehin schon am Geschwindigkeitslimit fuhren. Die Hand am Steuer war ruhiger geworden und auch die mit der Zigarette zitterte nicht mehr. Die Sache mit dem Polizisten war nur eine kleine Episode gewesen – nicht mehr und nicht weniger –, die sie eine Stunde Zeit gekostet hatte. Glück für sie, dass Henrik allein im Streifenwagen gesessen hatte. Glück auch für dessen Kollegen Odd Magnar, der beim Losen gewonnen hatte und dem die Fahrt nach Oppdahl erspart geblieben war.

Ehe er sich's versah, fuhren sie ein zweites Mal an Fokstymra vorbei. Es war jetzt 1 Uhr 30, und bis auf wenige Lkws hatten sie die Straße für sich allein. Der Wind hatte wieder aufgefrischt, doch diesmal bereitete ihm das Fahren keine Probleme.

Die beiden auf dem Rücksitz tuschelten miteinander.

Nach einer kleinen Pause sagte Frank mit sonderbar hoher und müder Stimme:

»Ungefähr hier ist der Elch aufgetaucht.«

Roger fand es taktlos, Lisa daran zu erinnern, doch diese schien von den Vorfällen abgehärtet zu sein:

»Es ist ... wie ein Traum.«

»Genau, mein Mädchen, so muss man das sehen. Nach und nach wirst du alles vergessen, und wenn wir in ein paar Tagen etwas über Henrik in der Zeitung lesen, dann ist das auch für uns eine Neuigkeit.«

Roger glaubte nicht, dass es so einfach sein würde, doch Frank hatte schon Recht: Die Kunst bestand darin, zu verdrängen, nach vorne zu blicken, neu anzufangen. Er hatte sich das Leben nehmen wollen, weil es ihm nicht gelungen war, all das Elend, das ihn belastete, auf Distanz zu halten. Roger Dalvang war dem Leben nicht gewachsen gewesen. Er war nie gut genug, war nicht er selbst gewesen, hatte den Anforderungen nicht genügt. Am Ende hatte er einem zerbrechlichen Gefäß geglichen. Alle Ingredienzien hatten sich zu einer ungenießbaren Masse vermengt, doch er war außerstande gewesen, sie in den Mülleimer zu schleudern. Alles war sinnlos geworden. Doch jetzt hatte er eine neue Chance erhalten und musste sich selbst daran erinnern, dass es galt, sie zu nutzen. Wie Frank mehrmals gesagt hatte, war das ganze Dasein ein Kampf ums Überleben. Eine ungleiche Auseinandersetzung, bei der jeder gegen jeden kämpfte. Letztendlich waren die Menschen vielleicht nichts anderes als eine Kolonie von Versuchstieren, so ähnlich wie die weißen Ratten, die in kleinen Käfigen lebten, gefüttert wurden und täglich ihre Spritzen bekamen. Vielleicht befanden sie sich in einem riesigen Laboratorium, in dem irgendeine Instanz im Universum – Gott konnte es nicht sein – sie im Auge behielt und gespannt auf das Ergebnis wartete. Ein gigantisches Experiment, aus dem diejenigen siegreich hervorgingen, die die vorhandenen Güter an sich rissen, während jene, die sich vornehm zurückhielten, ins Jenseits befördert wurden. Es war immer noch Leben in ihm, und bald konnte er sich an allem schadlos halten, was ihm bisher verwehrt worden war. So musste es sein, dachte Roger. Alles andere war undenkbar. Es gab weder einen strafenden noch einen gütigen Gott. Diejenigen, die sich vom Geschwätz anderer Leute und ihrem schlechten Gewissen beeinflussen ließen, die an eine Moral glaubten, würden nach ihrem Tod keine Belohnung empfangen. Jøran hatte von einem besseren Leben »auf der anderen Seite« gefaselt. Das tat Roger nicht mehr. Für sie, die Kreaturen auf Erden, gab es keine andere Seite, nur die unendliche Finsternis. Heidi hatte von Wiedergeburt gesprochen, doch auch daran glaubte er nicht mehr. Aufs Hier und Jetzt kam es an, und nur darauf. Früher oder später würden sie alle zu Staub zerfallen; man brauchte sich nur die täglichen Todesanzeigen anzuschauen. Der unbekannte Leiter des Experiments konnte irgendwo da draußen zwischen den Sternen zu Protokoll geben, dass alles nach Plan verlief.

Diese Gedanken halfen ihm. Vielleicht waren sie nur ein Konglomerat des Inhalts all der Bücher, die er gelesen und missverstanden hatte, doch er fand es nützlich, sich alles einmal klar vor Augen zu halten.

Sie fuhren bergauf in Richtung Hjerkinn. Frank sagte, es würde nicht lange dauern, bis die Polizeibehörde in Oppdal sich fragte, wo der Kollege nur bleibe, der sie bei den Ermittlungen im Mordfall Ola Brendhaug unterstützen sollte. Fand man den Beamten später mit Schrot in der Lunge, würde man davon ausgehen, dass der oder die Mörder in westliche oder südliche Richtung unterwegs seien. »Denen haben wir eine harte Nuss zu knacken gegeben«, fügte Frank hinzu. Doch seine Stimme klang matt.

Dann begann er zu husten und hustete immer noch, als sie die Kreuzung passiert hatten, an der die Straße nach Alvdal abzweigte, und hinter einer Autoschlange zum Stehen kamen.

»Was, zum Teufel, soll das bedeuten?«, knurrte Frank.

»Die Schranke ist unten«, erklärte Roger. »Ich glaube, die Straße nach Kongsvoll und Oppdal ist gesperrt.«

»Steig mal aus, Lisa, und frag den Fahrer des Lieferwagens vor uns.«

»Ich? Ich sehe unmöglich aus.«

»Dann schmink dich halt ein bisschen.«

Roger schaltete das Licht im Wagen an, und Lisa schminkte sich in aller Hast. Dann ging sie hinaus ins Dunkel.

»Meinst du, die Schranke hat was mit uns zu tun?«, fragte Frank.

»Nein, ich denke, das liegt am Wind oder an den Schneeverwehungen.«

Frank hustete erneut. »Scheiße, ich wusste schon, warum ich ins Bett wollte. Fühle mich nicht besonders gut.«

»Vielleicht hast du dich erkältet.«

»Ja, vielleicht. Das Problem ist nur, Roger, dass ich immer so verdammt schnell Fieber kriege.«

Roger warf zuerst einen Blick in den Spiegel und wandte sich dann um. Frank ließ den Kopf hängen. Trotz der schummrigen Beleuchtung meinte er erkennen zu können, dass die Gesichtshaut unter dem dunklen Pony noch blasser war als gewöhnlich. Auch war ihm schon mehrmals aufgefallen – zum Beispiel als sie

Ola Brendhaugs Leiche in den Brunnen verfrachtet hatten –, dass Frank nach körperlichen Strapazen extrem kurzatmig war. Er wusste nicht richtig, was er sagen sollte, und war froh, als Lisa zurückkam. Sie setzte sich wieder neben Frank.

»Auf dem Dovrefjell bläst ein Sturm. Deshalb ist die Schranke geschlossen. Frühestens in einer Dreiviertelstunde geht's weiter.«

»So eine gottverdammte Scheiße!«

Roger erschrak. Dieser Wutausbruch von Frank schien der Situation nicht angemessen. Hatte er bloß wieder die Kontrolle über sich verloren, oder machte es ihn umso wütender, dass er sich nicht wohl fühlte?

»Reg dich ab«, sagte Lisa. »Ob wir eine Stunde früher oder später ankommen, spielt jetzt auch keine Rolle mehr.«

»Hol die Karte raus, Roger. Wir müssen uns eine andere Strecke suchen. Wir sollten das als Warnung verstehen, der E6 so lange wie möglich aus dem Weg zu gehen.«

Roger öffnete das Handschuhfach und faltete die Straßenkarte auseinander, während Frank sich über den Sitz lehnte. »Alvdal«, sagte er und zeigte mit dem Finger auf die Karte. »Wir nehmen die Straße nach Alvdal und fahren dann über Tynset, am besten auch über Røros, nach Hause.«

»Das ist aber ein ziemlicher Umweg.«

»Hilft nichts. Wenn wir über Oppdal fahren, haben sie vermutlich schon angefangen, nach dem Streifenwagen zu fahnden, und fragen uns vielleicht, ob wir etwas gesehen haben. Einig?«

Frank lief der Schweiß von der Stirn. Das erinnerte Roger an seinen eigenen Zustand in der Bank.

»Einig«, sagte Lisa.

Die schwarze Polizistenmütze lag immer noch vor dem Beifahrersitz auf dem Boden. Roger stopfte sie zusammen mit der Karte ins Handschuhfach. Schaute in den Spiegel und sah, dass hinter ihnen ein Lastwagen geparkt hatte. Er schlug das Steuer ein und manövrierte das Auto aus der stehenden Schlange heraus. Setzte bis zur Kreuzung zurück und bog ab in Richtung Alvdal. Das schien tatsächlich die einzig richtige Maßnahme zu sein, doch Franks Zustand beunruhigte ihn. Kurz darauf, als sie auf der öden Landstraße wieder sich selbst überlassen waren, hörte er Lisas Stimme, die seine Sorgen zu teilen schien:

»Bist du krank?«

»Krank?«

»Du hustest die ganze Zeit. Mach die Zigarette aus.«

»Kommt nicht infrage.«

»Sag mal, du zitterst ja!«

»Schon möglich. Bin schließlich auch nur ein Mensch. Ist ja auch alles eine ziemliche Strapaze.«

»Ich glaube, du hast Fieber. Deine Stirn glüht.«

»Nimm die Hand weg!«

»Aber Frank …«

Roger ging vom Gas. Diese Straße war sehr viel kurvenreicher als die letzte. Auch schmaler. Es schneite nicht mehr, aber der böige Wind machte ihm zu schaffen. Schüttelte das Auto stärker durch als zuvor. Vielleicht kam er von hinten.

»Okay. Wahrscheinlich habe ich Fieber. Ich schwitze und friere gleichzeitig. Hast du schon mal von Malaria gehört, Lisa?«

»Ja, aber nicht im norwegischen Hochgebirge. Das haben die Abenteurer in früheren Zeiten gekriegt.«

»Die Moskitos sind inzwischen gegen DDT resistent, deshalb breitet sich auch die Malaria weiter aus. Die

Krankheit wirst du niemals richtig los. Die Anfälle können jederzeit kommen.«

»Du und Malaria? Davon hast du nie was erzählt.«

»Ist ja auch nichts zum Angeben. Außerdem hatte ich gehofft, dass die Krankheit nicht so schnell wieder aufflackert. Hab sie vor fünf Jahren gekriegt, als ich das Schiff von Djibouti nach Mombasa genommen habe. Ich lag wochenlang im Fieber, bevor ich – vorübergehend – geheilt wurde.«

»Du Armer. Du brauchst Medizin.«

»Klar doch. Sag Bescheid, wenn wir an einer Apotheke vorbeikommen.«

»Du weißt doch, dass …«

»War nur Spaß. Ich halt's schon aus bis morgen früh.«

Roger schauderte. Er wusste nicht einmal, dass Frank zur See gefahren war. Lisa kannte ihn schon etwas länger, aber zwei, drei Monate reichten offenbar nicht aus, um über die Krankheiten des anderen Bescheid zu wissen.

Während Lisa sorgsam die Wolldecke um Franks Schultern legte, stellte Roger das Autoradio an. Die Digitaluhr des Armaturenbretts zeigte 2.00. Sie lagen im Zeitplan. Wenn sie die Strecke über Røros anstatt über Kvikne nahmen und keine Pause mehr machten, würden sie um 6 Uhr in Trondheim sein. Als die Nachrichtensendung begann, stellte er den Ton lauter. Nach wenigen Sekunden standen sie wieder im Mittelpunkt:

*»Am späten Abend ließ die Polizeibehörde in Oppdal verlauten, dass der vermisste Landwirt Ola Brendhaug, dessen Leiche gegen 22 Uhr in einem Brunnen entdeckt worden war, vermutlich von einer oder mehreren Personen ermordet wurde, die sich zuvor unerlaubten Einlass in eine Hütte beim Gjevilvatnet verschafft hatten. Als Todesursache wird der Schuss*

*aus einem Schrotgewehr angegeben. Hauptkommissar Christian Rønnes vom Polizeipräsidium in Trondheim sagte gegenüber dem Staatlichen Norwegischen Fernsehen, es sei nicht auszuschließen, dass der Mord von denselben Tätern begangen wurde, die vorgestern im Verlauf eines Banküberfalls in Heimdal eine Frau umgebracht hatten. Auch diese seien mit Schrotgewehren bewaffnet gewesen. Ein Polizeisprecher wies hingegen darauf hin, dass noch keine konkreten Beweise vorlägen, die einen Zusammenhang zwischen den beiden Verbrechen belegten. Wenn jedoch ein Zusammenhang bestehe, bedeute dies, dass die Bankräuber nicht, wie anfangs vermutet, direkt nach Oslo zurückgefahren seien.*

*Ins Ausland: In den vom Hochwasser bedrohten Gebieten um Maastricht in den Niederlanden hat man mit der Evakuierung von …*«

Früher oder später, dachte Roger, wird sich ein Polizeibeamter aus Oppdal daran erinnern, während des Sturms einen silberfarbenen Toyota angehalten und den drei Jugendlichen geraten zu haben, ihre Reise zu unterbrechen und sich möglichst schnell ein Dach über dem Kopf zu suchen.

Frank war der Erste, der etwas sagte: »Die Bullen stehen doch völlig auf dem Schlauch.«

Roger fröstelte. Frank erkannte den Ernst der Lage nicht. Bis jetzt hatte er dies auch nicht getan. Selbst wenn die Glut im Kamin erloschen war, würde die Raumtemperatur in der Hütte der Polizei verraten, dass sich hier kürzlich noch jemand aufgehalten hatte. Natürlich wussten sie bereits, dass die Hütte dem Ehepaar Nilsen aus Trondheim gehörte, das zurzeit Urlaub auf den Kanaren machte. Wie lange würde es dauern, bis sie herausgefunden hatten, dass Lillian Nilsen eine Cousine namens Elisabeth hatte? Wenn der Filialleiter der Polizei erzählte, seine Tochter habe gehört, dass einer der Bankräuber seinen Komplizen mit Lisa angesprochen hatte, brauchte dieser Rønnes nur noch zwei und zwei zusammenzuzählen. Roger schloss nicht aus, dass Franks Freundin den Behörden ohnehin als Sozialfall bekannt war. Doch viel schlimmer war es, dass sie die Hütte nicht mehr richtig aufgeräumt hatten, bevor sie aufgebrochen waren. *Das Geschirr habe ich in eine Plastikschüssel neben die Spüle gelegt.* Es spielte keine Rolle, dass er Brendhaugs Pfeife eingesteckt hatte, solange sich auf den Gläsern, Tassen und Schüsseln Franks Fingerabdrücke befanden. Wer wegen mehrfachen Einbruchs schon im Gefängnis gesessen hatte, dessen Fingerabdrücke befanden sich auch in irgendeiner Kartei. Und wenn die Polizei sich bis zu dem hässlichen Gebäude in der Sandgata vorgearbeitet hatte, würde Olsen sagen, Frank sei in Oslo. Das gelte auch für die beiden anderen Mieter. Ob es drei Mieter gebe, würde die Polizei wissen wollen. Wenn sie dann entdeckte, dass niemand von ihnen zu Hause war, ging es nur noch darum, die verschiedenen Fingerabdrücke miteinander zu vergleichen.

Zum dritten Mal wurde er von Brechreiz überfallen, doch es war seine Schlussfolgerung, die ihn abrupt abbremsen und hinter einer Kurve anhalten ließ.

Er drehte sich um und erklärte den beiden auf dem Rücksitz mit zitternder Stimme, dass der Countdown begonnen hatte. Er sah, wie der Schreck ihre Gesichter veränderte. Wie ihre offenen Münder – zunächst misstrauisch – erstarrten, als seien sie bereits tot. Dennoch versuchten beide, seine Argumente zu entkräften, und für einen Augenblick schöpfte er neue Hoffnung.

»Du hast zu viel Agatha Christie gelesen«, sagte Frank. »All das wird lange Zeit in Anspruch nehmen. Bild dir bloß nicht ein, dass man Fingerabdrücke schon nach ein paar Stunden findet.«

»Fingerabdrücke«, fügte Lisa hinzu, »können nicht mehr viele da sein. Ich habe die Schüssel mit warmem Seifenwasser gefüllt, habe es nur nicht mehr geschafft, das Geschirr *abzuwaschen.*«

»Da siehst du, Roger!«

Doch die Entgegnung kam wie aus der Pistole geschossen: »Wir haben mehr als genug Fingerabdrücke in der ganzen Hütte hinterlassen. Begreift ihr denn nicht, dass wir niemals dahin hätten flüchten dürfen! Olsen hat sicher bemerkt, dass wir nicht so früh weggefahren sind, wie du gesagt hast. Früher oder später werden die Bullen rauskriegen, wer wir sind.«

»Ja, früher oder später«, murmelte Frank. »Vielleicht sollten wir doch sehen, dass wir nach Oslo kommen. Du warst es, der wollte, dass wir nach Hause fahren.«

»Das war, bevor ich gründlich über alles nachdenken konnte. Aber der ganze Plan ist schließlich nicht von mir, Frank, der ist auf *deinem* Mist gewachsen!« Roger spürte, wie die Wut in ihm anschwoll. Doch es gelang ihm nicht, sie zu bändigen, er spürte nur noch, wie der Damm in ihm brach und seine Stimme sich überschlug: »Alles wird wie von selbst gehen, hast du gesagt, dank deiner *Erfahrung*! Du bist nicht nur eine Null, du bist ein ... *blutiger Amateur*!«

Statt aus dem Wagen zu springen und an den Straßenrand zu kotzen, ließ er seinen Tränen freien Lauf.

»Und du bist ein verdammter Rotzlöffel«, sagte Frank. Doch seine Stimme klang ungewohnt dünn, als er hinzufügte: »Wenn wir nach Dombås gefahren wären, wie ich wollte, dann wäre Henrik noch am Leben.«

»Das hätte er in jedem Fall noch sein können. Aber du musstest dich ja unbedingt an seinem Wagen vorbeipressen!«

*Tot.*

Roger verließen die Kräfte. Tränen, Ohnmacht, Müdigkeit und Resignation hatten so von ihm Besitz ergriffen, dass er wie ein nasser Sack über dem Steuer hing.

Dann schaltete Lisa sich ein, in ihrer Stimme nichts als Verachtung: »Pfui Teufel, mit was für Jammerlappen habe ich mich nur zusammengetan! Der eine heult, der andere zittert vor Fieber. Habt ihr vergessen, dass wir stinkreich sind? Dass niemand weiß, wer wir sind und wo wir sind?«

Plötzlich war sie an der Reihe. Jetzt war sie die Stärkste von ihnen.

# 12

Sie machten eine weitere Zigarettenpause, in der sie sich so weit beruhigten, dass sie ein paar Minuten später in der Lage waren, ein relativ vernünftiges Gespräch miteinander zu führen, ohne sich gegenseitig anzuschreien. Für sachliche Auseinandersetzungen gab es zwar Orte und Zeitpunkte, die besser geeignet gewesen wären als ein Auto in der Nacht, doch zum ersten Mal gelang es ihnen, in Ruhe miteinander zu diskutieren, was für Möglichkeiten ihnen noch blieben. Selbst Frank gelang es, sich zusammenzureißen. Er und Lisa räumten ein, dass Roger im Großen und Ganzen Recht hatte. Dass es, wie die Dinge lagen, das Beste sei, nach Trondheim zurückzufahren und so zu tun, als hätten sie alle ein paar Tage mit Grippe im Bett gelegen. Auch wenn in den Nachrichten verlautete, man tappe bei den Ermittlungen im Dunkeln, mussten sie die Möglichkeit mit einkalkulieren, dass die Polizei sie in Sicherheit wiegen wollte. Mithilfe modernster Fahndungsmethoden war ihr einiges zuzutrauen. Vielleicht hatten sie unwissentlich Fehler begangen, die den Fahndern die Arbeit erleichterten. Wenn man den Streifenwagen mit dem toten Beamten entdeckte, würde die Polizei ihre Anstrengungen verdoppeln. Ganz Norwegen würde sich an der Jagd nach den skrupellosen Mördern beteiligen.

Es war Lisa, die Letzteres behauptet hatte und die

Schlussfolgerung zog: »Oslo ist auch keine Lösung. Wir müssen unauffindbar sein.«

»Fly me to the Moon«, sagte Frank.

»Schweden reicht fürs Erste«, sagte sie.

»Schweden?«

»Du hast wohl vergessen, dass ich mich in der Gegend um Stockholm ganz gut auskenne.«

»Das Mare Imbrium kenne ich besser.«

Roger hatte gar nicht gewusst, dass auch Frank etwas von Astronomie verstand, aber das half ihnen jetzt nicht weiter. Er vertraute eher Lisas nüchternen Erwägungen. Ein kranker Frank war ein wertloser Frank. Sie mussten dafür sorgen, dass er wieder gesund wurde. Lisa hatte gerade angedeutet, dass seine Fehlleistungen womöglich mit seinen Fieberschüben zusammenhingen. Sie war offenbar gewillt, Frank alles zu vergeben. Auch Roger war gewillt, ihm vieles zu vergeben – Hauptsache, sie trafen pragmatische Entscheidungen. Trotz der angespannten Situation hatte Lisa ihm durch ihre besonnene Art wieder Mut gemacht. Es gab immer noch Auswege. Das Wort Schweden klang mit einem Mal wie Musik in seinen Ohren. Dort würde es ihnen leichter fallen, sich eine Zeit lang verborgen zu halten. Sie konnten das Auto in einem See versenken, auf Bus, Zug oder Flugzeug umsteigen. Schwedens EU-Mitgliedschaft würde es ihnen leicht machen, nach Deutschland oder Paris weiterzureisen. In wärmere Gefilde Europas zu gelangen, in denen es sich besser aushalten ließ als in der heimischen Kälte. Sie wussten, dass Lisa fließend Schwedisch sprach, nachdem sie als Kind einige Jahre mit der Mutter in Stockholm gelebt hatte, bevor diese in Norwegen ihre zweite Ehe eingegangen war. Dass Lisa ihm gegenüber ihre Verachtung zum Ausdruck gebracht hatte, musste er aushalten. Er wollte so gerne erwachsen sein, wie die beide anderen, und dann hatte er angefangen zu flennen wie ein Kind. Auch Lisa war zuvor in Tränen ausgebrochen, allerdings, weil sie sich geopfert und eine Tat verübt hatte, die ihrer Natur widersprach. Sie und Frank hatten um der gemeinsamen Sache willen getötet. Und was hatte er zu einem Erfolg ihrer Flucht beigetragen, abgesehen von seinen Fehleinschätzungen?

Lisa schien seine Gedanken zu ahnen. Sie beugte sich ihm entgegen und strich ihm ein paarmal über die Haare:

»Zumindest hast du uns aufgeweckt, Roger. Du hast einen klaren Kopf. Wenn Frank sich nicht wohl fühlt, ist es gut, wenn du für uns denkst.«

»Der Vorschlag, nach Schweden zu fahren, kam von dir.«

»Ja, aber erst, nachdem du uns aufgerüttelt hattest. Fahr erst weiter, wenn du wieder okay bist. Frank hat schon Recht, zunächst einmal können wir uns sicher fühlen.«

Es imponierte ihm, wie gut es ihr gelang, die Unstimmigkeiten zwischen ihnen vergessen zu machen. Dank Lisa konnte er den Kopf heben, ohne sein Gesicht zu verlieren. Frank dachte sicher dasselbe. Lisa hätte Diplomatin werden sollen, keine Kriegerin. Ihre Stimme erinnerte ihn an Heidi, an die seltenen Momente, in denen er sich von ihr geliebt gefühlt hatte. Etwas in seinem Magen krampfte sich erneut zusammen. Schnell drückte er die Zigarette aus, startete den Motor und ließ den Wagen auf die Straße rollen.

Zu beiden Seiten des lang gestreckten, gewundenen Tals erstreckte sich eine sanfte Hügellandschaft, doch in der Dunkelheit unter den Wolken konnten sie die topografischen Gegebenheiten nur erahnen. Anfangs kamen sie selten an einem Haus vorbei, doch als sie in der Ferne eine größere Anzahl von Lichtern erkannten, begriffen sie, dass sie sich einer Ortschaft näherten.

»Folldal«, sagte Frank. »Ich habe einen Wahnsinnsdurst. Hier wimmelt es sicher von Imbissbuden.« Das waren die ersten Wörter, die er seit langem gesagt hatte.

Roger wusste, dass er einen Scherz machte. Der Ort wirkte wie ausgestorben. Falls es hier überhaupt so etwas wie Imbissbuden gab, dann hatten sie zu dieser Tageszeit sicher nicht geöffnet. Die einzige Tankstelle, die sie entdeckten, war ebenfalls geschlossen. Roger war jedoch klar, dass Frank nicht gescherzt hatte, was seinen Durst anging. Es half nichts, vor Stunden eine halbe Flasche Bier getrunken zu haben, wenn das Fieber einem den Schweiß in Bächen den Körper hinunterlaufen ließ.

»Bis Alvdal sind es nur noch vierzig Kilometer«, tröstete Roger. »Dort gibt es unter Garantie eine Tankstelle.«

Er sah es als gutes Zeichen an, dass Franks Laune sich nicht verschlechterte. Er selbst wusste nicht viel über Malaria und hoffte, der Anfall würde nicht von langer Dauer sein. Doch als sie sich Alvdal näherten, entnahm er Lisas Verhalten, dass es sich keinesfalls um eine leichte Attacke handelte. Er konnte Franks Zittern förmlich hören. Der Wind war Gott sei Dank abgeflaut, die Straße breit und nahezu schneefrei, und er fuhr so schnell er konnte. Nur seine zunehmende Müdigkeit machte ihm zu schaffen. Trotz der Anspannung spürte er hin und wieder, wie seine Lider bedrohlich schwer wurden. Fragte sich, ob er die ganze Nacht hinter dem Lenkrad durchstehen konnte. Notfalls musste er Lisa bitten, das Steuer zu übernehmen, obwohl sie seit Jahren nicht gefahren war und vergessen hatte, ihren Führerschein mitzunehmen.

»Würdest du mir eine drehen, Lisa?«

Er wusste, dass sie es tun würde. Als sie Alvdal erreichten, war sie es, die anbot, in die große Tankstelle zu gehen, weil sie die Unverdächtigste von ihnen war, wie sie selbst sagte. Roger zweifelte nicht daran, dass sie fähig war, den Tankwart zu bezirzen, meinte aber auch, dass man sich aufgrund ihrer Attraktivität am ehesten an sie erinnern würde. Dennoch ließ er sie hineingehen.

Er war auf dem Parkplatz der Tankstelle ausgestiegen und schöpfte frische Luft. Sah, dass die zur Tankstelle gehörende Cafeteria geöffnet hatte, erinnerte sich aber sehr wohl daran, dass sich noch ein hartes, flaches Stück Pizza auf dem Rücksitz befand. Der letzte Besuch eines ähnlichen Lokals war nicht gerade glücklich verlaufen. Das verlockendste war jedoch das angeschlossene Motel. Vielleicht gab es ja einen schlaftrunkenen Nachtportier, der sich breitschlagen ließ, sie einzulassen.

Eine Weile starrte er wie gebannt auf einige ausgewachsene Holzfiguren, die vor dem Eingang zur Cafeteria standen. Sie erinnerten an Außerirdische, die soeben gelandet und von der fremden Atmosphäre getötet worden waren. Wieder einmal ließ er sich von Gedankenspielen über extraterrestrisches Leben, wie amerikanische Astronomen es nannten, gefangen nehmen. Eine Mahnung oder ein zufälliger Hinweis, wie bedeutungslos ihr eigenes Dasein war? Dann kam Lisa mit zwei Plastiktüten zurück. In der einen befanden sich vier große Flaschen Cola. Roger legte zwei in den Kofferraum. Als sie sich neben Frank auf den Rücksitz setzte und die andere Tüte öffnete, stieg Roger ein wohlbekannter Duft in die Nase, der ihn sofort zurück auf die Erde brachte.

»Hotdogs mit Senf und Ketchup gefällig?«

»Lisa, du bist genial!«

Sie füllten die Cola in Pappbecher, die sie ebenfalls gekauft hatte, und während Roger trank, aß und schmatzte, merkte er, wie ihr Optimismus ihn ansteckte. Frank wollte keine Hotdogs, schüttete jedoch jede Menge Cola in sich hinein.

»Kannst du noch weiterfahren, Roger?«

»Aber klar. Ich fühle mich wie neu geboren.«

»Schön wär's«, stöhnte Frank.

»Du hast sicher vierzig Fieber«, sagte Lisa.

»Quatsch, wenn ich nur nicht so frieren würde.«

»Was für Medizin brauchst du? Penicillin?«

»Das hilft nur gegen Bakterien. Ich brauche ein Antipyretikum, um das Fieber runterzukriegen.«

»Wir müssen einen Arzt finden.«

»Vergiss es. Ich überlebe auch so.«

Doch Lisa ließ einfach nicht locker. »Wenn du wirklich Malaria hast, stirbst du ohne Behandlung, Frank. So viel weiß ich.« Ihre Stimme klang mehr ängstlich als zornig.

»Es gibt verschiedene Arten von Malaria. Meine ist nicht tödlich. Aber okay, wenn du mitten in der Nacht irgendeinen Quacksalber auftreibst, werde ich eben so tun, als wäre ich krank.«

»Ich frag noch mal in der Tankstelle.« Sie sprang aus dem Wagen und verschwand hinter den Zapfsäulen.

Roger drehte sich zu Frank um und hielt eine frisch gedrehte Zigarette in der Hand. »Soll ich lieber aufhören zu rauchen?«

»Rauch so viel du willst, und roll mir auch eine. Meine Hände zittern so schrecklich.«

»Ich wusste ja gar nicht, dass du zur See gefahren bist.«

»Hab ich ein Jahr lang gemacht, nachdem es auf der Uni nicht mehr geklappt hat.«

»Was hast du studiert?«

»Ich hab nicht studiert, sondern Computer geklaut. Dieser Bulle, der im Fernsehen zu sehen war, Rønnes, der sieht aus wie ein Volltrottel, ist aber mit allen Wassern gewaschen.«

Dass der Schein trügt, dachte Roger, galt auch für Frank. Eingewickelt in die Wolldecke, sah er aus wie ein klatschnasser Hund, den man in die Wärme gebracht hatte, oder wie ein Ölscheich, der im falschen Land gelandet war. Doch Roger sprach dies nicht aus. Er wusste, wie es war, Fieber zu haben. Wie reizbar man dann sein konnte.

»Du bist ein netter Kerl, Roger.« Franks Stimme klang flach, pflichtschuldig. In seinem Blick lag etwas unsagbar Trauriges, das Roger zum ersten Mal auffiel. »Ich war in letzter Zeit nicht ich selbst. Hätte meine Medizin mitnehmen sollen. Nimm dich ja vor den Mücken in Acht, wenn du mal nach Afrika kommst.«

»Man kann sich doch bestimmt impfen lassen.«

Frank zuckte die Schultern, worauf sie beide schwiegen, bis Lisa wieder auf dem Rücksitz Platz nahm.

»Lasst uns nach Tynset fahren. Dort gibt's ein Krankenhaus.«

Roger ließ den Wagen auf die Straße rollen und nahm Kurs Richtung Norden. Tynset war nur gut zwanzig Kilometer entfernt und lag außerdem auf ihrer Route. Sie mussten zunächst bis Røros fahren und dann nach Osten abbiegen. Wenn nichts Unerwartetes mehr passierte, würden sie noch vor Anbruch der Dämmerung in Schweden ankommen.

Sie hatten Glück, dass sie das kleine Krankenhaus sofort fanden. Frank zitterte so stark, dass Roger ihn stützen musste. Der dunkelhäutige Arzt, ein sanftmütiger Pakistaner, der den Nachtdienst versah, hatte es anscheinend selten mit nächtlichen Reisenden zu tun und lächelte, als die Nachtschwester die drei in sein Büro führte. Er sprang von seinem Schreibtischstuhl auf, gab ihnen die Hand und stellte sich mit einem Namen vor, von dem sie nur Jafar verstanden.

»Wer von Ihnen ist krank?«

»Er«, sagte Roger und ließ Frank erst los, nachdem dieser sich mit seiner Hilfe auf einen Stuhl gesetzt hatte. Roger blieb an der Wand stehen, während der Arzt sich an Frank wandte.

»Wie heißen Sie?«

»Petter Berg.«

»Ich sehe, dass Sie Fieber haben. Im Moment grassiert mal wieder ein Virus.«

»Hab mich wohl angesteckt«, sagte Frank und hustete.

»Haben Sie Temperatur gemessen?«

»Ja, 40,2.«

»Seit wann haben Sie Beschwerden?«

»Seit ein paar Stunden.«

Der Arzt beugte sich zu ihm hinunter, knöpfte Franks Hemd auf und horchte an seinem Stethoskop. Danach musste der Patient den Mund aufsperren und seine Augen untersuchen lassen.

»Ich denke«, sagte der Pakistaner bedächtig, während er zu seinem Schreibtisch zurückging, »dass Ihr Immunsystem gestört ist. Wohnen Sie hier?«

»Nein, wir sind auf dem Heimweg nach Oslo.«

»Suchen Sie dort morgen ein Krankenhaus auf und lassen Sie Ihr Blut und Ihren Urin kontrollieren. Das scheint ein sehr aggressiver Virus zu sein. Ich gebe Ihnen ein Antipyretikum. Sie sollten viel trinken und sich warm halten, in Ordnung?«

»Sie können sich darauf verlassen.«

Die Untersuchung war beendet. Der Arzt lächelte weiterhin, als er Petter Berg, Maridalsveien, Oslo, ein Rezept verschrieb. Danach gab er Frank zwei Tabletten, die dieser sofort mit einem Glas Wasser hinunterspülte. Die Wirkung würde erst in ein paar Stunden einsetzen. Roger bezahlte bei der Nachtschwester und führte den Freund zum Auto.

»Ich fühle mich schon besser«, sagte er. »War das erste Mal, dass mir ein dreckiger Moslem geholfen hat.«

»Du solltest dich schämen«, meinte Lisa.

»Kannte mal einen anderen Pakistani. Der war nur zum Bodenwischen zu gebrauchen, ist den halben Tag auf den Knien rumgerutscht und hat Richtung Mekka gebetet.«

Heidi hätte dasselbe gesagt, dachte Roger.

In Røros hatten sie weniger Glück. Es ging auf halb fünf zu, doch die Apotheke in der Kjerkgata öffnete erst um neun. Niemand von ihnen glaubte, dass sich zwischen Røros und der schwedischen Grenze noch eine weitere Apotheke fand, also mussten sie warten. Roger schlug vor, dass sie zumindest ein wenig Zeit damit verbringen könnten, vorsorglich noch mal aufzutanken.

Die einzige Tankstelle, die zu dieser Zeit geöffnet hatte, lag in der Nähe des Bahnhofs. Roger stieg aus und füllte den Tank. Die Luft war mindestens so kalt wie in Tynset. Lisa gab ihm ein paar Scheine und sagte:

»Zu dumm, dass wir keine Karte für die Tankautomaten haben. Dann müssten wir nicht Gott und der Welt unser Gesicht zeigen.«

Ehe sie sich's versahen, wurden Lisas Befürchtungen bestätigt. Als Roger zur Kasse ging, um zu bezahlen, blickte der Mann hinter dem Tresen auf und starrte ihn sekundenlang an. Seine buschigen Augenbrauen zogen sich zusammen, seine Nasenlöcher weiteten sich, bevor er plötzlich ausrief:

»Ich glaub, mich tritt ein Pferd! Das ist doch der junge Roger Dalvang!«

# 13

Roger erstarrte. Versuchte fieberhaft herauszufinden, wer dieser Mann war. Wie konnte er nur so viel Pech haben, auf eine Person zu treffen, die ihm schon einmal begegnet war! Der Mann kam ihm irgendwie bekannt vor. Sollte er einfach so tun, als habe er sich geirrt? Ihm sagen, es müsse sich um ein Missverständnis handeln? *Røros*. Irgendwas war an diesem Namen, das eine Saite in ihm zum Klingen brachte. Er war schon ein paarmal hier gewesen. Als Vierzehnjähriger auf Klassenfahrt, als sie das neue Bergwerksmuseum besichtigt hatten. Oder ein paar Jahre später mit Jøran beim Skifahren. Doch Einheimische hatte er nicht kennen gelernt. Konnte es sich um einen früheren Lehrer oder ein Familienmitglied handeln, das sich hier niedergelassen hatte? Als er sich den Schwingungen der Saite, die in ihm klang, eingehender widmen wollte, streckte ihm der Mann seine klamme Hand entgegen und fuhr fort:

»Kein Wunder, dass du mich nicht wiedererkennst, Roger. Wir haben uns ja seit Jahren nicht gesehen. Aber die Dalvang-Nase ist doch unverkennbar. Deine Mutter war schließlich die Einzige in der Familie, die Kinder bekommen hat. Meine Frau dagegen …«

Roger ließ seine Hand los und trat einen Schritt zurück. »Ich wollte einfach nur bezahlen.«

»Na klar wolltest du das. Fragst dich wohl immer

noch, wer ich bin. Einfach unglaublich bei so einer kleinen Familie, dass der eine nicht weiß, was der andere tut. Ich bin einer von zweien, die das Recht haben, sich dein Onkel zu nennen.«

Er schien sich seiner Sache so sicher, dass Roger die Idee aufgab, ihn davon überzeugen zu können, dass ihre Verwandtschaft nur in seiner Fantasie existierte. Seine Mutter hatte keine Geschwister, also musste der Kerl einer der Brüder seines Vaters sein. Zwei fremde Gestalten, die ihm nach dem Tod seines Vaters noch fremder geworden waren. Vielleicht war es die unverkennbare Nase, die Roger davon überzeugte, dass der Mann die Wahrheit sprach. Roger war auf seine nie besonders stolz gewesen, bemerkte aber die Ähnlichkeit mit der Nase des Mannes, als er ihm ins Gesicht sah. Weit nach außen stehende Nasenflügel in Verbindung mit riesigen Nasenlöchern hatte er bislang nur auf Fotos seines Vaters wiedererkannt.

»Na, fällt der Groschen?«

»Leif?«, riet Roger.

»Falsch! Leif arbeitet in Bergen.«

»Magnus?«

»Treffer! Magnus Dalvang, von Freunden Magda genannt. Was haben die anderen sich immer über mich lustig gemacht. *Kleines Mädchen, kleines Mädchen!*«

Ein Umstand, der den Onkel nicht mehr zu belasten schien.

»Und jetzt bin ich also hier gelandet. Und du?«

»Ich?«

»Ja, was treibt dich um fünf Uhr in der Früh nach Røros?«

»Ich hatte kein Benzin mehr.«

»Hahaha! Genau wie dein Vater – Svein. Der hatte immer die größte Klappe. Der hat mir auch den Spitznamen Magda verpasst. Verglichen mit dem Großmaul war ich bestimmt ein Waschlappen. Kein Wunder, dass sie's ihm heimgezahlt haben. Wohnst du hier, Roger?«

»Nein, ich bin auf dem Weg nach Oslo.«

»Und da fährst du über Røros?«

»Wir hatten gehört, dass bei Dovre der Pass gesperrt ist.«

»Ach ja, hab ich auch mitbekommen. Wer ist wir? Bist du mit deiner Freundin unterwegs?«

»Nein, äh, wir …«

Roger hielt inne. Die Unterhaltung wurde ihm zu gefährlich. Es war schon schlimm genug, dass er zufällig seinem Onkel über den Weg gelaufen war. Außerdem hatte die Mutter öfter erwähnt, dass Magnus ein altes Klatschmaul wäre. Unzuverlässig und krankhaft neugierig. Leif galt als der Anständigste der drei Brüder. Magnus würde sich natürlich an seinen Besuch erinnern. Die Mutter hatte ihn sogar als bösartig, fast pervers beschrieben. *Perfide* hatte sie gesagt.

»Was muss ich bezahlen?«

»Zweihundertfünfzig, mit Familienrabatt.«

Roger gab ihm hastig das Geld.

»Du scheinst es ja sehr eilig zu haben.«

»Wir sind ziemlich spät dran, aufgrund des Umwegs, weißt du …«

»Über Kvikne wär's viel schneller gegangen.«

»Ja, schon …« Roger wusste, dass sein Onkel Recht hatte.

»Ach, ein bisschen Zeit werdet ihr ja wohl haben. Ruf deine Freunde rein. Ich spendier euch 'nen Kaffee.«

Er schüttelte den Kopf, während er von einem Fuß auf den anderen trat. Das würde ein böses Ende nehmen, ganz gleich, was er tat. Wenn er stehen blieb, würde Magnus Dalvang ihm weitere Fragen stellen, die er nicht beantworten konnte, und früher oder später würde er sich verplappern. Andererseits musste der Onkel misstrauisch werden, fertigte er ihn gar zu schnell ab. Sie hatten sich schließlich seit Jahren nicht gesehen.

»War schön, dich zu treffen, Onkel Magnus, aber ...«

»Das wirkt aber nicht so.« Die Augen unter den buschigen Brauen musterten ihn skeptisch.

»Doch, doch, aber meine Kumpel haben extra gesagt, ich soll mich beeilen. Wir müssen zu einer bestimmten Zeit wieder in Oslo sein.«

»Eine Audienz beim König, was? Das würde deiner Mutter gefallen. Wie geht's ihr eigentlich? Hängt wohl immer noch an der Flasche?«

Das war der Tropfen, der für Roger das Fass zum Überlaufen brachte. Er spürte, wie ihm die Röte ins Gesicht schoss. Eine Mischung aus blinder Wut und tiefer Scham veranlasste ihn, die Stimme zu heben und den Mann anzubrüllen: »Wenn du noch *ein* Wort über meine Mutter sagst, dann polier ich dir die Fresse!«

Der Onkel erbleichte, bevor sich auch sein Mienenspiel völlig veränderte, er mit der Faust auf den Tresen schlug und schrie: »Du bist kein Haar besser als dein verkommener Vater! Scher dich raus, verdammter Hurensohn! Raus, sag ich. Rauuuus!«

Erneut lief alles aus dem Ruder. Roger machte auf dem Absatz kehrt und stürmte mit jagendem Herzen hinaus. Keuchend und zitternd taumelte er förmlich in den Wagen, schaffte es jedoch, den Motor anzulassen und mit quietschenden Reifen davonzurasen. Nach einigen hundert Metern bremste er abrupt ab, manövrierte das Auto vor dem Bergstadens Touristenhotel in eine Parklücke, stellte den Motor ab und ließ sich erschöpft zurücksinken.

Er hatte seine Mitfahrer zweifellos erschreckt und

irritiert, denn es dauerte eine Weile, bis sie ihre Sprache wiederfanden. Lisa war die Erste, die etwas sagte:

»Was ist eigentlich in dich gefahren?«

»Ich hätte ihn umbringen können!«

»Von wem redest du?«

»Von meinem Onkel … Onkel Magnus. Wie hätte ich wissen können, dass der hier arbeitet? Ausgerechnet bei der Tankstelle!«

»Beruhige dich. Hat er uns gesehen?«

»Nein, aber …«

Während er den anderen stotternd erzählte, was geschehen war, entdeckte er eine fertig gedrehte Zigarette in seinem Tabakpäckchen. Lisa gab ihm Feuer.

Frank beugte sich vor und sagte langsam: »Du meinst, er wird sich daran erinnern, dass du da warst?«

»Erinnern? Das wird er nie im Leben wieder vergessen!«

»Wenn er rauskriegt, dass die Bullen hinter uns her sind, wird er dann die Klappe halten?«

»Ach, vergiss es! Eine Weile ging alles glatt, aber dann begann er … meine Mutter zu beleidigen. Scheiße noch mal, wenn er das nur nicht getan hätte!«

Roger glaubte, wieder weinen zu müssen, doch aus irgendeinem Grund schien die Quelle ausgetrocknet zu sein.

»Glaubst du, er hat sich unsere Autonummer notiert?«

»Weiß nicht. Deshalb bin ich ja so schnell weggefahren.«

»Das hättest du nicht tun sollen. Vielleicht hat er sich die Nummer jetzt erst recht aufgeschrieben. Die Bullen informieren die Tankstellenbesitzer in der Regel über gestohlene Fahrzeuge. Vielleicht hatte dein so genannter Onkel schon auf der Lauer gelegen.«

»Das … glaube ich nicht.«

»Lass uns zurückfahren.«

»Warum sollten wir das tun?« Roger drehte den Kopf und konnte im schwachen Licht der Straßenlampe vor dem Hotel Franks fieberglühende Augen sehen. Er zuckte zusammen, als er seine Absicht ahnte. »Damit du das Gewehr nehmen und ihn abknallen kannst?«

»Du hast es erfasst. Aber diesmal musst du die Arbeit übernehmen, Roger. Ich kann mich kaum noch auf den Beinen halten.«

»Du bist … verrückt.«

»Er hat deine Mutter beleidigt.«

»Na, sooo gern hab ich sie nun auch wieder nicht.«

»Spielt keine Rolle, Roger. Denk an deine Mutter, wenn du abdrückst. Das hilft bestimmt.«

In diesem Moment schaltete Lisa sich ein. Sie stieß ihren Freund vor die Brust, sodass die in die Decke eingewickelte Gestalt zur Seite kippte. »Bist du jetzt völlig durchgedreht? Die scheiß Malaria raubt dir den letzten Verstand. Roger zu zwingen, seinen Onkel zu erschießen! Du hast sie wohl nicht alle!«

»Der Kerl ist ein verdammter Parasit. Roger hat es doch selber gesagt: *Ich hätte ihn umbringen können.*«

»Warum sollte Roger seine Mutter verteidigen? Die war doch der Grund dafür, dass er sich das Leben nehmen wollte!«

Roger spürte, wie ihm erneut Tränen in die Augen stiegen. Lisa stand auf seiner Seite, obwohl sie seine zwiespältigen Gefühle gegenüber seiner Mutter nicht nachvollziehen konnte. Nicht verstehen konnte, dass man hin und wieder liebevolle Gefühle für eine Alkoholikerin hegen konnte, die man eigentlich hasste, weil sie einen stets wie ein Möbelstück behandelt hatte. Die Fingernägel seiner freien Hand bohrten sich in sein Fleisch. Wenn ihm nur erspart bliebe, zurückzufahren und mit dem Gewehr …

»Fünf Minuten, nachdem er seinen Onkel erschossen hat, kommt vielleicht das nächste Auto zur Tankstelle«, fuhr Lisa unbeirrt fort. »Und wenn die Bullen alarmiert werden, ist ihnen sofort klar, dass die Gang, die Leute mit kleinen Bleikugeln tötet, ganz in der Nähe sein muss. Dann sperren sie jede noch so kleine Straße bis Røros. Und hast du mal überlegt, wie es mit deinem Fieber weitergehen soll, wenn wir hier wegmüssen, bevor die Apotheke aufmacht?«

Daran hatte Frank offenbar nicht gedacht. Er dachte überhaupt nicht nach. Lisa hatte schon Recht, überlegte Roger. Die Fieberattacke beeinträchtigte Franks geistige Fähigkeiten, zumindest vorläufig. Solange der Chef krank war, mussten die Gesunden entscheiden. Er selbst glaubte nicht, dass Magnus Dalvang ihn mit den Bankräubern in Verbindung brachte. Erst wenn ihre Namen bekannt gegeben wurden – und das konnte noch lange dauern –, würde sein Onkel zum Hörer greifen und die Polizei verständigen. Es bestand sogar eine kleine Chance, dass er es dennoch bleiben ließ. Der bösartige Kerl hatte trotz allem hervorgehoben, dass sie derselben Familie angehörten. Vielleicht würde er sich weigern, seinen einzigen Neffen zu verraten. Vielleicht hatte er Angst, selbst in ein merkwürdiges Licht zu geraten – auch er hatte eine dubiose Vergangenheit. Wie es zu erklären sei, konnte ihn die Polizei zum Beispiel fragen, dass sein Neffe ausgerechnet an seiner Tankstelle angehalten hatte. Roger war nicht neu, dass Zufälle ein Leben verändern konnten, doch er hörte nicht auf, sich deswegen zu wundern. Während er darüber nachdachte, dass er rein zufällig mit einem Mann in Kontakt geraten war, den er hauptsächlich aus den Erzählungen der Mutter kannte, fiel ihm auf, dass Lisa, nachdem sie Frank angegriffen hatte, nun sanft und tröstend mit ihm redete. Kein Zweifel, dass Frank krank war. Dass er Pflege und Medizin brauchte. *Das scheint ein sehr aggressiver Virus zu sein*. Zum ersten Mal empfand er, dass all das Pech, das sie bisher begleitet hatte, mit äußeren Umständen zusammenhing, die sie nicht beeinflussen konnten. Dass sie tatsächlich hilflose Opfer eines großen Experiments waren, von einer Instanz in Szene gesetzt, die außerhalb ihres Vorstellungsvermögens lag. Die Tankstelle war nur ein Glied in dieser Kette. Wenn es drauf ankam, hatten sie nie eine echte Wahl gehabt. Er hatte das Gefühl, sie befänden sich in der Gewalt einer finsteren Macht, der sie nicht gewachsen waren. Doch nicht eine Sekunde war er in der Lage, mit denen Mitleid zu empfinden, die in diesem Moment trauerten, obwohl er sich darum bemühte. In Kattem, außerhalb von Trondheim, befanden sich der Filialleiter einer Bank und dessen Tochter und beweinten den Tod ihrer Frau und Mutter. Irgendwo in der Nähe von Oppdal trauerte eine Bäuerin um ihren Mann; vielleicht hatte sie erwachsene Kinder und Enkel, die dasselbe taten. Und im Laufe des Tages würde die Familie eines Polizeibeamten zu weinen anfangen und dessen Kollege vermutlich ebenso. Alles war dem Zufall zu verdanken – vielleicht entschied so etwas Lächerliches wie ein langes und ein kurzes Streichholz darüber, wer am Leben bleiben durfte. Dass er selbst ab und zu in Tränen ausbrach, hatte andere Ursachen. Zwischen sich und der Trauer anderer Leute hatte er im Laufe weniger Stunden eine stabile Mauer errichtet. Durch diese hindurch konnte man weder etwas sehen noch etwas hören. Er wollte gar nicht wissen, was auf der anderen Seite geschah.

Lisa tippte ihm in den Nacken. »Es wird langsam kalt. Wollen wir einfach hier stehen bleiben oder uns ein bisschen die Gegend angucken?«

»Im Dunkeln gibt es nicht viel zu sehen.«

»Wir könnten ein bisschen durch die Stadt wandern und schon mal schauen, wo die Apotheke ist.«

»Macht mal, ihr beiden«, sagte Frank leise. »Ich versuche, etwas zu schlafen.«

»Stell den Motor an, wenn dir kalt wird.«

»Im Moment friere ich nicht. Hab nur so schrecklichen Durst.«

Lisa stellte eine Colaflasche neben ihn, bevor sie und Roger ausstiegen. Sie gingen um das Hotel herum und begannen die Kjerkgata bergauf zu gehen. Sie war hell erleuchtet, doch die Kälte lud nicht gerade zu einem ausgiebigen Schaufensterbummel ein. Die Apotheke, die tatsächlich erst um neun Uhr öffnete, war nicht zu übersehen. Eine Stunde lang schlenderten sie schweigend durch die Gassen, betrachteten Strickwaren und HiFi-Anlagen, Bratpfannen und Kupfertöpfe. Als sie sich der alten Kirche näherten, kam ihnen in voller Fahrt eine Person auf einem Stehschlitten entgegen – das erste Anzeichen dafür, dass diese Stadt tatsächlich bewohnt war.

»Vielleicht können wir uns in der Kirche ein wenig aufwärmen«, sagte Lisa. »Tun wir doch einfach so, als wären wir Asylanten.«

Roger öffnete ein kleines Gatter und ging zur Kirchenpforte. Sie war verschlossen. Fröstelnd stapfte er zu Lisa zurück. Oben herum war ihm warm, doch Baumwollhose und Joggingschuhe konnten der Kälte nicht trotzen.

»Schau mal!« Sie hatte den Kopf in den Nacken gelegt und zeigte mit dem Finger nach oben.

Er folgte ihrem Blick und sah, wie die Wolkendecke auseinander riss und den Sternenhimmel freigab. Vor ziemlich genau vierundzwanzig Stunden hatte er vor einer einsamen Hütte gestanden und wie gebannt in den Sternenhimmel gestarrt. Von hier aus war er beinahe ebenso schön.

»Da ist der Große Wagen.«

Er nickte, beide fröstelten.

Dann sagte er: »Glaubst du, es gibt jemand da oben, der auf uns …«

»Der was?«

»Ach nichts. Gehen wir weiter?«

»Du bist schon ein komischer Kauz, Roger.«

»Wir nehmen die Bergmannsgata«, sagte er rasch. »Die läuft parallel zu dieser hier.«

Er führte sie durch eine enge Gasse und behielt Recht. Hatte keine Lust, erneut in die Nähe der Tankstelle zu kommen, in der sein Onkel arbeitete. Die Bergmannsgata war breiter als die Kjerkgata. Die Häuser stattlicher. Er erinnerte sich vage an den Ausflug hierher, den er einst mit Jøran unternommen hatte. Jøran als der Ältere hatte sich das Auto eines Kumpels ausgeliehen. Ihre Skitour hatte nicht einmal eine Stunde gedauert, weil das Wetter nicht das beste und das Terrain enttäuschend flach gewesen war. Dann waren sie durch die alte Grubenstadt gewandert und waren schließlich in einem Café gelandet. Sie hatten versucht, mit ein paar Mädchen in Kontakt zu kommen, doch die waren nicht interessiert gewesen und hatten nur gefragt, was sie eigentlich in Røros wollten.

»Es ist richtig schön hier«, sagte Lisa.

»Ja.«

»Du bist so still.«

»Mir gefällt das hier nicht.«

»Du denkst an deinen Onkel?«

Er nickte und gähnte. »Verdammtes Pech.«

»Ich denke vor allem an Frank.«

»Er sollte ins Krankenhaus.«

»Auf jeden Fall.«

»Diese Malaria … war er wirklich in Afrika?«

»Ja, ich habe verschiedene Fotos gesehen.«

»Was hat er noch gemacht?«

»Das hat er mir nie erzählt. Du fragst dich bestimmt, wie ich ausgerechnet an solch einen Typen gekommen bin.«

»Ja, irgendwie … passt ihr nicht zusammen. Du bist, wie soll ich sagen, zu fein …«

Er spürte, dass er errötete.

»Oh, vielen Dank, aber weißt du, ich hasse es, allein zu sein.«

Sie blieb stehen, und er tat dasselbe. Es war jetzt vollkommen still, nachdem das Knirschen des Schnees unter ihren Füßen aufgehört hatte.

»Frank kann auch wahnsinnig nett sein. Im Herbst hat er sich sehr um mich gekümmert, als ich wirklich am Ende war.«

»Auch du …«

Er sah, wie ihr weicher Mund plötzlich lächelte. »Nicht, was du denkst. Ich hatte einfach eine schlechte Phase. Wurde von einer Schule abgelehnt, bei der ich mich beworben hatte, während meine Mutter und mein Stiefvater sich das Leben gegenseitig zur Hölle machten. Seitdem habe ich keinen Kontakt mehr zu ihnen. Gott sei Dank ist Frank damals aufgetaucht und zu mir gezogen. Als Dank für die Bleibe in der Sandgata hat er mich nach London eingeladen. Was für eine Woche das war!«

»Ich war noch nie in London.«

»Er hat sein ganzes Geld … für mich ausgegeben. Als würde er gar keinen Gedanken daran verschwenden, dass morgen auch noch ein Tag ist. Als wäre dies die letzte Woche seines Lebens. Danach war er pleite.«

»Hm.« Roger wusste nicht, was er sagen sollte.

»Aber du bist auch sehr nett, Roger.«

Sie beugte sich ihm entgegen und küsste ihn impulsiv auf den Mund. Ihre Lippen waren so warm und wohltuend, dass er spürte, wie sein Schwanz anschwoll. *Lisa fickt gut. Kannst sie dir gerne ausleihen, wenn du willst.* Was empfand Frank eigentlich für sie? Warum behandelte er seine Freundin manchmal wie ein Stück Dreck? Genauso hatte seine Mutter ihn auch behandelt. Benutzt und weggeworfen. Und jetzt befand er sich an einem kalten Wintermorgen in der Bergmannsgata in Røros und bekam einen Ständer!

»Obwohl du mal zum Friseur müsstest«, sagte sie lachend.

Sie schlenderten weiter, umkurvten fröstelnd das Hotel und fragten sich, wie es dem Patienten inzwischen ging.

»Ich glaube, er steht da drüben«, sagte Lisa, als sie den Wagen nicht sogleich fanden.

Doch als sie auf das silbergraue Fahrzeug zusteuerten, das sie meinte, sahen sie, dass es sich um einen Opel Vectra handelte. Sie gingen dreimal an der Reihe geparkter Autos entlang, bevor sie endlich begriffen, dass der Corolla verschwunden war.

# 14

In frostiger Nacht, an einem fremden Ort, waren sie plötzlich ganz auf sich allein gestellt. Ihre gesamte Habe bestand in der Kleidung, die sie am Körper trugen. Sie liefen erneut die Hauptstraße entlang und spähten in alle Richtungen, doch ihre rollende Behausung war wie vom Erdboden verschluckt. Danach lief Roger zum Hauptbahnhof und blickte verstohlen zu einer gewissen Tankstelle hinüber. Er war zusammengezuckt bei der Vorstellung, Frank sei womöglich zurückgefahren, um Magnus Dalvang eine Ladung Schrot zu verpassen, doch der Corolla war nirgends zu sehen. Außer Atem und mit einem großen Stein im Bauch traf er Lisa vor dem Hotel wieder. Es gelang ihm, eine Art Zigarette zu drehen, doch er hatte kein Feuerzeug dabei.

»Glaubst du, dass er …?«

Lisa zuckte die Schultern und starrte auf einen Schneehügel. »Bei Frank weiß man nie, aber das traue ich ihm nicht zu.«

»Was ist, wenn er nur Theater spielt? Wenn er gar nicht krank ist?«

»Ausgeschlossen.« Doch das Zittern in ihrer Stimme verriet einen leisen Zweifel. »So was tut er einfach nicht. Irgendwas muss passiert sein.«

»Ja, wahrscheinlich hat er sich entschieden, alles selbst zu behalten. Nach Schweden ist es doch nur noch ein Katzensprung.«

»Meinst du wirklich?«

Mit Entsetzen musste Roger zur Kenntnis nehmen, dass selbst Lisa die Möglichkeit nicht ausschließen mochte, ihr Freund könne sie im Stich gelassen haben. Dann war alles verloren. Sie hatten an einer wahnwitzigen Unternehmung teilgenommen, hatten sich zu verzweifelten und verbrecherischen Taten hinreißen lassen … und wozu?

Wie auf Kommando verloren beide das Gleichgewicht und landeten auf dem Schneehügel. Blieben dort schweigend sitzen, während sie sich aneinander klammerten wie zwei Schiffbrüchige auf einem Floß. Eine Minute verging. Fünf Minuten vergingen. Die gelben Lichter, die vom Bahnhof herüberleuchteten, waren nicht Heidis Bernstein, sondern ferne Sonnen, die ihre Körper nicht wärmen konnten.

»Wenn wir hier sitzen bleiben, werden wir erfrieren«, sagte Lisa.

Doch keiner von beiden machte den Versuch, aufzustehen, obwohl sie nur zwei Meter und eine ganz normale norwegische Hausmauer von einem warmen und komfortablen Hotelzimmer trennte. Je mehr Zeit verstrich, desto wahrscheinlicher wurde die Möglichkeit, dass Frank in Richtung schwedischer Grenze unterwegs war – alleine. Da hörten sie das Geräusch eines Autos, worauf zwei Scheinwerfer vor dem Bahnhof aufflammten. Doch diese gehörten zu einem Lieferwagen, der, wie Roger vermutete, druckfrische Zeitungen aus Trondheim brachte. Er bog in die Kjerkgata ein und verschwand. Bald würde die Stadt zum Leben erwachen, während sie auf diesem Schneehügel saßen.

Schließlich fror Roger so stark an den Zehen, dass er sich aufrappelte und zu hüpfen begann. Er streckte Lisa seine Hand entgegen, die missmutig seinem Beispiel folgte. Dann hörten sie das Motorgeräusch eines anderen Wagens. Es kam aus entgegengesetzter Richtung um die Ecke gefahren, hatte nur das Standlicht eingeschaltet und bremste direkt vor ihren Füßen abrupt ab.

»Wo, zum Teufel, seid ihr gewesen?«, brüllte Frank, als sie in den Wagen sprangen.

»Und wo bist du gewesen?«, schrie Roger zurück.

»Ich bin zigmal durch die ganze Stadt gefahren und habe nach euch gesucht.«

»Ich hab keine Lust, böse auf dich zu sein«, sagte Lisa. »Ich bin ja so froh, dich wiederzusehen.«

»Ihr wart stundenlang weg, da fragte ich mich schließlich, ob euch vielleicht die Bullen geschnappt haben.«

»Stundenlang? Jetzt spinnst du wieder. Wir waren höchstens eine halbe Stunde lang weg.«

Sie sahen, wie der Mann hinter dem Steuer sich zusammenkrümmte, wie ihm ununterbrochen der Schweiß über die bleiche Stirn lief. Seine Haare hingen strähnig herunter, und sie begriffen, dass das Fieber sich keinesfalls gesenkt hatte, eher im Gegenteil. Dass sein Zeitgefühl nicht funktionierte, musste zum Krankheitsbild gehören.

»Vielleicht hast du uns auch schon angesteckt«, fuhr Lisa fort. Danach kommandierte sie ihn auf den Rücksitz, wickelte ihn in die Wolldecke, trat sich die Schuhe von den Füßen und legte sie in seinen Schoß. »Herrlich, du bist wie ein kleiner Ofen!« Sie lachte überschwänglich vor Erleichterung.

Vorne klapperte Roger, der ebenfalls froh war, dass das unerwartete Intermezzo beendet war, mit den Zähnen. Er drehte die Heizung voll auf, rieb die Hände aneinander, steckte sich eine Zigarette an und sagte:

»Was machen wir jetzt? Die Apotheke öffnet erst in drei Stunden.«

»Wir fahren an einen unauffälligen Platz und hauen uns ein bisschen aufs Ohr«, sagte Lisa.

Im Süden der Stadt nahmen sie eine Abzweigung und versuchten es sich an einem kleinen Weg zwischen Birken und krummen Kiefern so bequem wie nur möglich zu machen. Roger durfte seine Rückenlehne so weit wie möglich in Liegeposition bringen, sodass er sich hinter dem Steuer fast vollständig ausstrecken konnte. Er hatte den Motor abgestellt, musste ihn jedoch wieder anlassen, weil sonst die Heizung nicht funktionierte.

»Gute Nacht«, kicherte Lisa.

Nach einer Weile begann Frank zu husten und zu keuchen. Roger versuchte, sich davon nicht stören zu lassen. Wusste, dass er selbst völlig erschöpft war und normalerweise wie ein Stein geschlafen hätte. Aber das war jetzt unmöglich. Die Begebenheiten sausten immer noch wie kurze Filmausschnitte durch seinen Kopf. Er zitterte am ganzen Körper. Obwohl er nicht fror – er hatte den VIF-Trainingsanzug über seine Kleider gezogen –, sehnte er sich nach einer Decke. Morgen mussten sie sich eine ordentliche Übernachtungsmöglichkeit suchen und richtig ausschlafen, sonst würden sie die Kontrolle über sich verlieren.

Während Frank hustete, sah Roger ein großes Bett mit weicher Matratze und dicker Daunendecke vor sich. Er versuchte, im Weichen zu versinken und alles um sich zu vergessen, jeden Körperteil zu entspannen, wie ihm dies einst ein Sportlehrer beigebracht hatte. Manchmal lag Lisa neben ihm, manchmal Heidi. Er bekam Besuch von einem Kerl, der behauptete, er sei Onkel Magda, doch fehlten ihm dessen buschige Augenbrauen. Er hatte mehr Ähnlichkeit mit einem Polizisten namens Henrik. »Dalvang-Nase, Dalvang-Nase«, wiederholte der Mann ständig. Roger zuckte jedes Mal zusammen, wenn ein neues Bild auftauchte, und war sich bewusst, dass er nur in kurzen Etappen, die keine richtige Erholung gewährten, vor sich hin döste. Eigentlich eine quälerische Art, drei Stunden zu überbrücken. Irgendwann musste er doch eingeschlummert sein, denn als er die Augen aufschlug, saß Frank neben ihm. Auch er hatte den Sitz ganz zurückgestellt, während Lisa sich auf der Rückbank zusammengerollt hatte.

»Sie hat den Schlaf nötiger als ich«, sagte Frank.

»Wie geht es dir?«

»Besser, viel besser.«

Roger zweifelte an seinen Worten, denn Frank hustete immer noch unablässig und stieß die Luft, auch wenn er schlief, wie ein Blasebalg aus. Als endlich auch Roger in Schlaf fiel, dämmerte es bereits im Osten. Sein Körper war schwer wie ein Zementsack, als Frank ihn in die Seite stieß und sagte, es sei gleich neun Uhr. Mit steifem Rücken richtete er sich auf und kratzte sich den Kopf.

»Ich freu mich schon aufs Frühstück«, sagte Frank.

»Im gemütlichen Hotel.«

»Mit Eiern und Speck.«

»Und Toast.«

Beide wussten, dass dies ein Scherz war. Sie stiegen nacheinander aus dem Wagen und pinkelten. Nachdem Roger, immer noch benommen, das Auto wieder in Bewegung gesetzt hatte, war endgültig der Tag angebrochen und machte ihm bewusst, wie diese Gegend im Winter aussah – halbnackte Wälder, die von sanften weißen Hügeln umgeben waren. Obwohl der Himmel bedeckt war, wurden sie von dem hellen Licht geblendet. Auf der Rückbank erwachte Lisa zum Leben. Ihre erste Frage war, wie es Frank ginge.

»Ich bin putzmunter.«

»Du klingst wie ein asthmatischer Staubsauger.«

Die Atmosphäre hatte sich spürbar entspannt. Sie hatten nur noch einen kurzen Aufenthalt in Røros und wenige Kilometer nach Schweden vor sich. Dort würde sich alles zum Guten wenden. Eine leuchtende Zukunft stand ihnen bevor. Mit dieser Lüge ließ sich vorerst weiterleben.

Um Punkt neun bog Roger in die Kjerkgata ein und parkte vor der Apotheke. Da nicht ausgeschlossen war, dass ihnen erneut Rogers Onkel über den Weg lief, einigten sie sich darauf, dass Roger im Wagen blieb. Auch Frank konnte aufgrund seines Zustands leicht Aufsehen erregen, deshalb meinte Lisa, es sei das Beste, sie ginge allein hinein.

»Mach das Radio an«, hustete Frank. »Jetzt gibt's bestimmt Nachrichten.«

Roger hatte denselben Gedanken gehabt. Erneut hörten sie von den Kämpfen in Tschetschenien und der Hochwasserkatastrophe in Teilen Europas. Hinsichtlich des Banküberfalls in Heimdal schienen die Ermittlungen auf der Stelle zu treten. Was den ermordeten Landwirt in der Nähe von Oppdal betraf, wurde vermutet, er sei nur deshalb erschossen worden, weil er an die Tür einer Hütte geklopft hatte, die von bewaffneten Personen – *möglicherweise* den Bankräubern – bewohnt gewesen war. Eine neue und für Roger und Frank überraschende Nachricht war, dass der Fahrer eines Räumfahrzeugs ausgesagt hatte, am gestrigen Nachmittag in der Nähe von Gråura drei jungen Leuten geholfen zu haben, ihren Wagen aus einer Schneewehe zu befreien. Das Auto sei ein Toyota Corolla gewesen, auf den die Beschreibung des gestohlenen Fahrzeugs aus Trondheim passe. Einer der drei jungen Leute, bei denen es sich um zwei Männer und eine Frau in den Zwanzigern gehandelt habe, könne jedoch unmöglich aus Oslo kommen und sei ihm wegen seines starken Trønderdialekts aufgefallen. Ein Polizeioberrat meinte, diese Aussage führe vermutlich nicht weiter, da der Fahrer des Räumfahrzeugs sich die Autonummer des Toyota Corolla notiert habe, die nicht mit derjenigen des gestohlenen Wagens übereinstimme. Danach gab die Nachrichtensprecherin bekannt, dass ein männlicher Polizeibeamter vermisst werde, der in seinem Streifenwagen von Dombås nach Oppdal unterwegs gewesen sei, um den dortigen Behörden im Mordfall Brendhaug zur Seite zu stehen. Personen, die den Beamten oder dessen Wagen nach Mitternacht noch gesehen hätten, wurden gebeten, sich umgehend mit der Polizei in Verbindung zu setzen. Es folgten Neuigkeiten über den Grenzkonflikt zwischen Peru und Ecuador … Roger stellte den Ton leiser.

Frank unterließ es, Roger dafür verantwortlich zu machen, dass sie sich in der Schneewehe festgefahren hatten. Stattdessen sagte er: »Zu dumm, dass ich nicht an den Dialekt gedacht hatte, aber die Bullen glaubten doch sicher, dass wir Richtung Süden unterwegs waren.«

Roger entgegnete, das spiele jetzt keine Rolle mehr. »Wenn sie den Polizisten finden, wird ihnen klar sein, dass wir kreuz und quer fahren.« Er konnte sich lebhaft vorstellen, wie die gesamte Bevölkerung rund um Dombås inzwischen an der Suche nach Henrik, dem Polizisten, teilnahm.

»Die Sache mit dem Nummernschild gefällt mir ganz und gar nicht«, sagte Frank und hustete erneut. »Irgendwann werden sie die gestohlenen Nummernschilder der letzten Zeit überprüfen. Ich habe mir unseres vor ein paar Monaten besorgt, als ich anfing, den Überfall vorzubereiten.«

Es dauerte zehn Minuten, bis Lisa mit dem fiebersenkenden Medikament aus der Apotheke kam. Sie öffnete eine kleine Tüte und gab Frank eine weiße Plastikflasche mit Schraubverschluss.

»Petter Berg. Dreimal täglich zwei Tabletten«, las Frank, ohne sich zu bedanken. Er schraubte den Becher auf, schüttelte sich zwei Tabletten auf die Hand und betrachtete sie. »Dieselben, die ich vom Pakistani bekommen habe.«

Er spülte sie mit einem Schluck Cola hinunter. Roger wendete den Wagen.

»Wir haben den Kofferraum voller Konservendosen«, sagte Lisa, »aber vielleicht sollten wir noch frisches Brot und …«

»Du vergisst, dass wir jeden Moment die Bullen am Hals haben können«, fiel ihr Frank ins Wort.

»Und du solltest mehr Tabletten nehmen.«

»Okay. Wir fahren beim Supermarkt vorbei. Aber mach etwas schneller als in der Apotheke.«

»Herrgott, was kann ich dafür, dass es so lange gedauert hat?«

Roger erzählte ihr in aller Kürze, was sie im Radio gehört hatten, worauf Lisa entgegnete, das hätte Frank ihr auch gleich sagen können, anstatt auf sie loszugehen.

»Glaub ja nicht, dass mir das Einkaufen großen Spaß macht. Ich sehe aus wie eine Schlampe, fühle mich wie eine Schlampe und stinke sicher schon von weitem.«

Eine Viertelstunde später war Frank wieder obenauf. Lisa hatte warme Rosinenbrötchen, Milch, Orangensaft und mehrere Tageszeitungen mitgebracht. Roger ließ es sich während des Fahrens schmecken. Er war zwar immer noch müde, doch es half, Røros hinter sich zu lassen und der schwedischen Grenze, der Freiheit, entgegenzufahren. Bald hatten sie die beunruhigenden Meldungen verdrängt und begannen sich zu entspannen.

Die Straße war gut befahrbar und von Wind keine Rede mehr. Nachdem sie die Südseite des Aursunds umfahren hatten und sich Brekken, der letzten Ortschaft vor der schwedischen Grenze, näherten, begann ihnen Lisa die Zeitungsberichte vorzulesen. »Hört mal zu, was hier steht:

*Bankräuber nicht aus Oslo? Hauptkommissar Christian Rønnes vom Polizeipräsidium Trondheim gibt zu bedenken, dass die Bankräuber in den VIF-Trainingsanzügen möglicherweise gar nicht den Anschein hatten erwecken wollen, sie seien Mitglieder des gleichnamigen Sportvereins, sondern dass sie der Polizei damit weismachen wollten, sie kämen aus der Hauptstadt …*

Kluges Köpfchen, dieser Rønnes, nicht wahr?«

»Unterschätz den ja nicht«, sagte Frank.

»Die haben sogar Tonaufnahmen von uns.«

»Was?«

»Hört zu:

*Vom Banküberfall in Heimdal existiert eine Videoaufzeichnung. Außerdem konnten Mikrofone einen Großteil der Wortwechsel aufnehmen, wie Rønnes bekannt gab. Ein Phonetikexperte der Universität Trondheim, der das Tonband analysierte, sagte, zumindest einer der drei Personen sei deutlich anzuhören, dass sie normalerweise Trønderdialekt spreche.*

Ich frage mich, wen von uns er meint.«

»Ich hab doch fast nichts gesagt«, verteidigte sich Roger.

»Vergiss es«, sagte Lisa. »Du bist es gewesen, Frank, der uns die Sache mit dem Osloer Dialekt eingeredet hat. Das Problem ist, dass die Bullen ihre Ermittlungen jetzt Richtung Norden ausdehnen. Allerdings hast du Recht, dass dieser Rønnes kein Volltrottel ist.«

»Ich hätte nicht gedacht, dass die Mikrofone haben«, sagte er mit matter Stimme.

»Du hast behauptet, du kennst die Bank!«

Als sie durch Brekken fuhren, kam die nächste Hiobsbotschaft. Es war zehn Uhr. Roger hatte erneut das Radio angeschaltet, während Frank auf dem Beifahrersitz keuchte und hechelte, obwohl er etwas weniger zu schwitzen schien als zuvor.

*»Wie soeben gemeldet wurde, ist der seit Mitternacht vermisste Polizist Henrik Sevjerud aus Dombås tot aufgefunden worden. Vieles deutet darauf hin, dass sein Tod in Zusammenhang mit dem gestrigen Mord am Landwirt Ola Brendhaug steht. Wir schalten direkt zu unserem Korrespondenten nach Dombås:*

*Der 36-jährige Henrik Sevjerud wurde hinter einer Scheune ein paar Kilometer nordwestlich von Dombås, in unmittelbarer Nähe der Landstraße nach Åndalsnes, tot in seinem Streifenwagen aufgefunden. Er wurde von hinten mit einer Schrotflinte erschossen. Das Auto mit der Leiche wurde vor ungefähr einer Stunde von seinem Kollegen Odd Magnar Sivertsen entdeckt. Sivertsen zufolge hätten die Polizeibehörden in Oppdal gegen halb ein Uhr nachts Verstärkung im Fall Brendhaug angefordert – dem Landwirt, der ebenfalls mit einem Schrotgewehr erschossen worden war –, woraufhin Sevjerud sich sofort auf den Weg gemacht habe. Bislang ist unklar, warum er an der Landstraße nach Åndalsnes gefunden wurde, doch deutet vieles auf einen Zusammenhang zwischen den beiden Mordfällen hin. Die Polizei hält es auch für möglich, dass es sich bei den Tätern um dieselben Personen handelt, die den Banküberfall in Heimdal verübt und die Frau des Filialleiters, Nina Mogård, getötet haben. Odd Magnar Sivertsen, der unmittelbar vor der Anfrage der Oppdaler Polizei mit seinem Kollegen Sevjerud eine Kaffeepause in einem Gasthof in Dombås gemacht hatte, sagte, sie seien dort zufällig mit drei jungen Leuten in Kontakt gekommen, die in einem Toyota Corolla XLi unterwegs gewesen seien. Ein Fahrzeug desselben Fabrikats mit der Nummer VE 56362 wurde vorgestern nur eine Stunde vor Verübung des Banküberfalls in Trondheim gestohlen. Auffällig ist zudem, dass der Fahrer des Räumfahrzeugs, der gestern in der Nähe von Gråuna drei jungen Leuten half, ihren Wagen aus einer Schneewehe zu ziehen, aussagte, es habe sich ebenfalls um einen Toyota Corolla mit der Nummer VE 89755 gehandelt. Eine Überprüfung des Nummernschilds hat ergeben, dass es zu einem Fahrzeug gehörte, das Ende Oktober in Heimdal gestohlen worden war. Aufgrund der ernsten Lage bittet die Polizei die Bevölkerung um Unterstützung bei der Auffindung des Wagens. Es handelt sich um das Vorjahresmodell eines silbergrauen Toyota Corolla. Die Polizei weist ausdrücklich darauf hin, dass die Fahrer mit Schrotgewehren bewaffnet sein könnten …*

*Wir im Studio bedanken uns bei dem Korrespondenten und fügen hinzu, dass der ermordete Polizeibeamte, Henrik Sevjerud, nicht verheiratet war und keine Kinder zurücklässt. Hier noch einmal das Kennzeichen des gesuchten silbergrauen Toyota Corolla …«*

Die Stimmung im warmen Auto war mehr als explosiv. Es war, als braue sich gerade ein Jahrhundertunwetter über ihren Köpfen zusammen. Sie mussten um ihr Leben fahren, um das sichere Haus zu erreichen, ehe der erste Blitz einschlug und ihrem ungewissen Dasein ein Ende setzte. Haus war in diesem Fall gleichbedeutend mit Schweden. Ein Straßenschild gab Auskunft, dass es noch zwölf Kilometer bis zur Landesgrenze waren. Lisa sprach aus, was sie alle am meisten fürchteten:

»Und wenn die Grenzbeamten schon auf unseren

Wagen warten?« Sie saß in der Mitte der Rückbank und hatte sich zu ihnen nach vorne gebeugt.

Roger beschleunigte das Tempo. In zehn Minuten, dachte er. In zehn Minuten fiel die Entscheidung. Falls der Schlagbaum gesenkt war und bewaffnete Zöllner sich ihnen in den Weg stellten, war alles vorbei. Weitere Morde kamen nicht infrage. Wenn sie sich den Weg freischossen, würden sie in Schweden als Freiwild betrachtet werden und konnten sich von den schwedischen Behörden keine größere Rücksichtnahme erwarten als von den norwegischen. Sie erreichten den höchsten Punkt der stetig ansteigenden Straße, die zu beiden Seiten spärlich bewaldet war. Durch die Bäume schimmerten vereinzelte Häuser. Es kamen ihnen nur wenige Autos auf der flachen Straße entgegen. Die geschwungenen, schneebedeckten Hügel passten sich sanft in die Landschaft ein. Roger wusste nicht, ob sie ihm freundlich oder feindlich erschien.

Neben ihm saß Frank mit einer Zigarette in der Hand. Er hustete nicht mehr, doch seine Augen schimmerten feucht. »Teufel noch mal«, murmelte er nur.

»Der Zoll ist doch mit ganz anderen Dingen beschäftigt«, sagte Lisa.

Roger war sich da nicht so sicher. Niemand war sich da sicher. Niemand von ihnen war schon einmal hier gewesen, und niemand von ihnen wusste, was die neuen EU-Gesetze für Konsequenzen hatten.

Lisa ließ nicht locker: »Die können doch nicht wissen, dass wir hier sind. Die glauben, wir sind auf dem Weg nach Ålesund!«

Roger fragte sich, ob sie an ihre eigenen Worte glaubte; der verzweifelte Ton in ihrer Stimme ließ etwas anderes vermuten.

Als eine Ansammlung kleiner Gebäude vor ihnen

auftauchte, hielten sie den Atem an. Ehe sie sich's versahen, hatten sie die Grenzstation erreicht. Das brachte eine Reduzierung des Tempos sowie eine Verbreiterung der Fahrbahn mit sich. Sie befanden sich jetzt auf einer weiten Fläche, auf der es kein Versteck gab. Allein die Schilder jagten ihnen einen Schrecken ein:

VAULDALEN. TOLL. TULL.

Sie sahen auch gleich zwei männliche Zöllner in dunklen Uniformen. Sie standen vor einem riesigen Lastwagen und sprachen mit dem Fahrer. Einer von ihnen drehte sich um und warf einen Blick auf den Corolla, als sie sich näherten. Um Himmels willen.

»Halt nicht an!«, zischte Lisa.

Roger hätte am liebsten die Augen geschlossen. Als sie sich auf der Höhe des Lastwagens befanden, stand der Zollbeamte nur wenige Meter von ihnen entfernt. Als Roger begann, zu Gott zu beten, obwohl er nicht gläubig war, wandte ihnen der Zöllner wieder den Rücken zu. Die Schranke war offen und erschien ihnen wie die Pforte zum Paradies. Ein wenig mehr Druck aufs Gaspedal, und sie waren hindurch.

Die Sünder hatten die Zöllner zum Narren gehalten.

Vor Jahren hatte seine Mutter ihm einmal erzählt, was für ein Gefühl es in den Nachkriegsjahren gewesen sei, die schwedische Grenze zu passieren. Sie war damals noch ein Kind und hatte einmal den Zug von Trondheim nach Östersund genommen. »Es war das reinste Abenteuer für uns, die wir seit Jahren keine Süßigkeiten und keinen Kaugummi gesehen hatten. Dort gab es Milchschokolade und Lakritze für sieben Öre das Stück. Immer drei Stangen zusammen, die in rotes Papier eingeschlagen waren. Man merkte es sofort, wenn man die Grenze hinter sich gelassen hatte – eine breite Schneise im Wald. Alles war anders in Schweden.

Die Sprache. Die Häuser. Sogar die Bäume. Und die Autos fuhren auf der linken Seite.«

Teils war dies immer noch spürbar, dachte Roger, als sie die Grenze passierten. Sie war immer noch eine breite Schneise, die durch den Wald führte, und die ersten Häuser wirkten gedrungen und waren ochsenblutrot. Doch die Bäume sahen aus wie in Norwegen, und sie fuhren immer noch auf der rechten Seite.

Der Siedepunkt war erreicht und der Topf von der Herdplatte gezogen worden, ehe die heiße Schokolade überkochen konnte. Ein verheißungsvoller Duft stieg ihnen in die Nase.

»Super gemacht!«, brüllte Lisa, und Frank wollte wissen, ob sie den Wodka zur Hand habe.

# 15

Sie hatten im doppelten Sinn eine Grenze überschritten, jeder auf seine Weise. Frank fröstelte, zitterte und schwitzte – trotz Tabletten und Alkohol – mehr als je zuvor. Lisa sang ein Lied von Evert Taube und fiel jedes Mal, wenn sie den Text vergessen hatte, in ein triumphierendes Tra-la-la. Roger spürte, wie sein Körper langsam zur Ruhe kam und er von tiefem Frieden erfüllt wurde. Die stille Zufriedenheit nach dem Sieg. Mit jedem Kilometer, den sie zurücklegten, spürte er, wie der Albtraum verblasste.

Die Straße war nun breiter als zuvor, doch immer noch wenig befahren. Sie kamen in ein Tal, an dessen steilen Hängen sie einige Skilifte erblickten. Im Rückspiegel war Roger auf einen roten Ford Escort aufmerksam geworden, der ungefähr hundert Meter hinter ihnen lag. Er hatte das Gefühl, der Ford fahre absichtlich hinter ihnen her und bremse jedes Mal, wenn er auch bremste. Er sagte nichts zu den anderen, um die gute Stimmung nicht zu verderben, war sich auch nicht sicher, ob sie wirklich verfolgt würden.

»Halt mal an, Roger«, sagte Lisa, als sie einen Ort erreichten, der Funäsdalen hieß. »Wisst ihr, was wir jetzt machen? Wir nehmen uns da drüben ein Hotelzimmer. Feiern, ruhen uns aus und stecken Frank ins Bett.«

Roger nickte und schaltete herunter. Spürte jetzt, wie müde er war. Frank hatte keine Einwände; niemand hatte Bettruhe nötiger als er. Während er auf den Parkplatz fuhr, registrierte er, dass der rote Ford Escort weiter geradeaus fuhr. Er kam bereits auf fixe Ideen. Höchste Zeit auch für ihn, eine Pause zu machen. Vor ihnen befand sich ein großes, braun gestrichenes Gebäude; die dazugehörigen Gästehütten lagen ein paar hundert Meter von der Straße entfernt. Erneut wurde Lisa vorgeschickt. Als sie wiederkam, hielt sie einen großen Schlüssel in der Hand und deutete auf die Hütten.

»Wir haben die äußerste Hütte bekommen, Nummer acht. Niemand hat gefragt, wie viele Personen wir sind. Beim Preis macht das offenbar keinen Unterschied. Ich habe mich als Aina Larsson aus Eskilstuna eingeschrieben.«

Roger manövrierte den Wagen zu der angegebenen Stelle und parkte hinter der Hütte. Drinnen war es geräumig und komfortabel. Laubengang mit Garderobe und Wäscheständer; Wohnzimmer mit Telefon und Fernseher; zwei Schlafzimmer mit je zwei breiten Kojen; eine Kochnische mit Kühlschrank und Spülmaschine; Bad mit Dusche und Waschmaschine – eine noch besser ausgestattete Hütte als die in Oppdal.

»Das wird bestimmt teuer«, sagte Roger, nachdem sie ihr Gepäck in die Hütte getragen hatten.

Lisa zeigte grinsend auf die beiden Geldtaschen. Sie führte Frank, der die Wodkaflasche in der Hand hielt, in das eine Schlafzimmer und half ihm, sich auszuziehen. Roger musste auch grinsen. Als hätten sie kein Geld, sich ein bisschen Luxus zu leisten. Er füllte Wasser und gemahlenen Kaffee in die Kaffeemaschine und schaltete sie ein, weil er wusste, dass Lisa gern Kaffee trank. Dann probierte er den Fernseher aus, in dem nur Zeichentrickfilme oder Programmvorschauen zu sehen waren. Entschied sich zu duschen, bevor er schlafen ging. Sein Kopf fühlte sich dumpf und leer an; gleichzeitig war es ein merkwürdiges Gefühl, sich mitten am Tag ins Bett zu legen. Nachdem die Kaffeemaschine ihren Job erledigt hatte, kam Lisa und sagte, Frank wolle ein paar Worte mit ihm wechseln, bevor er – hoffentlich – schliefe.

Bei Frank roch es bereits nach stickigem Krankenzimmer. Er lag auf der unteren Matratze des Stockbetts. Die Vorhänge waren zugezogen. Als er Roger sah, versuchte er sich ein wenig aufzusetzen, sank jedoch in das Kissen zurück. Lisa hatte die Wodkaflasche mitgenommen und stattdessen ein Glas Wasser auf den Nachttisch gestellt.

»Weißt du, warum Pferde und Kühe nicht zusammen in einem Stall sind?«, fragte er ernst.

»Wahrscheinlich weil die Pferde den Gestank von Kuhmist nicht vertragen.«

»Nein, weil es im Kuhstall für sie zu warm ist.«

»Ist das wahr?«

»Ehrenwort. Eines solltest du tun, Roger. Wenn es dunkel ist, am Abend oder in der Nacht, schaust du dich in der Gegend um, ob du nicht irgendeine ausrangierte Karre findest, die so schnell nicht vermisst wird. Verstehst du?«

»Ja, ich schraube die Schilder ab und montiere sie an den Corolla.«

»Ausgezeichnet. Wenn's mir besser ginge, würde ich dir helfen. Aber diese Anfälle dauern in der Regel eine Weile. Tabletten allein helfen nicht. Das Pferd muss erst mal das Teufelszeug aus dem Blut kriegen. Egal, morgen geht's auf jeden Fall weiter.«

Roger nickte. Franks Gesicht glänzte, die Augen waren trüb. Vielleicht lag das nicht nur an der Malaria.

Vielleicht war sein ganzes Immunsystem aus dem Gleichgewicht geraten, wie der Arzt in Tynet gesagt hatte.

»Und noch was. Sag Lisa nicht, wie … dreckig es mir geht.«

Er nickte, wünschte ihm verlegen »gute Besserung«, schlich aus dem Zimmer und dachte, dass Lisa besser als jeder andere wusste, wie es um Frank stand. Als er die Tür hinter sich geschlossen hatte, sah er Lisa mit einem Kaffeebecher an dem kleinen Küchentisch sitzen.

»Vielen Dank, Roger, du bist wirklich sehr aufmerksam.«

»Ich teste gern technische Geräte.«

»Was wollte Frank von dir?«

»Er sagte, ich soll schwedische Nummernschilder besorgen. Die passen besser zu Aina Larsson.«

»Gute Idee. Offenbar hat ihn die Energie nicht völlig verlassen.«

»Ich wollte noch duschen, bevor ich mich hinlege. Ist das okay für dich?«

»Ja, klar. Ich warte, bis du fertig bist. Lass dir ruhig Zeit.«

Im anderen Schlafzimmer öffnete er eine seiner beiden Taschen, um seine Toilettenartikel und eine saubere Unterhose herauszunehmen, und sah, dass das Buch über Salzwasserfische ganz oben lag. Lisa musste geglaubt haben, es gehöre ihm. Dann ging er ins Bad und hatte beim Anblick der weißen Fliesen und der dicken Frotteehandtücher das Gefühl, noch nie in einem schöneren Badezimmer gewesen zu sein. Er zog sich aus und putzte die Zähne. Blieb eine Weile unter dem warmen Strahl der Dusche stehen, ehe er Körper und Haare einseifte. Er schrubbte sich ab und spürte, wie er sauber wurde, wie ein Großteil dessen, was in den letzten Tagen geschehen war, gemeinsam mit dem Seifenwasser im Abfluss verschwand. Es kam ihm wie eine Ewigkeit vor, doch in Wahrheit fehlten noch vier Stunden, ehe es volle zwei Tage her war, dass er den Corolla gestohlen hatte. Drei Tote in zwei Tagen, und dennoch war er in der Lage, sein Spiegelbild anzulächeln. Danach trocknete er sich gründlich ab. Sollte er sich gleich rasieren? Nein, die Bartstoppeln mussten später dran glauben. Er musste sich beinahe daran erinnern, dass er todmüde war und Lisa draußen darauf wartete, dass das Bad frei wurde. Er zog die saubere Unterhose an und wickelte sich das Handtuch um die Hüften, bevor er die Tür öffnete. Es war ein sonderbares Gefühl, die Stube zu betreten, während das Tageslicht durch die beiden Fenster hereinströmte, die zum Tal hinausgingen.

»Kein Grund zur Verlegenheit«, sagte Lisa, die immer noch am Küchentisch saß und eine Zigarette rauchte. »Ich bin sicher, du hast einen schönen Körper unter deinem Handtuch.«

Da er nicht wusste, was er sagen sollte, entgegnete er einfach, sie könne jetzt duschen. Dann stakste er ins Schlafzimmer, warf das Handtuch auf die Kommode, zog die Gardinen zu und kroch in die untere Koje. Blätterte aufs Geratewohl in dem Buch über Salzwasserfische: *Der Blaue Witting gehört zur Familie der Schellfische; er besitzt einen heringsähnlich gefärbten Rachen, während die Innenseiten der Kiemendeckel schwarz sind …* Als wäre alles in Ordnung. Als wäre es das Natürlichste auf der Welt, sich nach einer grotesken Reise mit den Lebewesen der Meere zu beschäftigen! Er legte das Buch weg und streckte sich behaglich. Die saubere weiße Decke war wie eine kühle Wolke. Er schloss die Augen und fragte sich, ob er in der Lage war zu schlafen, oder ob die schrecklichen Ereignisse der letzten Tage ihm Albträume bescheren würden. Letzteres glaubte er nicht, obwohl auch die gegenwärtige Situation im Grunde absurd war. Im Nebenzimmer lag sein neuer Freund mit Fieber in einer Koje, unter der sich ein geladenes Gewehr befand. Mit dem waren drei unschuldige Menschen getötet worden. Doch auch unter Rogers Koje lag eine Schrotflinte, die allerdings nur zur Abschreckung gedient hatte. War sie der Grund, warum er sich einbildete, alles sei in Ordnung? Machte ihn die Tatsache, dass sie nicht abgefeuert worden war, zu einem besseren Menschen?

Auf dem Rücken liegend, die Hände hinter dem Kopf verschränkt, lauschte er dem Rauschen der Dusche, und als dieses nicht mehr zu hören war, wartete er. Wartete worauf? Dass Lisa zu Bett gehen und die absolute Stille eintreten würde?

Nein, er wartete darauf, dass sich Lisa zu ihm ins Zimmer schleichen, unter seine Decke kriechen und ihn vollkommen befriedigen würde.

*Roger Dalvang, du bist pervers.*

Sie benötigte eine Ewigkeit im Badezimmer, während seine Müdigkeit mit seiner Lust auf Franks Freundin kämpfte. Er war schon fast eingeschlafen, als er hörte, dass eine Tür geöffnet wurde. Enttäuscht registrierte er, dass es die Tür zum Nachbarzimmer war. Nachdem sie sich geschlossen hatte, gab es nichts auf der Welt mehr, dem er hätte lauschen wollen. Die Mörderin hatte sich für den Mörder entschieden. Das war auch gut so. Dann geriet er zumindest nicht in Versuchung, mit einer Frau schlafen, die einen Menschen getötet hatte. Jetzt konnte er sich in Ruhe auf seinen Schlaf konzentrieren. Im Grunde war das ein Kinderspiel.

# 16

Er wurde von einem quietschenden Geräusch geweckt.

Das Licht, das durch die dünnen Gardinen gedrungen war, als er sich hingelegt hatte, war verschwunden. Er tastete nach dem Schalter der Nachttischlampe. Glaubte, er würde das Mannschaftsfoto von Rosenborg Trondheim an der Wand erblicken, aber das tat er nicht. Er befand sich nicht mehr in einer Hütte in Oppdal, sondern in Schweden. Benommen schaute er auf seine Armbanduhr. Sie zeigte 18.20. Er hatte tief geschlafen, mehr als sieben Stunden.

Es quietschte erneut.

Er konnte nicht glauben, dass es kleinen Nagetieren möglich war, in die moderne Hütte einzudringen. Betrachtete die Koje über ihm und ahnte die Bewegungen der Matratze. Dann ergoss sich langes blondes Haar wie eine Kaskade über die Bettkante, und ein sanftes Gesicht mit einem vorsichtigen, beinahe entschuldigenden Lächeln kam zum Vorschein.

»Lisa?«, flüsterte er.

»Ja.«

»Bist du schon lange hier?«

»Seit ein paar Stunden, glaub ich.«

In einem hauchdünnen, schlichten Nachthemd – Heidi hatte ein ähnliches besessen – krabbelte sie die Leiter herunter. »Ich hab's bei Frank nicht mehr ausgehalten. Er hat so laut gehustet, dass ich wach wurde. Da hab ich gemerkt, wie stickig es im Zimmer war, aber er wollte nicht, dass ich das Fenster kippe.«

»Geht es ihm immer noch nicht besser?«

»Ich schau noch mal nach ihm.«

Als sie zurückkam, sagte sie: »Er schläft, aber seine Stirn glüht.«

Anstatt wieder in ihre Koje zu steigen, schlug sie Rogers Bettdecke beiseite und legte sich zu ihm.

»Du bist auch warm, aber auf ganz andere Weise.«

»Ach, wirklich?« Er fühlte sich überrumpelt, war sich nicht sicher, was sie vorhatte. Wenn sie bloß schlafen wollte, hätte sie sich doch genauso gut auf das Sofa in der Stube legen können.

Lisa schien seine Gedanken zu lesen. »Es ist schrecklich, alleine zu liegen. Ich brauche nur ein bisschen Nähe, weil ich die Dinge, die wir getan haben, nicht aus dem Kopf kriege.«

Das verstand er. Vermutlich meinte sie es ehrlich. Dennoch spürte er sofort die Erregung, die ihre Umarmung bei ihm auslöste. Ihre Reaktion ließ nicht lange auf sich warten. Er spürte ihren Bauch und ihre Schenkel, und er spürte, dass sie *wollte*. Mit Heidi hatte es in der Regel viel länger gedauert, bis sie in Fahrt kamen. Außerdem wollte sie es immer vollkommen dunkel im Zimmer haben, war so mager und mit ihrem dunklen Pagenkopf von fast jungenhafter Unschuld gewesen. Lisa dagegen hatte eine sonnenblonde Mähne, und ihre runden Schultern ließen den Blick automatisch zu ihren verlockend vollen Brüsten weiterwandern. Sie öffnete die Lippen, um ihm zu zeigen, dass sie es mochte, angeschaut zu werden, und zog ihr Nachthemd aus, um jeden Zweifel zu beseitigen. Doch sie küsste ihn gar nicht erst, sondern kam gleich zur Sache, war offen und feucht und zog ihn auf sich, ehe er sich besinnen konnte. Es fiel ihm nicht schwer, sich einzureden, dass sie schon eine Weile daran gedacht hatte. Dass sie in ihrer Koje gelegen und sich genauso nach ihm gesehnt hatte wie er sich nach ihr. Vielleicht hatte der Sex mit den Erlebnissen der letzten Tage zu tun, mit der Angst und Anspannung, die ihr Blut schneller hatten zirkulieren lassen. Auch dies war eine verrückte Tat, herrlich verrückt, weil ihr warmer Körper ihn vollkommen vergessen ließ, wo sie sich befanden. Er wusste, dass er im Gegensatz zu ihr nur wenig Erfahrung besaß, doch sie war genauso sinnlich und empfänglich, wie er es sich von einer erwachsenen Frau vorgestellt hatte, und da alles mit der größten Selbstverständlichkeit geschah, ließ er sich mitreißen und nahm die Herausforderung an. Sie seufzte auf, während sie zweimal zum Orgasmus kam, blieb dann eine Weile auf dem Rücken liegen, lächelte jetzt spielerischer und ließ ihn ein weiteres Mal in sich kommen. War es Liebe? Daran verschwendete er keinen Gedanken. Außerdem gehörte sie zu Frank. Er selbst war nur eine nette Abwechslung, die sich aus der Gelegenheit ergeben hatte. Vermutlich hatte sie vor den Geschehnissen flüchten wollen, und auch ihn hatte sie dazu gebracht, eine Zeit lang alles zu vergessen. Er glitt in sie hinein und schauderte vor Freude über die Art, wie sie ihn entgegennahm. Danach, als sie nebeneinander lagen und er glaubte, keine Kraft mehr zu haben, begann sie erneut seinen Schwanz zu streicheln und schaffte es, ihn so zu erregen, dass er sie noch einmal nahm. Dann holte sie Tabak und einen Aschenbecher. Sie rauchten und genossen die Stille, während sie nackt nebeneinander lagen. Erst nach einer Weile begannen sie leise miteinander zu sprechen.

»Du … bist mir vielleicht eine«, versuchte er es vorsichtig.

»Na ja, ich glaube, das war für uns beide etwas ganz Besonderes, oder?«

»Für dich auch?«

»Ehrlich gesagt, Roger, so toll ist es mit Frank nie gewesen. Das kannst du gerne als Kompliment betrachten.«

Er wusste nicht, was er sagen sollte, und küsste sie flüchtig auf die Wange.

»Ich dachte, Frank wäre ausdauernder als du, aber das ist er nicht. Jedenfalls nicht im Bett. Er ist ungeduldig, roh und gierig, bis ihn plötzlich alle Energie verlässt.«

»Vielleicht, weil er nicht ganz … gesund ist?«

Lisa nickte. »Ich sollte wohl noch mal nach ihm sehen.« Sie zog ihr Nachthemd an und verschwand.

Keiner von ihnen hatte *Ich liebe dich* gesagt, dachte er, obwohl es unglaublich schön gewesen war. Er hörte ihre Schritte in der Stube und kurz darauf wieder das Rauschen der Dusche. Danach war er an der Reihe, und wenig später saßen sie im Wohnzimmer vor dem Fernseher, ohne sich auf das zu konzentrieren, was sie sahen. In den schwedischen Nachrichten ging es beinahe ausschließlich um die Flutkatastrophe; viele Deiche in den Niederlanden drohten inzwischen zu brechen. Über die norwegischen Bankräuber, die inzwischen zu Mördern geworden waren, wurde nichts gesagt. Plötzlich erinnerte sich Roger daran, was er Frank versprochen hatte.

»Ich geh raus und schau mich nach einem passenden Wagen um.«

Er nahm seine Jacke und ging nach draußen. Fand im Auto einen Schraubenzieher und eine Zange, steckte die Taschenlampe ein und machte sich auf die Suche. Ging am Hotel vorbei und trat auf die beleuchtete Straße. Nachdem er ein Stück gegangen war, erreichte er eine Art Wohnsiedlung. Auf den Bürgersteigen zu beiden Seiten kamen ihm mehrere, vorwiegend sportlich gekleidete Menschen entgegen. Parkende Autos gab es genug, deren Besitzer jedoch jederzeit auftauchen konnten. Eine ausrangierte Karre, die so schnell keiner vermissen wird, hatte Frank gesagt. Er entdeckte auch bald ein passendes Objekt, konnte aber nicht tätig werden, solange Leute in der Nähe waren. Ungeduldig bog er in eine Seitenstraße und dachte an Lisa. Unter anderen Umständen hätte er sich sonst was eingebildet, hätte sich als toller Hecht gefühlt, einem Kumpel so eine klasse Frau ausgespannt zu haben! Vor zehn Tagen hatte er sie noch nicht mal gekannt. Doch trotz des beglückenden Erlebnisses begriff er, dass es in erster Linie an den Umständen gelegen und sie einfach dasselbe Bedürfnis gehabt hatte wie er. Flucht? Ja, der Sex war eine Flucht gewesen. Morgen würde wieder alles so sein wie früher. Wenn Frank sich nur wieder erholte! Jetzt musste sein Assistent die Verantwortung übernehmen, und der war sich nicht sicher, wie lange er durchhalten würde. Wenn es drauf ankam, war Lisa die Stärkste von ihnen.

Roger blieb stehen und bemerkte, dass sich die meisten Häuser weiter unten an der abschüssigen Straße befanden. Linker Hand, ein paar hundert Meter entfernt, sah er gekrümmte Gestalten im Slalom die beleuchteten Hänge hinunterfahren. Es sah verlockend aus, obwohl er es nie ausprobiert hatte. Er fühlte sich auf Langlaufskiern am wohlsten, wenn er auf Skitouren in den Wäldern Loipen benutzen konnte, die noch kaum ausgefahren waren. Im vergangenen Winter hatte er mit Jøran wunderschöne Ausflüge unternommen, bevor es mit dem Freund bergab gegangen war.

Er bog in einen kleinen Weg ein, an dessen Ende sich ein dunkles Gebäude befand, das wie ein großer Geräteschuppen aussah. Am Wegesrand, ein Stück voneinander entfernt, standen zwei Autos, ein alter Käfer und ein Lada, die kaum noch fahrtüchtig wirkten. Als er näher kam, sah er, dass beide noch Nummernschilder hatten, doch was das Beste war: beide waren so tief in den Schnee eingegraben, dass es schien, als hätten sie bereits den gesamten Winter dort gestanden. Er entschied sich für den ersten Wagen, den Lada. Kniete sich hin, bohrte die Taschenlampe in den Schnee und zog das Werkzeug aus der Tasche. Eine der Muttern verschwand im Schnee, doch es dauerte nur wenige Minuten, bis er das Schild abmontiert hatte. Vor dem Heck des Fahrzeugs war offensichtlich eine Dachlawine niedergegangen. Er musste in den harten Schnee treten und mit den Händen graben. Dennoch war es sehr mühsam, mit den Fingern die Innenseite der Stoßstange zu erreichen. Er legte sich auf den Rücken und hielt mit der rechten Hand die Mutter fest, während er mit der linken an der Außenseite versuchte, die Schraube zu lösen. Da geschah etwas Unerwartetes.

Plötzlich spürte er einen warmen Atem im Gesicht und ahnte eine rote Zunge direkt vor seinen Augen. Um Lisa konnte es sich nicht handeln, denn dieses Gesicht hatte eine schwarze Schnauze, die von einem hellgelben Fell umgeben war. Die keuchende Hundeschnauze paralysierte ihn. Wenn ihn die Bestie jetzt in den Hals bisse, hätte er kaum eine Möglichkeit, sich zu verteidigen. Doch der Hund begnügte sich damit, ihm mit der Zunge über das Gesicht zu fahren. Vermutlich wedelte er auch mit dem Schwanz, dachte Roger. Ein gutmütiger Golden Retriever. Im nächsten Augenblick hörte er eine schrille Frauenstimme:

»Willi Wiberg, wo bist du?«

Er hätte bis zum späten Abend warten sollen, wenn die Leute zu Bett gingen. Schließlich stand ihm doch die ganze Nacht zur Verfügung. Roger lag unbeweglich da und ließ den zudringlichen Hund gewähren. Willi Wiberg, dachte er. Der Name kam ihm bekannt vor. War das nicht der kleine Junge aus den Kinderbüchern, aus denen ihm seine Mutter früher vorgelesen hatte? Ein kluger Junge, den die Mutter ihm als Vorbild hingestellt hatte.

»Willi! Jetzt komm, Willi!«

Als er Schritte im Schnee hörte, streckte er den Arm aus, um die Taschenlampe auszuknipsen. Da machte der Hund einen Satz, schien etwas Metallisches ins Maul zu nehmen und verschwand.

»Da bist du ja, Willi. Was hast du gefunden? Komm her!«

Das Nummernschild, dachte Roger. Das Nummernschild, das er bereits losgeschraubt hatte. Verdammt!

»Was hast du gefunden, Willi? Eine Taschenlampe? Du bist doch ein unglaublicher Hund. Hier ist es stockdunkel, und schon bringst du eine Taschenlampe! Komm, gib sie mir. Ja, so ist's gut. Die funktioniert ja sogar. Du lieber Himmel, wie tüchtig du bist, Willi Wiberg!«

Roger hoffte inständig, die exaltierte Frau käme nicht auf den Gedanken, nach dem Besitzer der Lampe zu suchen, und das tat sie auch nicht. Das Knirschen ihrer Schritte war schon bald nicht mehr zu hören. Er tastete im Schnee und fand das Nummernschild, das er bereits abmontiert hatte. Versuchte das andere ohne

Taschenlampe abzuschrauben. Das dauert eine Weile, aber es gelang ihm.

Als er aufstand, war er steif vor Kälte. Die Zange war ihm unter das Auto gerutscht, doch die beiden Nummernschilder konnte er sich unter seine Jacke stecken.

Auf dem Rückweg kaufte er an einem Kiosk eine Schachtel Pralinen und klopfte dann wie verabredet dreimal an die Hüttentür, worauf Lisa ihm ganz in Schwarz, mit Rock und Pullover, öffnete. Ihm fiel auf, dass sie sich geschminkt hatte, entspannt und ausgeruht wirkte.

»Für mich? Ach, du bist ein Schatz, Roger!«

Sie küsste ihn auf den Mund, und er zog seine Jacke aus. »Wie geht es unserem Patienten?«

»Er ist wach und wollte sogar was zu essen haben.«

Als Roger das Zimmer betrat, saß Frank aufrecht im Bett und hielt eine halb gegessene Brotscheibe in der Hand. Er war immer noch blass, und die Haut unterhalb der Wangenknochen schien regelrecht eingefallen.

»Willi Wiberg«, erklärte Roger, während er ihm die Nummernschilder zeigte, »hat Krogness' Taschenlampe gestohlen.«

Nachdem er erzählt hatte, was ihm passiert war, grinste Frank und tätschelte ihm den Arm. »Gut gemacht, Roger. Bist ja der reinste James Bond. Legst erst meine Freundin flach und erledigst dann deinen Job.«

Roger schoss die Röte ins Gesicht.

»Reg dich ab. Ich hab doch gesagt, dass ich nichts dagegen habe. Lisa gehört allen Männern. Ich konnte gar nicht vermeiden, euch zuzuhören – bei dem Krach, den ihr gemacht habt.«

»Ich … ich weiß nicht, was ich sagen soll.«

»Du bist mein bester Kumpel, Roger. Außerdem ist es gut zu wissen, dass jemand übernehmen kann, wenn ich außer Gefecht bin.«

»Was meinst du damit?«

Frank legte hustend die Brotscheibe auf den Teller. Dann hob er den Kopf, fixierte Roger mit seinen dunklen, glühenden Augen und sagte leise: »Ganz ehrlich, ich glaube, ich mach's nicht mehr lange.«

»Damit scherzt man nicht!«

»Siehst du denn nicht, wie dünn ich geworden bin? Noch ein Anfall und ich bin genauso tot wie Henrik, der Polizist.«

»Du musst in ein Krankenhaus.«

»Stimmt, aber die Ärzte können mir auch nicht helfen. Mit dieser Malaria ist nicht zu spaßen. Hätte ich gewusst, dass sie bald wieder ausbricht, hätte ich den Überfall verschoben.«

»Vor kurzem hast du noch gesagt, dass …«

»Ich wollte Lisa keinen Schreck einjagen.«

Roger schwieg. Was Frank ihm scheinbar anvertraut hatte, wirkte nicht überzeugend. Zwar sah er wirklich ziemlich angegriffen aus, aber zu behaupten, dass ihn bereits die Engel mit ihrem Harfenspiel erwarteten, schien Roger doch übertrieben. War er Lisas überdrüssig geworden? Die nächsten Worte bestätigten diese Vermutung.

»Unser Mädchen braucht ein bisschen Aufmunterung. Kannst du nicht Aina Larsson mit ins Hotel nehmen, mit ihr was Schönes zu Abend essen und hinterher an die Bar gehen? Hier ahnt doch kein Mensch, wer ihr seid.«

»Und du?«

»Ich nehme bald die nächsten Tabletten, spüle sie mit Wodka runter und versuche, das Fieber rauszuschwitzen. Morgen fahren wir weiter. Wirst sehen, dass ich dann schon viel fitter bin.«

»Du entscheidest.«

»Ja, vorläufig …«

Das gequälte Lächeln machte Roger Angst. Doch er nahm sich zusammen, ehe er den Raum verließ. Schüttelte die Angst ab, hob den Kopf und sagte zu Lisa:

»Frank meinte, wir sollten uns ruhig an die Hotelbar setzen.«

Sie wirkte nicht sonderlich überrascht. »Ich weiß. Deshalb hab ich mich auch etwas zurechtgemacht. Am besten, du schraubst erst mal die Schilder an, ehe wir uns einen hinter die Binde kippen.«

Roger nickte.

Während er im Dunkeln vor dem Corolla kniete, hatte er das unangenehme Gefühl, beobachtet zu werden, obwohl die Nachbarhütte unbewohnt und das Hotel ein Stück entfernt war. Doch niemand störte ihn bei der Arbeit. Nachdem er fertig war, legte er die norwegischen Schilder unter die Abdeckung in den Kofferraum, wo schon die Originalschilder lagen, ging hinein und wusch sich die Hände.

»So, jetzt haben wir ein schwedisches Auto.«

Sie gingen hinaus und schlenderten dem großen Gebäude entgegen. Im Untergeschoss entdeckten sie ein geräumiges Lokal, das sich *Alpin Bar* nannte. Aus den Lautsprechern dröhnten schwedische Schlager, und an den holzverkleideten Wänden hingen farbenfrohe Abfahrtsskier neben Fotos von Ingemar Stenmark und Pernilla Wiberg. An der Theke bestellten sie Pizza und bezahlten mit norwegischen Kronen, was kein Problem war. Nach dem Essen rauchten und tranken sie und blieben in einer Ecke sitzen, in der es trotz des Lärms möglich war, sich zu unterhalten. Lisa trank Rotwein, während sich Roger vom Barkeeper mit Whisky und Wasser versorgen ließ. Als hätten sie eine Verabredung getroffen, erwähnten sie mit keinem Wort die lange Autofahrt und alles, was sich dabei ereignet hatte, kamen jedoch öfter auf Franks Gesundheitszustand zurück.

»Ich finde, er sieht gar nicht gut aus«, sagte Roger. »Wenn es nicht bald bergauf geht, sollten wir noch mal mit ihm zum Arzt.«

»Wo hast du nur deine Fürsorglichkeit her?«

»Von zu Hause bestimmt nicht. Wenn ich krank war, hat mir meine Mutter immer Lebertran gegeben, das war alles.«

»Hat doch anscheinend geholfen.«

»Darüber lässt sich streiten.«

»Lebertran und Muttermilch sind unersetzlich«, sagte Lisa lächelnd und küsste ihn auf die Wange. »Wenn Frank nicht mehr mitzieht, tun wir uns zusammen. Was hältst du davon, nach Stockholm zu fahren und den Flieger nach Spanien zu nehmen?«

»Hört sich verlockend an. Aber vielleicht brauchen wir unsere Pässe.«

»Weiß nicht. Spanien gehört doch wohl auch zur EU. Ich kenne sogar ein paar Leute da unten. Norweger, die sich dort niedergelassen haben. Hast du auch Lust zu tanzen?« Sie zeigte auf ein Paar, das sich im Takt der Musik wiegte.

»Als Tänzer bin ich ein ziemlich hoffnungsloser Fall. Bin eben ein alter Musiker. Musiker können nicht tanzen.«

»Wenn du mit mir zusammenleben willst, wirst du es aber lernen müssen. Komm!«

Er protestierte nicht, als sie aufstand und ihn mit sich auf die kleine, viereckige Tanzfläche zog, wo die

Lichter hysterisch flackerten. Sie tanzten zu drei dröhnenden Hits der *Vikingarna*, und er fragte sich, wo sie ihre Energie nur hernahm. Der vierte Song war etwas ruhiger, doch er hatte das Gefühl, als würde sie jemand beobachten, während sie sich an ihn schmiegte. Er mochte Lisa, hatte jedoch Angst, zu sehr aufzufallen. Danach musste sie glücklicherweise auf die Toilette, und er holte sich an der Theke einen Drink: Wodka mit Limone.

»Woher aus Norwegen kommst du?« Der Barkeeper warf einen Blick auf den 100-Kronen-Schein, während er den Drink mixte. Er musste auf die Fünfzig zugehen und hatte dunkles, strähniges, zurückgekämmtes Haar sowie eine schmale Brille.

»Aus Lillehammer.«

»Lillehammer? Die Olympischen Spiele waren das reinste Fiasko für uns!«

»Stimmt, ich erinnere mich. Was kostet der Drink?«

»Fünfundsiebzig.«

»Der Rest ist für Sie.« Roger nahm das Glas und verließ die Theke.

Als Lisa zurückkehrte, teilte er ihr mit, dass er aus Lillehammer komme. Sie sagte lächelnd, dass sie zur Hütte zurückgehen und nach Frank sehen sollten, wenn sie ihren Rotwein ausgetrunken hätte. Doch schien sie es damit nicht eilig zu haben. Roger hatte das Gefühl, sie flüchte sich in eine Traumwelt. Sie drückte sich an ihn und streichelte ihm unter der Tischkante immer wieder über den Oberschenkel, wobei ihre Hand zunehmend weiter nach innen glitt. Schließlich ließ sie ihre Hand liegen, bewegte jedoch immer noch die Fingerspitzen. Das erregte ihn, obwohl ihm gleichzeitig der Gedanke kam, dass sie womöglich eine Nymphomanin sei. Oder wollte sie nur der Wirklichkeit entfliehen? Für einen Augenblick hatte er das Gefühl, er, der Jüngste, sei der einzig Vernünftige von ihnen. Ohne ihn würden Frank und Lisa zugrunde gehen. Gegen seinen Willen stand er auf, blickte auf die Uhr und sah, dass es auf Mitternacht zuging. Sein Schwanz hatte zu wenig Platz in der Hose – ein sowohl angenehmes als auch unangenehmes Gefühl. Hätte Lisa nicht damit warten können, bis sie wieder in der Hütte waren?

»Nur noch einen Tanz«, bettelte sie und machte einen Knutschmund.

»In Ordnung, aber ich muss erst noch aufs Klo.«

Als er auf den Gang trat, der zu den Toiletten führte, meinte er, den Schatten einer männlichen Person gesehen zu haben, die sich blitzartig hinter eine Ecke zurückgezogen hatte. Er betrat den Raum mit den weißen Urinalen, an deren Wänden das Wasser hinablief. Er war allein, öffnete den Reißverschluss und ärgerte sich, dass Lisa ihm eine Erektion beschert hatte, denn er musste ein wenig warten, ehe er pinkeln konnte. Während er dastand und versuchte, an etwas anderes zu denken, damit sein Schwanz sich entspannte, hörte er, wie die Tür hinter ihm geöffnet wurde. Er hatte das Gefühl, der Mann – denn um einen Mann musste es sich wohl handeln – sei an der Tür stehen geblieben und verschaffe sich zunächst einen Überblick. Da sich kein Spiegel an der Wand befand, drehte Roger sich halb herum. In diesem Moment begann es bei ihm zu laufen, und so musste er sich darauf konzentrieren, das weiße Becken zu treffen. Dann knallte die Tür zu, woraufhin die Musik aus den Lautsprechern erstarb. Zunächst atmete er erleichtert auf, doch während er es laufen ließ, ahnte er, dass der Mann immer noch da war. Dies wurde vollends zur Gewissheit, als er die Stimme hörte, die ihn wie ein Hammer traf:

»Roger Dalvang, du bist wirklich ganz wie dein Vater!«

Er hörte unwillkürlich auf zu pinkeln, zog den Reißverschluss hoch, wandte sich wie in Trance um und begegnete dem triumphierenden Blick des Mannes, den sein Vater einst Magda getauft hatte.

# 17

Freitag, 3. Februar 1995

Es konnte kein Zweifel bestehen, was Onkel Magnus im Sinn hatte. Er trug einen Norwegerpullover und sah mit seiner flammend roten Trachtenmütze aus wie eine Comicfigur vom Lande. Dass er sein Handy an einer Art Schulterhalfter befestigt hatte, verstärkte diesen Eindruck noch. Sein triumphierendes Lächeln entlarvte sofort seinen unerschütterlichen Glauben, auf eine Goldader gestoßen zu sein. Seine Augen unter den buschigen Brauen leuchteten förmlich vor Gier und überspielten zugleich seine Furcht, der Besitzer sei womöglich nicht willens, ihm einen Teil der Beute kampflos zu überlassen. Unter anderen Umständen hätte es Roger vor allem als peinlich empfunden, mit solch einem Menschen verwandt zu sein. Jetzt hütete er sich davor, diese seltsam anmutende Erscheinung zu unterschätzen.

»Als ich heute Morgen meine Schicht beendet hatte«, sagte Magnus Dalvang, »fuhr ich in die Stadt hinein, und was für ein Auto sah ich da vor der Apotheke stehen? Genau dasselbe, das vor vier Stunden an der Tankstelle war und mit quietschenden Reifen davongerast ist. Und du hattest angeblich nicht einmal Zeit für eine Tasse Kaffee!«

»Das war nur, weil du meine Mutter beleidigt hattest.«

»Ja, ja, ihr wolltet nach Oslo … Magda, hab ich zu mir gesagt, Kriminalität vererbt sich meistens. Da ich ohnehin frei hatte, bin ich schnell nach Hause und hab mich in mein eigenes Auto gesetzt. Was, zum Teufel, macht der Junge in Røros, wenn er nicht weiter nach Schweden will, dachte ich? Und ich habe mich nicht geirrt, hihi! Direkt hinter der Grenze habe ich euer Auto wiedererkannt und hatte gerade im Radio die schockierende Meldung gehört, dass die drei Wahnsinnigen mit den Schrotgewehren in einem Toyota Corolla mit dem Kennzeichen VE 89755 unterwegs sind. Du bist noch schlimmer als dein Vater, Roger, viel schlimmer sogar! Im Grunde hätte ich sofort zum Handy greifen und die Polizei alarmieren sollen. Ich war auch schon drauf und dran, als ihr hier abgebogen seid. ›Magda, gib dem Jungen eine Chance‹, sagte eine innere Stimme. Wir gehören doch zur selben Familie.«

Überzeugt davon, dass Roger in der Defensive war, machte er eine Pause, um jederzeit einen neuen Angriff starten und seine Macht demonstrieren zu können. Roger hasste seine Visage und hätte am liebsten seine Faust hineingeschlagen, um das Blut aus den weit geöffneten Nasenlöchern laufen zu sehen. Herrgott, sah er wirklich genauso aus? Der rote Blutstrom, den er vor Augen hatte, erinnerte ihn an den Escort, der hinter ihnen hergefahren war, als sie sich dem Hotel genähert hatten. Der gewiefte Onkel hatte sich nichts anmerken lassen, als sie abgebogen waren. War einfach weiter geradeaus gefahren, um nach einiger Zeit zurückzukommen und sie im Auge zu behalten. Vermutlich hatte er sich ein Zimmer mit Ausblick auf ihre Hütte genommen und so lange gewartet, bis er die Gelegenheit hatte, mit ihm allein zu sprechen.

Dem Onkel ins Gesicht zu lügen, war zwecklos. Vielleicht hatte er es seinem Alkoholkonsum zu verdanken, dachte Roger, dass er seine Antwort genau mit der angemessenen Schärfe ausspucken konnte:

»Willst du mich etwa bekehren? Mich dazu überreden, mit dir nach Hause zu fahren und alles zu gestehen?«

»Am frühen Abend warst du plötzlich verschwunden, wahrscheinlich als ich mit Kåre telefoniert habe. Aber dann bist du zurückgekehrt und hast angefangen, die Nummernschilder zu vertauschen. Da gab es für mich keinen Zweifel mehr.«

»Wer ist Kåre?«

»Mein Kumpel. Hab einen totalen Schock bekommen, Roger, als mir klar wurde, dass du Leute in reinster Mafiamanier liquidierst. Mit so einem werd ich allein nicht fertig, hab ich mir gedacht. Kåre hat keinen Moment gezögert und kam vor anderthalb Stunden.«

»Und Kåre ist genauso gutmütig und besonnen wie du, Onkel Magnus?« Roger musste sich alle Mühe geben – nicht um sich das Gefühl der Verachtung, das er gegenüber seinem Onkel empfand, zu bewahren, sondern um seine Stimme unter Kontrolle zu halten.

»Ja, der kann's mit jedem Pfarrer aufnehmen. Du verstehst, was ich sagen will?«

»Nein.«

»Dein Vater hat mir einen Haufen Geld geschuldet. Weil wir verwandt sind, und *nur* deswegen, will ich Gnade vor Recht ergehen lassen, mein Junge. Ich verlange nicht mehr, als dass du einen Teil seiner Schulden bezahlst. 300 000, und wir lassen euch in Ruhe.«

Schulden?, dachte Roger. Alles, was er von seinem Vater geerbt hatte, war ein Gewehr mit abgesägtem Lauf.

»Du spinnst wohl!«, sagte er laut.

»Ganz und gar nicht. Wenn ich die Bullen rufe, bekomme ich ohnehin zehn Prozent als Belohnung. Aber da wir zu zweit sind und ein hohes Risiko eingehen …«

Roger zwang sich, etwas näher an die abstoßende Visage heranzutreten und spürte, wie sich die Angst in den Augen von Magnus verstärkte.

»Wenn mein Chef von deinem Vorschlag erfährt, und es reicht aus, dass er davon *erfährt*, dann pumpt er dich und deinen verdammten Kumpel mit Blei voll! Du hast doch selbst gesagt, dass wir wahnsinnig sind. Und wir haben nichts mehr zu verlieren!«

Magnus Dalvang wich einen Schritt zurück und versuchte die Fassade der Überlegenheit aufrechtzuerhalten, doch seine Lippen zitterten: »Schrei mich nicht an, Junge. Sobald ihr versucht abzuhauen, verständigt Kåre die Polizei. Ihr kommt nicht weit. Ich habe mir auch die schwedische Autonummer notiert, nur dass du Bescheid weißt!«

Roger schob ihn zur Seite und ging zur Tür. Wusste, dass er mit Frank und Lisa sprechen musste, bevor er die Selbstbeherrschung verlor. In diesem Moment wurde die Tür geöffnet, die Musik schlug ihnen entgegen, und herein kam ein Schrank von einem Kerl, den Roger bereits an der Theke gesehen hatte. Ein wahrer Hüne mit Schottenjacke und lächerlichem Halstuch. Kåre!, dachte Roger und erstarrte. Magda ging wirklich kein Risiko ein. Vielleicht waren sie ebenfalls bewaffnet.

Der Hüne lallte grinsend: »Ich scheiß drauf, was der Barkeeper sagt. In den Manhattan muss Gin rein! Was meint ihr, Jungs?«

Roger schüttelte verdutzt und erleichtert den Kopf, während er sich beeilte, den Raum zu verlassen, doch der Onkel war im Nu bei ihm, packte in dem schummrigen Gang seinen Arm und drückte Roger gegen die Wand, bevor dieser die Bar erreichen konnte.

»Du verstehst offenbar nicht, dass ich es ernst meine!«, zischte er.

Roger nickte bloß. Magda war stärker, als er geglaubt hatte.

»Hast du etwa Lust, hinter Schloss und Riegel zu landen?«

»N...nein.«

»Dann hör mir gut zu, denn dies ist deine letzte Chance! Nimm deine Freundin mit in eure Hütte. Zähl 300 000 ab und tu die Kohle in eine Plastiktüte oder woanders hin. Dann kommst du hierher zurück. Alleine! Du findest mich an der Bar. Ich gebe dir zehn Minuten! Meinetwegen kannst du deinem Kumpel gerne von mir erzählen, aber vergiss nicht, dass Kåre die Hütte im Auge behält. Über das Handy habe ich ständig Kontakt zu ihm. Keine Mätzchen. Beim ersten Gewehrschuss seid ihr dran! Geht das in deinen Schädel?«

»Wo ... wo ist er?«

»Das geht dich einen Dreck an! Es reicht, wenn du weißt, was passiert, wenn ihr versucht abzuhauen. Hinterher, wenn ihr bezahlt habt, seht ihr zu, dass ihr von hier verschwindet. Hätte zu große Lust, den Bullen trotzdem einen Tipp zu geben. Wäre ich nicht dein Onkel, dann ...«

»Okay, okay, lass los!«

Der Onkel ließ von ihm ab. »Zehn Minuten!«

Er bückte sich, um seine Trachtenmütze vom Boden aufzuheben, während Roger unverzüglich in die Bar zurückkehrte und an den Tisch ging, an dem Lisa saß. Ließ sich auf den Stuhl fallen und erzählte in wenigen Worten, was geschehen war. Sie blickte vorsichtig auf.

»Der Kerl im Norwegerpullover?«

Roger folgte ihrem Blick und nickte schweigend. Magnus Dalvang stand an der Bar, auf die er bereits seine Mütze und das Handy gelegt hatte. Er war dreist genug, sich zu ihnen umzudrehen und eine Handbewegung in Richtung Ausgang zu machen.

»Den Penner machen wir fertig!«, stieß Lisa hervor.

Diese Reaktion hatte Roger befürchtet. Lisa hatte zu viel getrunken und schien den Mann zu unterschätzen.

»Das geht nicht. Denk daran, dass sie zu zweit sind.«

»Frank lässt sich schon was einfallen.«

Sie standen auf und verließen die Bar. Als sie die Treppe hinaufeilten, fragte Lisa:

»Ein roter Escort?«

»Ja.«

Nachdem sie den Hotelparkplatz erreicht hatten, schauten sie sich um. Schließlich entdeckte Roger den Wagen, der ein wenig abseits am Ende des Gebäudes stand, wo es fast stockdunkel war. Vielleicht befand sich Kåre ja hinter einem der Fenster des ersten Stocks. Die Erpresser schienen alles vollkommen unter Kontrolle zu haben, und im Augenblick war es Roger schleierhaft, wie sie verhindern sollten, dass der Onkel die Summe bekam, die er verlangt hatte. Sie hasteten zur Hütte, Roger schloss auf, und sofort stürmten sie in das Zimmer, in dem Frank lag. Besser gesagt gelegen hatte. Die Koje war leer. Warum, zum Teufel, geschah immer alles zur selben Zeit?

Sie fanden ihn im Bad. Er lag regungslos auf dem Boden und hatte nur eine Unterhose an. Aus dem Duschkopf tröpfelte das Wasser. Lisa kniete sich neben ihn:

»Hast du Schmerzen?«

»Ich …«

»Roger, hilf mir!« Der Schock schien sie nüchtern gemacht zu haben.

Sie packten ihn unter den Armen und schleppten ihn ins Schlafzimmer. Frank blieb auf der Bettkante sitzen und sah sie mit einem Blick an, der so gläsern und durchsichtig war, dass sie sofort begriffen, dass von Frank keine Hilfe zu erwarten war. Vermutlich war ihm so heiß gewesen, dass er sich unter der Dusche hatte abkühlen wollen.

Lisa schnappte sich eine Wolldecke, die auf dem Boden lag. »Hier sind deine Sachen, Frank. Wir müssen verschwinden!«

»Nein … wieso denn?«

»Wir müssen! Glaub mir!«, sagte sie eindringlich.

»Ich kann nicht.«

Roger kam die ganze Szene unwirklich vor. Während Lisa versuchte, Frank ein Hemd über den Kopf zu ziehen, stand er wie festgefroren an der Tür und dachte, jetzt ist alles aus. Selbst wenn ihnen die Flucht gelang, würde ihr Leben in Freiheit nur noch von kurzer Dauer sein. Welche Richtung sie auch einschlugen, sie würden binnen kurzem von Straßensperren gestoppt werden. War Franks Krankheit ein Teil des großen Experiments?

Er zuckte zusammen, als Lisa sich zu ihm umdrehte und ihn anschrie: »Jetzt glotz nicht so blöd, du Idiot! Zähl das Geld!«

Roger gehorchte. Es war in jedem Fall besser, irgendwas zu unternehmen, als bloß rumzustehen. Er lief in sein Schlafzimmer, zog die grüne Tasche unter seinem Bett hervor und öffnete sie. Sie konnten die Summe später unter sich verrechnen. In gewisser Weis war es ein Glück, dass Frank außer Gefecht gesetzt war. Selbst Lisa hatte eingesehen, dass es keinen Sinn hatte, sich dem Onkel entgegenzustellen. Er nahm dreißig zusammengeschnürte Pakete heraus – jedes enthielt zehn Tausend-Kronen-Scheine – und stopfte sie in eine Plastiktüte. Wobei er sich selbst verfluchte, weil er sich dazu hatte überreden lassen, die Bar zu besuchen. Von Anfang an hatte er ein ungutes Gefühl dabei gehabt. Aber die beiden anderen konnten natürlich nicht wissen, dass seine Familie aus Gangstern bestand. Er hatte ja selbst nicht mal vorausgesehen, dass der Mann von der Tankstelle, sein eigener Onkel, derjenige Norweger sein würde, der die Jagd auf sie eröffnete. Als er die Tasche wieder an ihren Platz schob, fiel sein Blick auf den dunkelbraunen Holzkolben, der unter dem Bett hervorschaute. Das Gewehr – der Wanderpokal der Familie Dalvang.

Er hatte keine Zweifel, was Frank tun würde. *Denk an deine Mutter, wenn du abdrückst.* In diesem Moment wäre es ihm eine reine Freude. Wenn der Dreckskerl doch nur allein wäre …

Als er ins andere Schlafzimmer zurückkam, hatte Lisa Frank fast fertig angezogen und schnürte ihm gerade den einen Joggingschuh. Frank lag halb ausgestreckt auf der Koje und wirkte vollkommen entkräftet. Er schwitzte nicht mehr, keuchte aber so stark, als habe er Atemnot.

»Weißt du, was ich glaube, Roger?«, sagte sie ohne aufzublicken.

»Nein.«

»Ich glaube, dein Onkel blufft nur.«

»Ach, Quatsch. Der wird Himmel und Hölle in Bewegung setzen, wenn wir nicht zahlen.«

»Das stimmt. Aber ich glaube trotzdem, dass es keinen Kåre gibt. Du hast gesagt, dass dein Onkel ziemlich nervös gewirkt hat. Sobald er das Geld hat, steigt der in seinen Wagen und jagt zur Grenze zurück.«

»Warum bist du dir da so sicher?«

»Ich nehme es an. 150 000 Kronen Belohnung. War das nicht die Summe, die er genannt hat? Hört sich realistisch an. So viel Geld würde er also schon auf legalem Weg einstreichen. Er braucht nur den Telefonhörer zu nehmen und die Bullen zu verständigen. Warum sich also mit jemand zusammentun und das Doppelte verlangen? Um dann doch nur die Hälfte zu kriegen. Wenn du mich fragst, ist dein Onkel allein, verdammt gierig … und macht sich vor Angst in die Hose.«

Aus Lisas Mund klang dies sehr überzeugend. Roger imponierte, wie klar sie, trotz des Rotweins, denken konnte.

»Du meinst, wir sollten …«

»Du kannst ihn natürlich nicht in der Bar abknallen. Aber du kannst es nachher tun, wenn er sich in Sicherheit wiegt und wir genau wissen, dass er allein ist.«

*Du*. Während Roger zusah, wie sie Franks zweiten Schuh schnürte, spürte er, wie der Klumpen in seinem Magen erneut anschwoll. Noch vor kurzem hatte er den Bruder seines Vaters umbringen wollen, doch nun, als diese Möglichkeit Realität zu werden drohte, wehrte er sich mit Händen und Füßen. Das Prickeln auf seiner Stirn bedeutete, dass ihm ein Schweißausbruch kurz bevorstand.

»Wer soll abgeknallt werden?«, hörten sie plötzlich Franks ungewohnt abwesende Stimme, als spräche er im Schlaf.

»Rogers Onkel«, sagte Lisa und richtete sich auf. »Nie im Leben werfen wir ihm das Geld in den Rachen.«

»Wenn wir es nicht tun, gehen wir ein enormes Risiko ein«, präzisierte Roger. »Falls seine Leiche entdeckt wird, wissen die Bullen, dass wir in Schweden sind. Da ist es doch viel sicherer, wir geben ihm das bisschen Geld und …«

»Das bisschen Geld?«, unterbrach sie ihn rüde. »Das ist ein Fünftel der gesamten Beute!«

»Er … er kann es von meinem Anteil bekommen.«

»Du willst ihm die Hälfte deines Anteils geben?« Sie packte ihn am Jackenkragen und schüttelte ihn. »Ich hätte nie gedacht, dass du ein so jämmerlicher Feigling bist, Roger!«

Danach gab sie ihm eine Ohrfeige, einmal, zweimal, und Roger spürte, wie seine Wangen brannten. Das offenherzige, attraktive Mädchen mit den schönen Augen hatte sich in ein aggressives Tier verwandelt. Erschrocken wich er ins Wohnzimmer zurück. Er hasste sich selbst, weil er sich wie ein Waschlappen vorkam.

»Heute Morgen hast du noch gesagt, dass Frank mich nicht zwingen kann, meinen eigenen Onkel zu erschießen.«

»Das war gestern, als er noch so was Ähnliches wie ein Onkel für dich war. Wir können uns doch nicht mal drauf verlassen, dass er dichthält, wenn er das Geld bekommt. Außerdem – wer hat denn von Schießen gesprochen? Wir täuschen einen Autounfall vor.«

Er ging hinter ihr her.

»Aus… ausgezeichnet.« Das war Frank aus dem Hintergrund, dessen Meinung jetzt aber kaum eine Rolle spielte.

»Okay«, murmelte Roger. »Vorausgesetzt, er ist wirklich allein.«

»Natürlich. Ich glaube nicht mal, dass der im Hotel eingecheckt hat. Wenn er von der Bar direkt zum Auto geht, nachdem er die Kohle kassiert hat, dann wissen wir, dass es diesen Kåre nicht gibt, und dann schlagen wir zu.«

»Wie?«

Sie erklärte, dass Magnus Dalvang nicht wisse, dass sie seinen Wagen erkannt hatten. Wenn Lisa dozierte, hörte sich alles so einfach und überzeugend an, und obwohl sie ein paar Gläser Rotwein getrunken hatte, zweifelte Roger nicht daran, dass sie ihren Teil der Arbeit zuverlässig erledigen würde. Doch vielleicht war es auch umgekehrt, vielleicht hatte ihr erst der Wein die nötige Stärke verliehen.

Wenige Minuten später hatte sie ihren Rock gegen eine Hose getauscht und angefangen, ihre Sachen zusammenzupacken. »Egal, was passiert, wir checken aus und machen uns aus dem Staub.« Bevor er etwas entgegnen konnte, hatte sie ihn schon aus der Hütte gestoßen.

Ihre Worte gellten durch seinen Kopf, während er mit der Plastiktüte in der Hand zögerlich dem Hotel entgegenschritt. Er öffnete die Tür, betrat den Vorraum, der zur Rezeption führte, und hörte schon hier die Musik, die aus der *Alpin Bar* kam. Er ging die Treppe hinunter und erreichte den Gang, in dem der Onkel ihn festgehalten hatte. In der Bar waren nur noch wenige Gäste. Niemand tanzte mehr. Der Barkeeper sorgte hinter der Theke für Ordnung, während er offenbar mit dem Hünen von vorhin in Streit geraten war. In einer Viertelstunde, um halb eins, schloss die Bar. Als Magnus Dalvang Roger erblickte, stand er auf und ging zu dem Ecktisch, an dem Roger und Lisa gesessen und Zukunftspläne geschmiedet hatten. Er legte seine Mütze vor sich auf den Tisch, steckte sein Handy in den Schulterhalfter und stützte die Ellbogen auf die Tischplatte. Roger folgte ihm, nahm auf der gegenüberliegenden Seite Platz und schob die Plastiktüte über den Tisch. Der Onkel ließ sie in seinen Schoß gleiten und blickte rasch zur Tür, als wollte er sich vergewissern, dass Roger allein gekommen war. Dann sagte er lächelnd:

»Sieh an, in einer Plastiktüte für Spirituosen. Ich muss schon sagen, du hältst die Tradition deiner Familie aufrecht, mein Junge.«

Er versuchte seiner Stimme einen überlegenen Klang zu geben, doch der zitternde Unterton verriet Roger, dass Lisa vermutlich Recht hatte. Die Nerven des Onkels waren zum Zerreißen gespannt. Während er unter der Tischplatte das Geld zählte, drehte sich Roger eine Zigarette. Die Augen unter den buschigen Brauen hatten etwas Primitiv-Animalisches an sich, das Roger abstieß. Hatte sein eigener Blick denselben Ausdruck gehabt, als Frank in der Hütte am Gjevilvatnet die Geldtasche über dem Tisch geleert hatte? Im Grunde konnte er Magda diesen letzten, kurzen Moment der Freude gönnen. Diesmal würde alles gut gehen, denn jetzt ging es um einen geplanten Unfall, nicht um einen improvisierten Mord, ausgeführt von drei verzweifelten Bankräubern auf der Flucht. In der Dunkelheit würden sie leichtes Spiel haben.

»Stimmt genau!«, sagte der Onkel.

»Bist du jetzt zufrieden?«

»Aber ja. Wurde auch Zeit, die Schulden deines Vaters zu begleichen. Schön, wenn das Geld aus der eigenen Familie kommt, haha. Ihr habt weitere zehn Minuten, um eure Sachen zu packen und zu verschwinden. Von dem Moment an werde ich schweigen wie ein Grab.«

»Wir brauchen fünfzehn Minuten.«

»In Ordnung. Aber keine Minute länger!« Der Onkel klopfte warnend auf sein Handy.

Roger nickte, stand auf und blies ihm Rauch ins Gesicht, doch der andere ließ sich nicht provozieren.

»Wollen wir hoffen, dass du davonkommst, Junge. Dass alles gut geht und wir uns nie wieder sehen.«

»Das hoffe ich auch.«

»Was ist euer nächstes Ziel?«

»Das Universum.«

»Na, dann gute Reise.«

Roger ging mit entschlossenen Schritten zur Tür. Betrat den menschenleeren Gang und stieg die Treppe hinauf. Blieb stehen und warf einen Blick zur Rezeption, an der auch niemand zu sehen war. Dann trat er hinaus auf den stillen Vorplatz des Hotels und eilte zur Hütte hinüber. Falls es doch einen Kåre gab, der sich hinter einem der Fenster versteckte, würde er feststellen, dass ihre Anweisungen Punkt für Punkt befolgt wurden. Universum? Als Zwölfjähriger hatte er außen auf die Schulbücher geschrieben: Roger Dalvang, Mellomlia 42 B, Trondheim, Norwegen, Europa, Erde, Sonnensystem, Milchstraße, Universum. Warum eigentlich? Vermutlich war er schon damals ein Teil des großen Experiments gewesen, das auch noch das unbedeutendste Insekt mit einzubeziehen schien.

»Wir haben eine Viertelstunde Zeit«, sagte er zu Lisa.

Sie hatte fertig gepackt und alle Habseligkeiten in die Taschen gestopft. Gemeinsam gingen sie hinaus. Er öffnete den Kofferraum und überließ ihr den Autoschlüssel. Da, wo der Wagen jetzt stand, war er vom Hotel aus nicht zu sehen. Er suchte im Werkzeugkasten, fand einen glänzenden schweren Schraubenschlüssel und zeigte ihn ihr. Lisa nickte zustimmend.

»Los geht's«, sagte sie. »Zieh die Handschuhe an.«

Er gehorchte. »Und du vergiss die Gewehre nicht.«

Während sie begann, die Taschen aus der Hütte zu tragen, verschwand er zwischen den Bäumen, die sich hinter der Hütte befanden. Den stählernen Schraubenschlüssel hielt er in der Hand. Die Bäume standen nicht besonders dicht beieinander, doch er verließ sich darauf, dass es bereits dunkel genug war. Er ging zehn Meter geradeaus, dann bog er nach rechts ab und versuchte, in einem Bogen zum Hotel zurückzukehren.

Obwohl der Schnee nicht besonders tief war, sank er bei jedem Schritt ein wenig ein, was ihn erschöpfte. Vor allem durfte er nicht zu spät kommen, denn der Onkel hatte sicher keine Zeit zu verlieren. Schon gar nicht, wenn er allein war. Andererseits würde sich der raffgierige Hinterwäldler nicht auf die Straße wagen, ehe er nicht gesehen hatte, dass sie losgefahren waren. In der Bar konnte er sich nicht mehr aufhalten. Vielleicht hatte er hinter einem der Fenster Aufstellung genommen. Roger stolperte über eine Baumwurzel und fiel der Länge nach in den Schnee. Doch er ließ den Schraubenschlüssel, der seine Lebensversicherung war, nicht los. Nachdem er sich wieder aufgerappelt hatte und etwas unsicher war, in welche Richtung er gehen sollte, spürte er mit einem Mal, wie müde er war. Sah die Lichter des Hotels durch die Bäume schimmern und stapfte, unwesentlich langsamer als zuvor, weiter durch den Schnee. Näherte sich dem Hotel von der gegenüberliegenden Seite und musste eine offene Fläche überqueren. Zu seiner Linken lag eine Ortschaft im Tal, deren Lichter in der Dunkelheit schimmerten, doch er würdigte sie kaum eines Blickes. Schlich sich bis an die Hauswand, lehnte sich dagegen und atmete durch. Dann spähte er um die Ecke.

Der Escort stand immer noch da, seine Front der Hauswand zugekehrt, nur wenige Meter von ihm entfernt. Er wagte sich ein Stück näher heran und stellte fest, dass es sich um ein norwegisches Kennzeichen handelte. Kein Zweifel, dass es der Wagen seines Onkels war. Dann zog er sich wieder hinter die Hausecke zurück. Von hier aus konnte Roger unmöglich erkennen, was vor der Hütte Nummer acht geschah, doch er ging davon aus, dass Lisa all ihr Gepäck längst im Corolla verstaut hatte. Die größten Probleme würde Frank bereiten, doch Lisa hatte ihm garantiert, dass sie ihn irgendwie ins Auto verfrachten könne, und wenn sie ihn hinter sich herziehen müsse. Roger zweifelte nicht daran. Ihre Ohrfeigen hatten ihn geschockt und zugleich überzeugt.

Es vergingen drei, vier Minuten, dann erlosch das Licht in der Hütte. Lisa kam gelaufen und verschwand im Hotel. Aina Larsson musste kurzfristig auschecken, weil ihr Bruder krank geworden war. Es wäre leichtsinnig von ihnen, mir nichts, dir nichts zu verschwinden, ohne sich richtig abgemeldet zu haben. Gleichzeitig signalisierte sie Magnus Dalvang und einem eventuellen Komplizen, dass ihre Abreise unmittelbar bevorstand. Es dauerte nicht lange, bis sie wieder aus dem Eingang kam und schnellen Schrittes zur Hütte zurückstrebte. Kurze Zeit später hörte Roger eine Autotür schlagen, worauf der Corolla aus seinem Versteck hinter der Hütte glitt. Nun ja, glitt war vielleicht übertrieben. Der Wagen machte vielmehr einen Satz nach vorne. Lisa hatte offensichtlich schon lange nicht mehr hinter dem Steuer gesessen. Damit der Onkel nicht bemerkte, dass ein Insasse fehlte, hatte Roger sie gebeten, in möglichst großer Entfernung am Hotel vorbeizufahren, was ihr gut gelang. Er selbst erkannte nichts anderes als das Auto und die blendenden Scheinwerfer, ehe der Corolla um die nächste Ecke bog und verschwand. Sie hatten verabredet, dass sie auf der Hauptstraße ein Stück in östlicher Richtung fahren sollte, bis die Bebauung spärlicher wurde und sie irgendwo anhalten und auf ihn warten konnte.

Rogers Hand schloss sich fester um den Schraubenschlüssel, und er merkte, dass er kalte Füße hatte. Falls der Onkel allein war, wollte er die Sache schnell hinter sich bringen. Kaum hatte er diesen Entschluss gefasst, erschien eine Person auf der Hoteltreppe, ein Mann mit Trachtenmütze und Norwegerpullover. Roger atmete erleichtert auf. Der Mann trug weder einen Koffer noch eine Tasche und war allein. Einen Kåre gab es nicht, und der Typ hatte nichts anderes im Sinn, als seine Beute auf dem schnellsten Weg über die Grenze nach Hause zu schaffen. Nachdem er sich kurz umgesehen hatte, setzte der Onkel sich in Bewegung, passierte einige Fahrzeuge und ging direkt auf den Escort zu. Obwohl keine anderen Menschen zu sehen waren, begann Roger zu zittern. Plötzlich fühlte er sich vollkommen nüchtern – und ängstlich. So ängstlich, dass er hoffte, irgendein Passant würde auftauchen und sein Vorhaben zunichte machen. Etwas Ähnliches hatte er noch nie getan. Nicht im Entferntesten wäre er je auf den Gedanken gekommen, jemand bewusstlos zu schlagen. Wie viel Kraft sollte er in den Schlag legen? Er wollte den Onkel ja nicht sogleich töten, wie Frank es mit der Frau des Filialleiters getan hatte, sondern ihn nur vorübergehend außer Gefecht setzen. Dass Lisa und er den Wagen später über einen Abhang schieben wollten, war etwas ganz anderes und weitaus weniger gefährlich. Das Unheimliche und Abstoßende des Vorhabens bestand darin, das Werkzeug zu benutzen und zuzuschlagen. *Denk an deine Mutter …* Die Hand im Handschuh, die den Schraubenschlüssel umfasst hielt, war klamm geworden und zitterte. So wie sie gezittert hatte, als sie sich in der Bank um das Gewehr gekrampft hatte. Seine Verzweiflung ließ ihn nach möglichen Auswegen suchen. Und wenn er den Onkel einfach fahren ließe? Lisa konnte er erzählen, dass er nichts habe tun können, weil der schwedische Hüne in der Schottenjacke unvermittelt aufgetaucht sei und ihn in ein Gespräch verwickelt habe. Er konnte auch behaupten, ein gewisser

Kåre sei plötzlich auf der Bildfläche erschienen und habe die Tat unmöglich gemacht. Er würde Frank und Lisa versichern, es solle nicht ihr Schaden sein. *Ich bezahle die 300 000*. Würde er in der Lage sein, dies Lisa ins Gesicht zu sagen, ohne den Blick niederzuschlagen?

*Ich hätte nie gedacht, dass du ein so jämmerlicher Feigling bist, Roger!*

In diesem Moment wurde Roger aus seinen Gedanken gerissen, weil er plötzlich den Onkel vor sich stehen sah. Er hatte Roger den Rücken zugekehrt, weniger als zwei Meter von ihm entfernt, und kramte in der Hosentasche nach seinem Autoschlüssel. In der anderen Hand hielt er die Plastiktüte. Er fand den Schlüssel und steckte ihn ins Schloss. Als er ihn wieder herauszog und die Tür öffnete, worauf das Licht im Innern des Wagens anging und sein Äußeres als Silhouette erscheinen ließ, tat Roger etwas, das er nie zuvor getan hatte. In dem kurzen Augenblick, der ihm verblieb, bevor sein Onkel sich in den Wagen setzte, machte er drei Schritte nach vorne, hob den Arm und schlug den Schraubenschlüssel mit solcher Kraft in dessen Nacken, dass Magnus Dalvang sofort zusammensank und mit dem Oberkörper über dem Fahrersitz liegen blieb. Sicherheitshalber schlug er drei weitere Male zu: auf Hinterkopf, Wange und Schläfe, und jedes Mal hörte er einen trockenen, krachenden Laut.

Blut war nicht zu sehen. Aber das Licht im Inneren des Wagens konnte ihm zum Verhängnis werden. Jeder x-beliebige Hotelgast, der zufällig einen Blick aus dem Fenster warf, konnte die bewusstlose, vielleicht tote Person sowie deren Mörder erkennen, der versuchte, den leblosen Körper in das Auto zu hieven. Dass er daran nicht gleich gedacht hatte! Er hätte zuschlagen sollen, ehe sein Onkel die Tür öffnen konnte.

Von da an hatte er nur noch einen einzigen Gedanken: alles so schnell und sicher und lautlos wie möglich hinter sich zu bringen. Zunächst ließ er die metallene Tatwaffe in seiner Jackentasche verschwinden. Autoschlüssel und Plastiktüte lagen zu beiden Seiten des Mannes auf der gefrorenen Schneedecke. Er nahm beides an sich und ging um den Wagen herum. Schloss die Beifahrertür auf, entdeckte den Schalter und löschte das Licht, bevor er sich auf den Sitz kniete und versuchte, den schlaffen Oberkörper auf die andere Seite zu ziehen. Die Oberschenkel des Onkels blieben zunächst am Fahrersitz hängen, doch schließlich gelang es Roger, den Körper ganz in den Wagen zu ziehen, nachdem er den Onkel unter beiden Armen gepackt hatte. Schließlich brachte er ihn in eine Art Sitzposition und fixierte den Körper mithilfe des Sicherheitsgurts. Doch etwas fehlte noch. Die Mütze. Die hässliche, alberne Trachtenmütze. Er schloss die Tür und eilte wieder auf die andere Seite. Die Mütze war halb unter den Wagen gerutscht. Er hob sie auf und warf sie durch die offene Tür. Erinnerte sich daran, dass er vor ungefähr vierundzwanzig Stunden dasselbe getan, die Dienstmütze des Polizisten aufgehoben und Lisa in den Schoß geworfen hatte. Wäre dies ein Spielfilm, dachte Roger, würde er *Mitternachtsmorde* heißen. Dann setzte er sich hinter das Steuer und schloss die Tür. Blieb einige Sekunden regungslos sitzen, lauschte seinem hämmernden Herzen, das langsam zur Ruhe kam, während er versuchte, sich mit der furchtbaren Tatsache auseinander zu setzen, dass er vermutlich einen Menschen getötet hatte. Jetzt waren sie wirklich vom selben Schlag. Eine Troika. Einer für alle, alle für einen.

Doch er empfand nichts dabei.

Neben ihm saß Magda. Sein Kopf war auf die Brust

gesunken. Allem Anschein nach war der Onkel tot, und er *empfand nichts* dabei! Hatte nicht einmal größte Eile, den Tatort zu verlassen. Von der physischen Anstrengung abgesehen war es wirklich so einfach gewesen, wie Lisa gesagt hatte. Kein Mensch im Hotel ahnte, dass Roger Dalvang das schlimmste aller Verbrechen begangen hatte.

Er war sogar geistesgegenwärtig genug, sich in Ruhe umzuschauen, bevor er den Schlüssel ins Zündschloss steckte und den Motor anließ. Das Auto war ungewohnt, funktionierte aber auch nicht anders als die meisten. Er fand den Rückwärtsgang ohne Probleme, und seine Hände zitterten nur unmerklich, als er zurücksetzte. Während er am Hoteleingang vorbeirollte, torkelte der Schwede aus der Tür, der noch vor einer halben Stunde mit dem Barkeeper über die Ingredienzien eines Manhattan gestritten hatte.

Der beschwipste und nichts ahnende Mann in der Schottenjacke hob den Arm und winkte Roger freudig zu, als handele es sich um einen guten, alten Bekannten.

# 18

Nachdem er die Ortschaft durchfahren hatte, dauerte es nicht lange, bis er den Corolla entdeckte. An einer Bushaltestelle leuchtete er wie eine silberne Rakete auf, als seine Scheinwerfer ihn erfassten, doch fast wäre er weitergefahren, als er das schwedische Kennzeichen sah. Im letzten Moment schaffte er es, das Steuer herumzureißen und unmittelbar hinter dem Corolla zum Stehen zu kommen. Vor ihm stieg Lisa aus dem Wagen. Er selbst hatte keine Energie auszusteigen, sondern kurbelte bloß die Scheibe herunter. Sie blickte in den Wagen.

»Ist er …?«

»Ich weiß nicht.«

»Alles gut gegangen? Niemand hat dich gesehen?«

Er ahnte die ehrlich gemeinte Sorge, die hinter der Frage stand, nahm sich zusammen und antwortete: »Nein, du hast Recht gehabt. Dieser Kåre war bloß eine Erfindung.«

»Und die Kohle?«

Roger zog die Tüte unter dem Sitz hervor. »Ich hab noch nicht nachgezählt, aber ich glaube kaum, dass Magda Zeit hatte, was auszugeben.«

Lisa nahm die Tüte, steckte den Kopf herein und gab ihm einen schmatzenden Kuss auf die Wange. »Na, siehst du! Jetzt brauchen wir nur noch eine Böschung oder einen Abhang zu suchen. An der Hauptstraße sind Leitplanken, also müssen wir es auf Nebenwegen versuchen. Ich habe an der Rezeption eine schwedische Straßenkarte mitgenommen. Ein paar Kilometer weiter, nach einem See mit dem Namen Lossen oder so, gibt es verschiedene Abzweigungen, die wir ausprobieren können.«

»Denk dran, dass wir was getrunken haben. Fahr nicht zu schnell.«

»Natürlich nicht.« Lächelnd fügte sie hinzu: »Für wie blöd hältst du mich?«

Dann waren sie wieder unterwegs, gen Osten, und entfernten sich immer weiter von der norwegischen Grenze. Für Roger war es ein merkwürdiges Gefühl, hinter einem Auto seines Heimatlandes herzufahren, doch er fühlte sich in guter Verfassung. Seine Müdigkeit war wie weggeblasen. Seinetwegen konnten sie in einem Rutsch nach Stockholm kutschieren. Sie fuhren mehrere Kilometer, ohne dass ihnen ein Auto entgegenkam, und die leichten Schneeflocken, die hin und wieder aus den Wolken wirbelten, beeinträchtigten nicht die Sicht.

Er hatte das Gefühl, er schwebe.

Allerdings traute er sich nicht, den Körper neben ihm zu berühren, um zu prüfen, ob er schon kalt war. Der auf der Brust baumelnde Kopf und die schlaff herunterhängenden Arme deuteten darauf hin, dass Magnus Dalvang aufgehört hatte zu atmen. In der Schule hatte ein Referendar in Rogers Klasse einmal von dem psychologischen Prozess gesprochen, der Menschen in die Lage versetzte, Belastungen standzuhalten. Der es ihnen ermöglichte, die bestialischsten Taten zu verüben, mit dem Bewusstsein der Täterschaft zu leben oder dieses aus dem Gedächtnis zu streichen. Der Referendar hatte Recht gehabt. Tschetschenische Soldaten erschossen russische Soldaten mit einem Lächeln auf den Lippen. In Bosnien wurden Freunde über Nacht zu Feinden, ermordeten sich gegenseitig samt den Kindern skrupellos. Roger hatte stets zu jenen gehört, denen ein solches Verhalten unbegreiflich war. Doch jetzt erfuhr er am eigenen Leib, dass ihm das Leben seines Onkels nichts bedeutete. Dass er ihn mit derselben Unbedenklichkeit ermordet hatte, mit der man ein altes Brot wegwirft. Das frische und duftende Brot von einst war von widerlichem grünem Schimmel überzogen und ungenießbar geworden. Es gehörte in den Mülleimer. Was war mit ihm geschehen?, fragte sich Roger. War auch er zu einem dieser Teufel in Menschengestalt geworden, für die keine Hoffnung bestand? Diese Verwandlung war es, die ihn kurz erschaudern ließ, nicht das Wissen, seinem Onkel in vollem Bewusstsein mit einem Schraubenschlüssel den Hinterkopf eingeschlagen zu haben, denn diese Aufgabe hatte er glänzend gelöst. Er versuchte *You and the Night and the Music* zu summen, doch es gelang ihm nicht richtig. Da saß er nun und fühlte sich vom Leben gestählt und musste doch immer wieder an Frank denken. Vermutlich befand er sich immer noch in einer Art Übergangsphase. Sobald sie den Unfall arrangiert hatten, konnten sie sich voll und ganz seinem Gesundheitszustand widmen. Vor ihm steuerte Lisa den Corolla mit erstaunlicher Sicherheit durch die Nacht, und ihm wurde klar, dass er sich alleine nicht wohl fühlte. Dass die anderen beiden ihm fehlten. Der Gedanke an ihre eigentümliche Gemeinschaft wärmte ihm das Herz. Mit Heidi hatte er so etwas nie empfunden, nur zusammen mit Jøran.

Als sie durch eine weite Landschaft ohne Baumbewuchs fuhren, leuchteten die Bremslichter des Corolla auf. Nach links zweigte ein Weg in Richtung *Medskogen* und *Uggvallen* ab. Die Namen sagten Lisa sicher ebenso wenig wie ihm, doch ein Weg war so gut wie der andere. Sie gab ihm ein Zeichen, er solle vorausfahren. Dieser Weg war sehr viel schmaler als die Straße, die sie gerade noch befahren hatten. Auf der dünnen Neuschneedecke waren keine Reifenspuren zu erkennen. Hier konnten sie ungestört operieren.

Nach ein paar Kilometern kamen sie in einen Kiefernwald. Eine Zeit lang ging es flach geradeaus, bevor der Weg, der eine Talsenke durchschnitt, langsam anstieg. Der Abhang, an dessen Fuß sich ein Bach oder ein Fluss befand, wurde zusehends steiler. Roger begann sich nach einem passenden Wendeplatz umzusehen. Sie hatten bereits einige Stellen ohne Leitplanken und Kantsteine passiert, und der am Wegesrand zusammengeschobene Schnee war nicht so hoch, als dass er ein Problem gewesen wäre. Auch schien es in der Nähe keine Häuser zu geben. Einige hundert Meter weiter bog die Spur eines Traktors ab, und Roger entschied sich auf der Stelle. Er schlug das Steuer ein und wendete den Wagen. Lisa tat dasselbe. Als sie bergab zur ersten Kurve gelangten, hielt er an und stieg aus. Seiner Meinung nach bedurfte es nur eines kleines Fahrfehlers und ein wenig überhöhter Geschwindigkeit, um einen Wagen ausbrechen und in die Tiefe stürzen zu lassen. Die dürren Birken würden ihn kaum aufhalten.

»Hier?«, fragte Lisa, während sie auf ihn zuging.

»Hier.«

Sie befreiten den leblosen Körper aus dem Sicherheitsgurt und schoben ihn auf den Fahrersitz. Beide trugen Handschuhe; Fingerabdrücke sollten ihnen nicht zum Verhängnis werden. Als Roger zufällig die rechte

Hand seines Onkels streifte, kam sie ihm kalt vor, doch Lisa wollte seinen Puls überprüfen.

»Es ist nicht gesagt, dass der Absturz ihn umbringt.«

Nach einigen Sekunden des Schweigens erklärte sie, Magnus Dalvang sei tot. Für einen Augenblick wurde Roger schummrig zumute, doch es half ihm, an das Fischbuch zu denken. Das Gesicht hinter dem Lenkrad erinnerte an einen toten Steinbutt. Die gefährlichen, spitzen Zähne konnten Roger nichts mehr anhaben. Als Lisa das Handy an sich nahm, bat Roger sie, es in den Schulterhalfter zurückzustecken. Falls irgendetwas fehle, sagte er, würde dies nur Zweifel an der Todesursache wecken. Sie nickte und steckte das Handy wieder an seinen Platz, zog dem toten Scheusal die Trachtenmütze über den Kopf und verzichtete darauf, den Sicherheitsgurt anzulegen. Roger ließ den Motor an, legte den Leerlauf ein und löste die Handbremse, worauf der Escort sich in Bewegung setzte. Es gelang ihm, das Lenkrad ganz nach rechts zu drehen und die Tür zuzuknallen. Langsam rollte das Auto auf die Straßenkante zu, blieb dort stehen und schaukelte ein, zwei Sekunden hin und her, bevor es ohne ihre Hilfe nach vorne kippte und den schneebedeckten Abhang hinunterrutschte. Nachdem es einen kleinen Baum umgeknickt hatte, nahm die Geschwindigkeit zu. Im Licht der Autoscheinwerfer blickten sie in den Abgrund, und die Wahrscheinlichkeit schien groß, dass der Escort gegen eine ausgewachsene Kiefer krachte, bevor er im eiskalten Fluss landen würde. Und so geschah es auch. Es gab einen lauten Aufprall, worauf sich das Fahrzeug überschlug und mit den Rädern nach oben liegen blieb. Dann wurde es still, doch Lisa meinte noch immer das Geräusch des Motors zu hören.

»Es ist unwahrscheinlich«, sagte sie, »dass jemand im Vorbeifahren den Wagen entdeckt, selbst wenn es hell geworden ist.«

Sie schoben den losen Schnee über die Fahrspuren, die an der Straßenkante abrupt aufhörten, und trampelten ihn fest. Seit Magnus Dalvang versucht hatte, sie zu erpressen, war das Glück auf ihrer Seite gewesen, und wenn dies so blieb, würde der Schneefall den Rest besorgen.

»Wenn man den Wagen gefunden hat, wird seine Frau sich fragen, was er in dieser Gegend zu suchen hatte«, sagte Roger leise.

Lisa, die begonnen hatte, sich eine Zigarette zu drehen, schien dies kalt zu lassen. »Jedenfalls ahnt jetzt keiner mehr, wo wir uns befinden.«

»Ich garantiere dir, dass ich keinen Onkel in Schweden habe«, entgegnete Roger.

»Aber ich wahrscheinlich.«

»Soll ich weiterfahren?«

»Gerne. Ich setze mich nach hinten und leiste Frank Gesellschaft.«

Nachdem er eingestiegen war, hatte auch er das Bedürfnis nach einer Zigarette. Er zog die Handschuhe aus und merkte, dass er die volle Kontrolle über seine Finger besaß. Die Erleichterung umfing ihn wie ein warmer Pelzmantel.

»Wie geht's auf dem Rücksitz?«

»Hervooorragend!«

Roger erschrak. Er wusste, dass Frank geantwortet hatte, doch seine Stimme war kaum wiederzuerkennen. Obwohl sie noch heiserer und schwächer geworden war, schien ein ironischer Unterton in ihr zu liegen, der das Gegenteil von dem ausdrückte, was er ausgesprochen hatte.

Roger drehte sich halb herum, wagte jedoch nicht, das Licht anzuschalten, weil er den Anblick von Franks fiebrigen Augen fürchtete. »Ich hab gemacht, was du mir gesagt hast, Frank«, sagte er.

»Was … gemacht?«

»Meinen Onkel getötet.«

»Ausge … zeichnet.«

Roger ärgerte sich, dass er überhaupt etwas gesagt hatte. Er war alles andere als stolz und wollte Frank nur ein bisschen aufmuntern, doch er zweifelte an der Wirkung seiner Worte. Ihr Chef, dessen Kopf an Lisas Schulter lehnte, schien völlig entkräftet zu sein.

Er wandte sich ab, zündete die Zigarette an, startete den Motor und konzentrierte sich voll und ganz auf das Fahren, als könne dies auf rätselhafte Weise dem Freund neue Kräfte verleihen. Es kam ihnen wie eine Ewigkeit vor, bis sie wieder die Hauptstraße erreichten. Kein einziges Auto war ihnen entgegengekommen. *Mora* und *Hudiksvall* stand auf dem Straßenschild, das nach Osten zeigte. Es war kurz vor zwei Uhr.

Er spielte die Keith-Jarrett-CD ab. Hörte, wie Lisa auf dem Rücksitz Frank tröstende Worte zuflüsterte, während sie ihm aus einer neuen Flasche kalte Cola einflößte. Sie fuhren durch ein breites Tal, dessen Hänge von einem zunehmend dichteren Kiefernwald bewachsen waren. Wäre Frank nicht gewesen, hätte Roger sich großartig gefühlt. Mit jedem Kilometer, den sie vorankamen, fühlte er sich freier.

Nachdem sie einen Fluss überquert und einen Ort namens Hede durchfahren hatten, sagte Lisa, sie müsse mal. Kurz darauf hielten sie an einem Rastplatz mit Bänken und WC. Lisa knipste das Licht an, und Roger hörte ein Rascheln.

»Du kannst ruhig aussteigen«, sagte er. »Hier ist kein Schwein.«

Als sie nichts entgegnete, drehte er sich um. Frank lag auf der Seite und hatte seinen Kopf in ihrem Schoß. Sein mageres Gesicht sah noch erschreckender aus als er gedacht hatte. Die schwitzige Haut war mehr rot als weiß, die Augen waren geschlossen, der Mund stand offen. Wie ein Fisch auf dem Trockenen, dachte Roger. Für das Rascheln war Lisa verantwortlich. Sie hielt Franks Brieftasche in den Händen und blätterte in Banknoten und Dokumenten.

»Was machst du da?«, fragte Roger irritiert.

Sie antwortete nicht sogleich, sondern hielt einen hellblauen Schein in die Höhe, der sich in der Mitte auseinander falten ließ. Im nächsten Augenblick sah er, wie sie zusammenzuckte, wie sowohl ihr Körper als auch die Hand, die den Schein hielt, erstarrten.

»Blutgruppe AB«, murmelte sie, »oh, mein Gott ... das kann nicht wahr sein!«

»Was ist los?«

»Ein Patientenausweis ... ein ... Attest ... Roger, mein Gott!«

Erschrocken beobachtete er, wie ihre Finger so sehr zu zittern begannen, dass sie den Schein fallen ließ. Dann hob sie den Kopf. Ihre großen, schönen Augen flehten ihn förmlich um Hilfe an, als könne er dafür sorgen, dass das, was sie soeben gelesen hatte, nicht stimmte:

»Er leidet an einem Virus, aber nicht an Malaria.«

Roger gingen vier Buchstaben durch den Kopf. Vier Buchstaben, die ihm bisher nur in der Zeitung oder im Fernsehen begegnet waren. Er traute sich nicht, sie auszusprechen, wich vor ihnen zurück, als handele es sich um die lodernde Flamme eines Schneidbrenners.

Doch er wusste genau, was auf dem Attest stand. Vielleicht hatte er es die ganze Zeit über gewusst. Auch Lisa. Das wurde ihm klar, als sie kaum hörbar weiterlas. Was er nicht verstand, ließ sich von ihren Lippen ablesen. Das gequälte Gesicht unter der blonden Mähne bestätigte Roger, dass Frank genauso dem Untergang geweiht war wie die Personen, die so unglücklich gewesen waren, ihnen in die Quere zu kommen.

# 19

Nachdem Lisa minutenlang lautlos geweint hatte, packte sie die Wut. Sie zwang Frank, sich hinzusetzen, und schrie:

»Du hast uns angelogen, du Scheißkerl, du Lügner!«

Wie gelähmt sah Roger, wie sie mit den Fäusten auf ihn einschlug.

»Malaria, wie? Von Fiebermücken in Mombasa gestochen? Ich kann dir sagen, was du in Afrika gemacht hast. Jede infizierte schwarze Hure hast du gefickt. Und nichts, nichts hast du gesagt. Wie konntest du nur?«

Frank ließ alles mit starrem Blick über sich ergehen, versuchte nicht einmal, sich mit den Händen gegen die Schläge zu schützen. Sein Kopf prallte gegen das Seitenfenster, doch er reagierte nicht.

»Vielleicht hast du mich auch angesteckt. Vielleicht muss ich auch sterben. Vielleicht sterben wir alle drei. Herrgott, Roger, tu doch was!«

Nachdem sie fertig war, ließ sie von ihm ab und starrte blind in die Luft. Tränen liefen in kleinen Bächen ihre Wangen hinab; von ihrer Schönheit war nicht viel übrig geblieben. Dann krümmte sie sich zusammen, legte die Hände auf ihren Bauch und jammerte unartikuliert vor sich hin, als habe sie Schmerzen. Das Merkwürdige war, dass Roger vor allem Mitleid mit Frank empfand und das Bedürfnis spürte, ihn zu verteidigen. Warum ging Lisa davon aus, dass Frank, der Seemann, sich bei afrikanischen Huren angesteckt hatte? Er konnte sich doch ebenso gut durch eine Bluttransfusion infiziert haben. Und sah sie denn nicht, wie dreckig es ihm ging? Der pakistanische Arzt in Tynset hatte anscheinend gewusst, wovon er sprach. *Ich denke, dass Ihr Immunsystem gestört ist, Petter*. Ein Aidskranker konnte an vielen Dingen sterben, nicht nur an Krebs, sondern auch an Masern oder einer Grippe … Seit Monaten, vielleicht seit Jahren hatte sich Frank damit abfinden müssen, dass er verloren war, dass seine Abwehrkräfte irgendwann nicht mehr ausreichen würden. Scham – oder Angst? – hatte ihn davon abgehalten, darüber zu reden. Stattdessen hatte er versucht, die ihm verbleibende Zeit so intensiv zu nutzen wie möglich. *Wir müssen die Gesellschaft ausnutzen, solange wir dazu in der Lage sind. Dürfen die kurze Zeit, die uns bleibt, nicht vergeuden.* Er hatte Lisa nach London mitgenommen und sein letztes Geld ausgegeben. Als sei dies die letzte Woche seines Lebens gewesen, hatte Lisa gesagt. Er hatte ihnen verschiedene Signale gesandt, doch sie hatten sich nicht getraut, sie richtig zu deuten. Hatten sich geweigert, der Wahrheit ins Gesicht zu sehen. Das konnte doch einem ihrer Freunde nicht passieren! In einem letzten Versuch, das süße Leben zu verlängern, den Tod auf Distanz zu halten und all das zu genießen, was bald für immer verloren sein würde, war er auf den Gedanken gekommen, eine Bank auszurauben. Dem Tode geweiht, hatte er ihm in seiner Wohnung das Gewehr aus der Hand gerissen, um ihn davon zu überzeugen, dass das Leben lebenswert war. Auch Frank musste ein unfreiwilliger Mitspieler des großen Experiments sein. War es ihm vorherbestimmt, anderen das Leben zu retten, aber selbst umzukommen?

Leben zu retten? Anderen hatte er bedenkenlos das

Leben genommen, wenn es ihm zum Vorteil gereichte. Er hatte das Töten zu einer banalen Angelegenheit gemacht, weil er die Konsequenzen nicht tragen musste. Die Strafe würde ihn nicht mehr ereilen.

Roger spürte, dass auch ihm Tränen in den Augen standen, doch konnte er Lisas Verhalten jetzt besser verstehen. Frank hätte sie in jedem Fall informieren müssen. Als Aidspatient wusste er zweifellos, dass fiebrige Infektionskrankheiten durch Antipyretika gelindert werden konnten. Doch bekämpften fiebersenkende Medikamente nur die Symptome. Um das Unausweichliche weiter hinauszuzögern, bedurfte es sicher ganz anderer Maßnahmen.

»Bluttransfusion«, sagte Roger leise.

Lisa hob den Kopf und schaute ihn fragend an.

»Er braucht bestimmt eine Bluttransfusion. Ich habe davon gelesen. Um die Abwehrkräfte zu mobilisieren, braucht er frisches Blut. Darum ist auf dem Schein auch seine Blutgruppe angegeben.«

»So was … machen sie nur im Krankenhaus.«

»Eben.«

»Aber …«

Roger trocknete seine Tränen. Wieder hatte er das Gefühl, dass er, wenn es darauf ankam, der Besonnenste von ihnen war. »Ich glaube, wir haben keine Wahl, Lisa.« Er gab ihr ein Taschentuch.

»Ich kann ihm nicht verzeihen, dass er mich angelogen hat. Wäre mir das vorher klar gewesen, hätte ich beim Überfall nie mitgemacht. Ein *perfekter* Plan. Wäre er es nur gewesen!« Ihre Stimme klang verbittert, fast hasserfüllt.

»Frag ihn!«

»Was?«

»Ob er glaubt, dass eine Bluttransfusion helfen würde.«

Sie nickte zögerlich, wischte sich die Tränen weg und tätschelte die Wangen, denen sie eben noch flammend rote Flecken zugefügt hatte.

»Frank!«

Roger schaltete den CD-Player aus und hörte in der nachfolgenden Stille, wie ihr Chef nach Luft rang. Welcher Virus, welche Bakterien waren es, die den labilen Organismus bedrohten, der kaum noch am Leben festhielt?

»Frank! Du musst antworten!«

Am nächtlichen Rastplatz raste ein Auto vorbei. Seine Scheinwerfer schienen Roger die eines fernen, unerreichbaren Raumschiffs zu sein. Umfasste das große Experiment auch ein ambulantes Rettungsteam, das Erste Hilfe leistete, wenn der Versuchsleiter dies genehmigte?

»Frank!«

»Ja …«

»Würde eine Bluttransfusion dir helfen?«

Nach einer kurzen Pause meldete sich Frank plötzlich mit klarer und deutlicher Stimme: »Warum hast du aufgehört zu spielen, Roger?«

Rogers Nacken war steif, weil er sich die ganze Zeit halb umgewandt hatte. E stieg aus dem Auto und öffnete die hintere Tür. Beugte sich hinunter und legte Frank die Hand auf die Schulter.

»Das war nicht ich, der gespielt hat. Das war Keith Jarrett.«

»Du hast gespielt wie ein Gott.«

»Ich habe aufgehört, weil wir miteinander reden müssen, Frank.«

»Worüber?«

»Du brauchst eine Bluttransfusion.«

»Wie spät ist es?«

»Gleich halb drei.«

»Es ist dunkel draußen.«

»Halb drei Uhr nachts, Frank.«

»Wo sind wir?«

»In Schweden. Auf einem verdammten Rastplatz. Hör zu: Lisa und ich wissen, dass du Aids hast.«

»Natürlich wisst ihr das.«

Roger schielte zu Lisa hinüber. Sie biss an den Nägeln und schüttelte langsam den Kopf. Er konzentrierte sich wieder auf Frank und sagte:

»Wir haben es erst jetzt erfahren. Würde frisches Blut dir helfen?«

Der Kranke antwortete nicht. Er hatte die Augen eine Zeit lang offen gehalten, doch jetzt waren sie wieder geschlossen. Roger wusste nicht, was er tun sollte. Er verstärkte den Druck auf Franks Schulter, versuchte den Kontakt zu ihm nicht abreißen zu lassen. Dann sagte Frank:

»Schließ die Tür, verdammt noch mal. Sonst erfriere ich noch.«

Roger zog die Wolldecke enger um seine Schultern. »Versuch du, mit ihm zu reden, Lisa. Hier können wir jedenfalls nicht bleiben.« Er schloss die Tür und nahm erneut auf dem Fahrersitz Platz.

Als er den Wagen wieder auf die Straße rollen ließ, fühlte er sich unsicherer als je zuvor, fragte sich, ob er weiteren Belastungen standhalten würde. Hatte das Gefühl, sie befänden sich auf See, an Bord eines Schiffs, dessen Navigationsinstrumente ständig versagten und dessen Motor von Zeit zu Zeit abgeschaltet wurde. Und wenn einmal beides funktionierte, war die Besatzung unfähig, ihren Dienst zu versehen. In einem Augenblick glaubten sie, alles unter Kontrolle zu haben, während sie im nächsten äußeren Umständen unterworfen waren, die nicht die geringste Rücksicht auf ihre ausgeklügelten Pläne nahmen. Im Augenblick waren sie vollkommen ratlos, welchen Kurs sie wählten sollten. Roger schaute geradeaus auf die breite Straße und spürte, wie geschmeidig das Fahrzeug jeder seiner Handbewegungen gehorchte. Doch was half das, wenn der Kapitän nicht einmal sicher wusste, wo sie sich befanden.

»Er ist total weggetreten«, bestätigte Lisa.

»Glaubst du, er wird bald …«

»Ich bin doch kein Arzt.«

»Ich auch nicht.«

»Das einzige schwedische Krankenhaus, das ich kenne, ist das *Karolinska* in Stockholm.«

»Was ist mit Östersund?« Das war die Stadt, die ihm spontan einfiel. Dort hatte die Mutter einst Süßigkeiten für sieben Öre das Stück gekauft.

»Östersund?«

»Schau auf die Karte.«

Lisa brauchte ein paar Minuten, um sich zu orientieren, und sagte dann: »Wir kommen bald in einen Ort, der Hedeviken heißt. Da nehmen wir die Abzweigung nach Rätan, und von dort aus geht's weiter Richtung Norden nach Östersund.«

»Wie weit ist es bis dahin?«

»Hundert Kilometer … vielleicht hundertfünfzig.«

»Was denn nun?«

»Sicher hundertfünfzig. Auf der Karte ist das nicht so leicht zu erkennen.«

Das wusste er, sah aber keinen Grund, sich für seine Schroffheit zu entschuldigen.

In Hedeviken war kein Mensch auf der Straße. Auf dem Straßenschild, das in nordöstliche Richtung zeigte, stand *Rätan 50*. Roger folgte ihm ohne zu zögern. Nach einer Weile, als sie wieder von einem Kiefernwald umgeben waren, fragte Lisa mit leiser Stimme:

»Meinst du, das war eine kluge Entscheidung?«

»Wir können Frank doch nicht einfach sterben lassen.«

»Und wenn er sowieso stirbt?«

Roger lief es kalt über den Rücken. Er weigerte sich, diese schreckliche Möglichkeit in Erwägung zu ziehen. Er biss die Zähne zusammen und spürte, wie er zu zittern begann. »Wir sind doch hier nicht beim Glücksspiel.«

»Stimmt. Aber ich glaube, er macht's nicht mehr lange.« Ihre dünne Stimme klang erstaunlich gefasst. »Außerdem können wir ihn ja nicht wie ein Paket in Östersund abliefern und weiterfahren, als sei nichts geschehen.«

»Nein.«

Er verstand genau, worauf sie hinauswollte. Sie hätte keine Skrupel gehabt, Frank in einem Krankenhaus abzuliefern und seinem Schicksal zu überlassen. Alles andere wäre für sie gleichbedeutend damit gewesen, sich der Polizei zu stellen, einen Schlussstrich zu ziehen, alle Träume zu begraben. Mit Frank in irgendein Krankenhaus zu gehen hieß in ihren Augen, nicht nur ihre persönliche Niederlage zu besiegeln, sondern sich auch willig abführen und einbuchten zu lassen – für wie viele Jahre? War es das wert, wenn Frank ohnehin am Ende war? Lisa zweifelte daran, und das tat er auch. Doch während sich Roger in einem moralischen Dilemma befand, ging es ihr ausschließlich darum, welche Entscheidung den beiden Überlebenden weiterhalf. Oder schrieb er Lisa dieses Motiv nur zu, um sich selbst der Verantwortung entziehen zu können?

Die Fahrt nach Östersund würde in jedem Fall zwei

bis drei Stunden dauern. So lange konnten sie die Entscheidung noch hinauszögern. Sollte Frank sich bis dahin erholen – trotz allem waren erst vierundzwanzig Stunden vergangen, seit er die Tabletten eingenommen hatte –, konnten sie immer noch weiter nach Stockholm fahren und ihren Plan, das Land mit dem Flugzeug zu verlassen, in die Tat umsetzen. Dann würde alles gut werden. Sollte er jedoch sterben, bevor sie das Krankenhaus erreichten, sahen sie sich mit einem anderen Problem konfrontiert. Dann mussten sie ihn irgendwo begraben, wo er nicht gefunden wurde; eine Alternative, mit der sie sich lieber noch nicht auseinander setzen wollten. Die dritte Möglichkeit aber, diejenige, die sie am meisten fürchteten, obwohl niemand dies aussprach, war, dass immer noch ein wenig Leben in Frank war, wenn sie Östersund erreichten.

Roger wusste, dass er eigentlich keine Angst vor dem Tod haben sollte. Er hatte ihm in die Augen gesehen, als er den Lauf seines Gewehrs auf sich selbst gerichtet hatte und war ihm später noch viermal in kurzen Abständen begegnet. Dennoch schauderte ihn und er ging unwillkürlich vom Gas.

Sie mussten Zeit gewinnen und Frank eine faire Chance geben, über sein eigenes und ihr Schicksal zu entscheiden. Im Grunde waren sie alle drei infiziert.

# 20

Ein silbergrauer Toyota Corolla mit schwedischem Kennzeichen fuhr des Nachts durch die schwedische Winterlandschaft. Der junge Mann hinter dem Steuer war müde. Hin und wieder musste er gähnen und die Augen zusammenkneifen. Nur seine Gedanken hielten ihn wach. Auf dem Rücksitz zwei stumme Passagiere, eine Frau und ein Mann, dieser vollkommen entkräftet und mit sehr hohem Fieber. Die Straße war gleichmäßig bis zu ihrem höchsten Punkt angestiegen, bevor sie sich wieder abwärts neigte. In Rätan bog das Auto in nordöstliche Richtung ab und befand sich nun auf einer sehr viel breiteren Straße. Es passierte die Orte Svenstavik und Hackås.

Als es bei Brunflo auf die E 14 fuhr, murmelte der kranke Mann:

»Du warst wirklich mutig, Roger. Ich selbst habe immer schreckliche Angst vor dem Sterben gehabt.«

Doch er sprach mit so undeutlicher und schwacher Stimme, dass die Frau, in deren Schoß er seinen Kopf gebettet hatte, ihn kaum verstand. Nur das Wort »sterben« vernahm sie. In regelmäßigen Abständen strich sie mit einem kühlen Tuch über seine glühende Stirn. Als sie einen halben Becher Cola an seine zitternden Lippen führte, schloss er diese im letzten Moment – wie ein Pferd, das ein zu hohes Hindernis verweigert.

Wenig später sagte er: »Ihr müsst an euch selbst denken. Nehmt keine Rücksicht mehr auf mich.«

Ziemlich genau um halb sechs erreichten sie Östersund, eine Stadt, die am östlichen Ende des Storsjön und damit in einer Gegend liegt, die mehr durch ihre zauberhafte Landschaft und die Musik des Komponisten Wilhelm Peterson-Berger bekannt ist als durch die Werbekampagne, in der sie sich als perfekter Gastgeber olympischer Winterspiele darstellte. Am Tag zuvor war eine Delegation aus Trondheim mit Bürgermeister Marvin Wiseth an der Spitze zu Besuch gewesen, um ihre Unterstützung für die Bewerbung Östersunds als Ausrichter der Olympischen Winterspiele 2002 bekannt zu geben. Wiseth wäre kaum begeistert gewesen, hätte er gewusst, dass sich in seinem Gefolge drei Verbrecher aus seiner Heimatstadt befanden, doch glücklicherweise handelte es sich nur um eine Stippvisite.

Ein zufälliger Augenzeuge hätte ausgesagt, der Fahrer des Corolla habe offenbar etwas gesucht, sich in der Stadt jedoch nicht ausgekannt. Innerhalb kurzer Zeit war er aus drei verschiedenen Richtungen über ein und dieselbe Kreuzung gefahren. Beim dritten Mal machte ihn die Frau auf dem Rücksitz auf ein weißes Schild mit der Aufschrift *Krankenhaus* aufmerksam. Er nickte und folgte der angegebenen Richtung. Als sie jedoch das Krankenhaus fast erreicht hatten, sagte sie plötzlich, er könne sich den Abstecher sparen und solle besser umdrehen.

Er zuckte zusammen und wollte wissen, ob der Mann auf dem Rücksitz tot sei. Sie verneinte. Vieles deute hingegen darauf hin, dass er sich erholt habe. Der Fahrer dachte, ein Wunder müsse geschehen sein. Der Tod hatte seine Finger bereits nach dem Patienten ausgestreckt, diesen gar berührt, sich dann aber zurückgezogen. Die Krise war überstanden. Er hielt an, wendete den Wagen und fuhr zur Ausfahrt auf die E 14 zurück.

Was nun? Sundsvall? Gävle? Uppsala? Stockholm?

Keine dieser Städte, sagte die Frau. Sie hatte eine bessere Idee, eine, die sie erproben mussten, ehe sie alle Brücken hinter sich abbrachen, eine, die dem Fahrer schon mehrmals durch den Kopf gegangen war. Nach einem kurzen Meinungsaustausch nickte er und fuhr auf die E 14. Auf den gelben Richtungsschildern, die sie außerhalb der Stadt passierten, stand *Storlien* und *Trondheim*.

# 21

Zu behaupten, sie hätten sich über den richtigen Weg geeinigt, wäre eine Übertreibung gewesen. Andererseits hatte Roger nichts dagegen einzuwenden, als Lisa vorschlug, sie sollten sich eine abseits gelegene Hütte suchen, um sich erst einmal richtig auszuruhen, auch wenn dies zunächst in die falsche Richtung führte. Die Wahrscheinlichkeit, eine geeignete Hütte zu finden, darin waren sie sich einig, war umso größer, je weiter sie bergauf fuhren. Sie sollten Recht behalten. Bei Anbruch der Dämmerung fuhren sie durch Åre und entdeckten schon bald ein passendes Häuschen mit Fernsehantenne, das sich nördlich von Duved befand, nicht einmal fünfzig Kilometer Luftlinie von der norwegische Grenze entfernt. Dem Hüttenbuch zufolge war seit Ende September niemand mehr da gewesen:

*Sonntag, 25. 9. 1994: Schreckliches Wetter! Regen, Regen und nochmals Regen. Wir fahren jetzt nach Hause. Bibbi und Kalle.*

Sich Einlass zu verschaffen, hatte nicht mehr erfordert, als eine der kleinen, farbigen Scheiben der Hintertür einzuschlagen, die Hand hineinzustecken und von innen den Türknauf zu drehen.

Die Hütte war geräumig, altmodisch, kalt, verstaubt und roch nach Schimmel. Sie vermuteten, dass Bibbi und Kalle, die sogar das benutzte Geschirr hatten stehen lassen, nicht mehr die Jüngsten waren. Die riesige Menge an leeren Weinflaschen – allein auf dem Gang standen Dutzende – ließ keinen Zweifel an ihrer Lieblingsbeschäftigung aufkommen. Frank schaffte es ohne Hilfe in den ersten Stock, wo er sich auf das erstbeste nicht gemachte Bett fallen ließ. Lisa achtete darauf, dass er zwei Tabletten einnahm, eine halbe Tasse Tee trank und eine Scheibe Brot aß. Danach aß sie mit Roger in der hellblauen Küche. Die elektrischen Öfen im Haus funktionierten, doch es dauerte ein paar Stunden, bis es so warm geworden war, dass sie ihre Jacken ausziehen konnten. In einem Schrank hatten sie ein batteriebetriebenes Radio gefunden, doch bisher hatte keine Nachrichtensendung neue Meldungen aus Norwegen gebracht. Roger merkte Lisa deutlich an, dass sie in Gedanken versunken war, und nachdem sie einige Runden durchs Haus gedreht hatte, kam sie in die Küche zurück und sagte, sie habe sich etwas überlegt:

»Welcher Tag ist heute?«, fragte sie.

»Freitag.«

»Also ist Hauptkommissar Rønnes vielleicht in seinem Büro.«

»Und weiter?«

»Ich habe über deinen Vorschlag nachgedacht, den du vorgestern Abend in Åndalsnes gemacht hast.«

Roger gähnte. »Kann mich nicht erinnern.«

»Du hast gesagt, wir könnten so tun, als hätten wir alle drei mit Grippe im Bett gelegen. Dass Olsen sich eben verhört hat, wenn er was anderes behauptet.«

»Das war, bevor ich an die Sache mit Franks Fingerabdrücken dachte.«

»Wenn die Bullen bis jetzt noch keine Spuren in Oppdal entdeckt haben, werden sie auch später keine mehr finden. Fingerabdrücke zu finden ist nämlich komplizierter, als man glauben sollte. Außerdem hat das Schicksal diese Bude hier mit einem Telefon ausgestattet.«

»Wenn wir krank im Bett liegen, können wir ja wohl kaum von hier aus anrufen und uns erkundigen, ob die Bullen nach uns gefragt haben.«

»Nein, aber wir können die Bullen direkt anrufen.«

»Bist du übergeschnappt?«

Lisa lächelte. »Falls Rønnes immer noch glaubt, dass die Bankräuber aus Oslo kommen, ist es das Sicherste, wenn wir bis Sonntag im Bett gelegen haben. Das hast du selber gesagt.«

»Schon ...«

»Also müssen wir rausfinden, wie viel die Bullen wissen. Wenn Rønnes auf dem Schlauch steht, können wir ihn sogar direkt in die Irre führen.«

»Wir?«, knurrte Roger. »Weil Frank außer Gefecht ist, meinst du wohl, dass ich den Hauptkommissar persönlich anrufen und mich als Zeitungsjournalist ausgeben soll.«

»Ganz ruhig. Das Gespräch werde ich führen.«

Er starrte sie verblüfft an, doch als Lisa ihm genau erklärte, was sie vorhatte, war er beeindruckt und fand, es sei durchaus einen Versuch wert. Wenn es ihr gelang, den Hauptkommissar an den Apparat zu kriegen, und dieser durchblicken ließ, dass sie keine Ahnung hatten, woher die Täter kamen, konnten sie ruhigen Gewissens nach Trondheim zurückfahren, sich den Wagen vom Hals schaffen und so tun, als seien sie die ganze Zeit über in der Stadt gewesen. Das war in jedem Fall besser, als kreuz und quer durch Schweden zu fahren.

Gemeinsam traten sie auf den öden Flur. Lisa setzte sich auf den einzigen vorhandenen Schemel und begann im Telefonbuch zu blättern. Dann hob sie den Hörer ab und tippte die Nummer ein, die sie nachgeschlagen hatte.

»Ist da die Auskunft? Guten Morgen, ich hätte gern die Telefonnummer des Polizeipräsidiums in Trondheim. Bitte? Ja, genau, Trondheim in Norwegen.« Sie zwinkerte Roger zu und nahm einen Kugelschreiber zur Hand. Spielte ungeduldig mit dem Knopf am Ende, während sie wartete. »Ja? Könnten Sie noch mal von vorn … danke! Sieben, drei, acht, neun, neun, null, neun, null … und die Vorwahl für Norwegen lautet? Null, null, neun, vier, sieben … vielen Dank!«

Sie legte den Hörer auf. »Na, habe ich mich sehr schwedisch angehört?«

»Frank würde sagen: Ausgezeichnet!«

»Drehst du mir eine Zigarette? Jetzt kommt der schwierigere Teil.«

Roger holte Tabak und Aschenbecher, rollte ein hübsches Exemplar und gab ihr Feuer. Rollte sich selbst auch eine. Sah ihre Hände zittern, als sie die ersten fünf Ziffern eintippte und hoffte, dass sie sich nicht übernahm.

»Hier in Schweden hört man einen anderen Ton, nachdem man die Vorwahl fürs Ausland gewählt hat«, erklärte sie, während sie eine kleine Pause einlegte.

Er nickte bloß.

Sie wählte die letzten acht Ziffern. Er hörte das Freizeichen und registrierte kurz darauf, wie sich eine männliche Stimme meldete. Dann begann Lisa mit einer Stimme zu sprechen, die sich noch schwedischer und tiefer anhörte als vorhin, als gehörte sie zu einer älteren, reiferen Frau.

»Hier ist Kommissarin Greta Hedström vom Polizeipräsidium in Stockholm. Ich hätte gern mit Hauptkommissar Rønnes von der Kripo gesprochen. In einer Besprechung? Ja, ich verstehe, aber es handelt sich um eine sehr wichtige Angelegenheit. Ich habe vermutlich neue Informationen über die drei jungen Norweger, die mehrere Menschen mit einem Schrotgewehr erschossen haben. Ja, ich warte. Danke sehr.« Sie zog kräftig an ihrer Zigarette, während sie mit dem Kugelschreiber kryptische Zeichen auf den Notizblock von Bibbi und Kalle kritzelte. Zehn Sekunden vergingen.

»Ja? Danke … Herr Rønnes? Guten Morgen, mein Name ist Greta Hedström, Kriminalkommissarin vom Polizeipräsidium in Stockholm. Entschuldigen Sie bitte die Störung. Soviel ich weiß, leiten Sie die Ermittlungen im Fall der drei jungen Norweger, die zwei Menschen mit einem Schrotgewehr getötet haben. Sie sind doch noch nicht gefasst? Bei uns ist eine Meldung aus Solna eingegangen, der zufolge zwei junge Männer und eine Frau in einem Toyota Corolla mit norwegischem Kennzeichen gesehen wurden. Das Kennzeichen selbst ist uns leider unbekannt. Der Älteste von ihnen soll mit einem doppelläufigen Schrotgewehr bewaffnet sein.«

Es entstand eine kleine Pause. Lisa kritzelte weiter auf dem Block herum, ehe sie weitersprach:

»Ja, wir gehen davon aus, dass es sich um die gesuchten Personen handelt. Um sie zweifelsfrei identifizieren zu können, brauchen wir so viele Details wie möglich: Namen, Alter, Aussehen, Kleidung, Dialekt … So? Sie haben in dieser Hinsicht überhaupt keine Erkenntnisse? Keine Namen? Nichts?« Sie sandte Roger ein triumphierendes Lächeln. »Das ist sehr bedauerlich, aber in jedem Fall vielen Dank. Nein, es sind keine neuen Verbrechen verübt worden. Wir haben den Hinweis bekommen, weil jemand das Schrotgewehr aufgefallen ist. Ja, wir versuchen sie einzukreisen. Das Einzige, was wir mit Sicherheit wissen, ist, dass es sich um eine rothaarige Frau handelt.« Erneutes Lächeln, diesmal von der dreisten Sorte. »Selbstverständlich, sobald wir sie lokalisiert haben, melde ich mich wieder bei Ihnen. Ich denke, das wird in Kürze der Fall … ja, natürlich werden wir das. Wir freuen uns, Ihnen helfen zu können. Auf Wiederhören, Herr Rønnes.«

Danach knallte sie den Hörer auf die Gabel, riss die Arme nach oben und umarmte Roger überschwänglich.

»Na, siehst du. Die haben keinen blassen Schimmer!«

Er musste zugeben, dass sie ihre Rolle großartig gespielt hatte, und sagte dennoch: »Irgendwann wird Rønnes die Geduld verlieren und in Stockholm anrufen.«

»Natürlich wird er das tun. Wenn er erfährt, dass eine Kriminalkommissarin namens Hedström nicht existiert, wird ihm klar werden, dass er den Fehler seines Lebens begangen hat. Der kriegt bestimmt ein Magengeschwür vor Wut. Denk positiv, Roger, und erzähl mir, wie gut ich war. Schließlich bin ich in der Höhle des Löwen gewesen.«

»Du warst brillant.«

»Das muss ich gleich Frank erzählen. Der hat mit den Bullen sowieso noch eine Rechnung offen. Jetzt kann er sich richtig gesund lachen.«

Mit schnellen Schritten verschwand sie auf der Treppe. Roger ging in die Küche und stellte sich mit einer Zigarette ans Fenster. Die Erleichterung sollte ihm eigentlich das Herz wärmen, denn das hatte er sich die ganze Zeit gewünscht: nach Trondheim zurückzufahren und so zu tun, als wären sie die letzten Tage zu Hause gewesen. Alles deutete darauf hin, dass die Polizei sich noch nicht bis zur Sandgata vorgearbeitet und an Olsens Tür geklopft hatte. Aber war es deshalb realistisch anzunehmen, sie würden so leicht davonkommen? War dieser Rønnes Lisa wirklich auf den Leim gegangen und hatte unfreiwillig seine Hilflosigkeit eingestanden? Während Roger seinen Blick über die nackte, schneebedeckte Kiefernlandschaft schweifen ließ, versuchte er, sich den Ablauf der Ereignisse ins Gedächtnis zu rufen und nach möglichen Fehlern zu suchen. Rønnes hatte gesagt, dass ihm keine Namen bekannt seien, was bedeuten konnte, dass der Filialleiter es aus irgendeinem Grund unterlassen hatte, die Polizei darüber zu informieren, dass eines der Bandenmitglieder Lisa genannt worden war. Und wenn die Polizei in der Hütte beim Gjevilvatnet keine Fingerabdrücke gefunden hatte, hieß dies, dass Frank vorläufig aus dem Schneider war. Wer hatte sie unterwegs gesehen? Ein Polizist während des Sturms in Oppdal, doch der hatte sich vermutlich weder das Fahrzeug noch die Gesichter der Passagiere eingeprägt. Warum hätte er das bei dem grässlichen Wetter auch tun sollen? Dann war da der Fahrer des Räumfahrzeugs, der sie aus der Schneewehe gezogen hatte. Er hatte sich zwar ihr Kennzeichen notiert und ausgesagt, einer von ihnen habe Trønderdialekt gesprochen, doch genaue Personenbeschreibungen hatte er sicher nicht geben können. Und dann gab es noch den anderen Polizeibeamten, den Kollegen von Henrik. Im Radio hatte es geheißen, Odd Magnar Sivertsen könne sich an drei junge Leute erinnern, die in der Cafeteria in Dombås gesessen hatten und mit einem Toyota weggefahren seien. Aber hieß das auch, dass er sich genau an ihr Aussehen erinnern konnte? Wohl kaum, denn die beiden Polizisten waren vor allem in ihr Gespräch über den Mord an Ola Brendhaug vertieft gewesen. Alle möglichen Personenbeschreibungen konnten nur sehr oberflächlich sein und auf zahllose Menschen zutreffen. Außerdem hatte Lisa diesen Rønnes, zumindest zwischenzeitlich, durch die Behauptung in Verwirrung gestürzt, die Bande befinde sich in Schweden und ihr weibliches Mitglied habe rote Haare. Was war mit Franks Freund in Oslo, der ihnen notfalls ein Alibi beschaffen wollte? Konnte man ihm vertrauen? Nachdem sie nicht in Oslo aufgetaucht waren, war er vielleicht auf die Idee gekommen, den Bullen einen Tipp zu geben, um sich ein paar Kronen zu verdienen. Er musste sich bei Frank erkundigen, wie zuverlässig dieser Freund war. Und was war mit Onkel Magnus? Früher oder später, vielleicht schon heute, würde man den Toten im Escort finden. Alle würden sich fragen, was er in Schweden zu suchen hatte, aber käme auch jemand auf den Gedanken, dass sein Tod eine andere Ursache als den Autounfall haben könnte? Warum sollte man diesen mit seinem Neffen in Trondheim in Verbindung bringen? Eigentlich war es nur das Mitwirken von Frank, das ihnen zum Verhängnis werden konnte. Roger hatte gehört, dass auch die Überprüfung vorbestrafter Personen zu den Ermittlungen bei einem Überfall gehörte. Hatten sie bereits festgestellt, dass Frank nicht zu Hause war und zogen ihn als möglichen Täter in Betracht? Oder schlossen sie ihn als Tatverdächtigen aus, weil sie ihn als »nicht gefährlich genug« einschätzten? Letzteres schien ihm wahrscheinlich, denn andernfalls hätte Rønnes seiner schwedischen Kollegin Hedström sicher Franks Namen genannt. Wenn sie nach Trondheim kamen, mussten sie erst mal Olsen aushorchen, ob sich jemand nach Frank erkundigt hatte. Falls dieser verneinte, ging es nur noch darum, die Fingerabdrücke im Corolla abzuwischen, die ursprünglichen Nummernschilder wieder anzuschrauben und den Wagen an einem Ort in oder außerhalb der Stadt zurückzulassen, der so unauffällig war, dass er dort ohne weiteres mehrere Tage hatte stehen können, ohne entdeckt zu werden. Dann musste Lisa einen Krankenwagen verständigen und erklären, ihr HIV-infizierter Freund sei schon eine Weile krank gewesen, doch sein Gesundheitszustand habe sich jetzt so verschlechtert, dass er wohl ins Krankenhaus müsse. So einfach konnten sie sich mit ein wenig Glück aus der Affäre ziehen. Der Trønderdialekt, der im Radio erwähnt worden war, hieß nicht zwangsläufig, dass die Bankräuber aus Trondheim kamen. Heutzutage zogen die Leute doch ständig um, und Autos mit Metalliclackierung gab es jede Menge …

Irgendetwas schien Roger plötzlich zu irritieren, ohne dass er sogleich begriff, was es war.

Er zog sich unwillkürlich vom Fenster zurück, ahnte, dass er am Rande des Waldstücks, rechts neben dem Haus, eine Bewegung wahrgenommen hatte. Er kniff die Augen zusammen. Da waren sie wieder, die vagen Umrisse zwischen den Bäumen. Von Einbildung konnte keine Rede sein, denn nach und nach nahmen die Schatten feste Formen an. Er erkannte mehrere Beine. Um Himmels willen. Während er sich hier drinnen seinen Zukunftsträumereien hingab, ging draußen der Feind in Stellung.

Er öffnete den Mund und rief nach Lisa.

Sie antwortete nicht. Sicher schwärmte sie Frank in der oberen Etage davon vor, wie großartig sie das Telefongespräch mit Rønnes gemeistert hatte.

Roger warf seine Kippe in die Spüle und hastete auf den Flur, riss sein Schrotgewehr an sich und stürmte die Treppe hinauf. Das Schlafzimmer, das Frank in Beschlag genommen hatte, lag auf der anderen Seite des Hauses. Es verhielt sich so, wie er vermutet hatte. Lisa kniete auf dem Bett, fuchtelte mit den Armen und gab Kostproben ihres Imitationstalents, während Frank ein kraftloses Lächeln auf sein abgemagertes Gesicht zwang. Sie schien ihm schon längst wieder vergeben zu haben, dass er ihr seine Krankheit so lange verschwiegen hatte.

»Komm mit!«, sagte Roger entschieden. »Ich glaube, wir werden beobachtet.«

Sie sprang auf und folgte ihm in einen Raum auf der gegenüberliegenden Seite des Hauses, in dem sich nichts außer einem wackligen Sofa und einem Bild von Gustav Vasa befand. Er führte sie zum staubigen Fenster und deutete hinaus.

Lisa starrte ein paar Sekunden mit weit aufgerissenen Augen nach unten.

»Der braune Fleck da bei der Baumgruppe?«

»Ja, es müssen mindestens zwei sein.«

Sie drehte ihm das Gesicht zu, kniff ihm zu seiner Verwunderung sanft in die Wange und prustete vor Lachen. Zuerst glaubte er, der Anblick habe einen weiteren hysterischen Anfall ausgelöst, doch unmittelbar darauf begriff er, dass mit seinen eigenen Nerven etwas nicht in Ordnung war.

»So, du meinst, wir werden beobachtet? Kein Wunder, dass sie dich beim Militär rausgeschmissen haben. Dieser Beobachter hat nämlich vier Beine und ein großes Geweih. Mit dem Gewehr kannst du da nichts ausrichten, schon gar nicht auf die Entfernung.«

In diesem Augenblick sah Roger selbst, dass es sich bei dem Feind um ein großes braunes Tier handelte, das gemächlich zwischen den Kiefern umhertrottete, und plötzlich kamen ihm die Worte des Polizisten in den Sinn: *Eine Elchkuh? In dieser Gegend gibt's keine Elche.* Allerdings waren sie jetzt nicht so weit oben, allenfalls 400 Meter über dem Meeresspiegel.

»Meine Nerven«, murmelte er beschämt und sicherte die Waffe.

»Gott sei Dank. Ein Elch ist nämlich die Garantie dafür, dass sich keine Leute in der Nähe aufhalten. Ich sag mal Frank Bescheid. Du hast uns ja einen riesigen Schrecken eingejagt.«

Sie verschwand, während Roger aus dem Fenster blickte und beobachtete, wie das Tier den Kopf hob und sich umblickte. Er blieb stehen und betrachtete den Elchbullen so lange, bis dieser zwischen den Bäumen davontrabte. Das Experiment, dachte Roger, nimmt seinen Gang, ganz gleich, was wir tun. Die Macht des Zufalls kann niemand beeinflussen.

Aber stimmte das wirklich? Irgendwo hatte er gelesen, dass der Zweite Weltkrieg vielleicht ausgeblieben wäre, wenn man den jungen, kunstinteressierten Adolf Hitler an der Wiener Akademie aufgenommen hätte. Als Künstler wäre Hitler nie über das Mittelmaß hinausgelangt, das sahen die Professoren, die einen Blick auf seine Skizzen warfen, sofort, doch wie hätten sie ahnen können, dass die Ablehnung der Auslöser einer Karriere von ganz anderen Dimensionen werden sollte? Waren einige der Akademiemitglieder so alt geworden, dass sie die fürchterlichen Konsequenzen ihrer Entscheidung noch erlebt hatten? Oder spielte ihre Entscheidung für den Verlauf der Geschichte überhaupt keine Rolle? Hätte sich dann irgendein anderer Fantast zum Massenmörder entwickelt?

Als er kurz darauf mit dem Gewehr nach unten kam, fragte er Lisa nach ihrer Meinung, doch sie konnte mit diesem Thema nichts anfangen. Sie war mehr mit der Frage beschäftigt, was sie jetzt tun sollten, meinte, dass niemand von ihnen munter genug war, um sich hinter das Steuer zu setzen und dass sie sich ein paar Stunden ausruhen sollten, bevor sie sich auf die letzte Etappe begaben, die sie zum Ausgangspunkt ihrer Reise zurückbringen würde.

»Außerdem habe ich das Gefühl, wir sollten im Schutz der Dunkelheit zurückfahren«, fügte sie hinzu.

»Willst du nicht auch ein bisschen schlafen?«

»Irgendjemand muss doch die gefährlichen Elche in Schach halten. Ich kann auch im Auto die Augen zumachen.«

Er nickte, lächelte matt, rollte sich auf dem Sofa zusammen und zog eine zottige, mit Fettflecken gesprenkelte Decke über sich. Wieder einmal hatte Lisa ihm neuen Mut machen können. Sie hatten nach wie vor alles in der Hand und mussten sich nur von den übertriebenen Vorstellungen verabschieden, die sie sich von den Möglichkeiten der Polizei gemacht hatten. Lisa hatte schließlich bewiesen, dass Rønnes & Co im Dunkeln tappten. Der Elch war das Signal, dass sie besseren Zeiten entgegengingen.

Fröstelnd lag er eine Zeit lang wach, während er über Adolf Hitler, Elche, Schrotpatronen, Greenwich Village, Aids und den Tod fantasierte. Die Bilder wechselten in rascher Folge und waren so eindringlich, dass er glaubte, nicht schlafen zu können. Schließlich fiel er doch in Schlaf, wenn dies auch länger dauerte als gestern in Funäsdalen. Und während Roger traumlos vor sich hin dämmerte, rang Frank eine Etage höher um Luft und warf sich schlafend von einer Seite auf die andere.

In den nächsten fünf Stunden war Elisabeth Kristina Studsvik, geboren in Stockholm, die einzig wache Person in einer gewissen Sommerhütte nördlich von Duved. Sie schaltete den alten Schwarzweißfernseher mit dem knisternden Ton an, doch bei der Reportage aus

Ruanda, wo Tutsis und Hutus sich mit europäischen Waffen gegenseitig abschlachteten, zog sich ihr Magen zusammen. Sie trank eine Tasse Kaffee und rauchte ein paar Zigaretten. Dann füllte sie eine Schüssel mit warmem Seifenwasser und reinigte das Auto von innen. Wobei sie sich fragte, ob es wirklich die richtige Entscheidung war, nach Trondheim zurückzukehren, doch zumindest sollten keine Spuren im Wagen auf die Täter hinweisen, wenn der Corolla gefunden wurde. Danach entfachte sie ein Feuer im weißen Kachelofen, dem schönsten Einrichtungsstück in dem heruntergekommenen Wohnraum, und warf, als das Feuer richtig loderte, einen VIF-Trainingsanzug nach dem anderen in die Flammen. Ihnen folgten die Strumpfmasken. Das letzte Kleidungsstück, das zu Asche wurde, war eine schwarze Polizeimütze mit Schirm. Dann ging sie in den ersten Stock, schaute nach Frank, legte ihm vorsichtig ihre Hand auf die Stirn und konstatierte, dass sie zumindest nicht wärmer geworden war. Die Krankheit, unter der er litt, versuchte sie zu verdrängen, dachte daran, dass er es immer sehr genau mit seiner Hygiene genommen und stets ein Kondom benutzt hatte. Dennoch war sein Schweigen ein ernstes Vergehen gewesen. In den nächsten Tagen würde sie einen Aidstest machen lassen; ein Leben in Ungewissheit konnte sie nicht ertragen. Sie hatte Frank Bramvåg geliebt, aber jetzt war sie sich ihrer Gefühle nicht mehr sicher. Was hatte sie ihm außer der großartigen Woche in London eigentlich zu verdanken? Sowohl sie als auch Roger waren seinem Egoismus zum Opfer gefallen, hatten sich zu einem Abenteuer mit fürchterlichem Ausgang hinreißen lassen. Frank hatte solche Macht über sie gehabt, dass sie Mord als Problemlösung akzeptiert hatten. Mit einer unscheinbaren Kopfbewegung hatte er auch sie zum Töten verleitet, und als sei sein Wille die Lunte in ihrem Hinterkopf, hatte sie Roger überredet, dasselbe zu tun. Eines war sicher: Frank würde sterben. Ihr schauderte, während sie sich hinausschlich und die Treppe hinunterging. Als sie sich in den Schaukelstuhl setzte und den schlafenden Roger betrachtete, wusste sie, dass sie es tat, weil sie ihn als zukünftigen Partner in Erwägung zog. Denn unter keinen Umständen konnte sich Elisabeth Kristina Studsvik vorstellen, alleine zu sein. Aus peinigender Angst vor der Einsamkeit hatte sie sich in den letzten Jahren von einer Beziehung in die nächste gestürzt. Aufgrund dieser Schwäche, für die ihre Eltern nie Verständnis gezeigt hatten – obwohl sie diese doch mit verursacht hatten –, war sie bei der Wahl ihrer Partner nie besonders wählerisch gewesen. In diesem Moment bedauerte sie es zutiefst, dass sie Roger nicht vor Frank kennen gelernt hatte. Dann hätte sich vieles anders entwickelt.

Um vier Uhr wärmte sie Frikadellen aus der Dose in einem kleinen Emailtopf und kochte Spaghetti, während sie die schwedischen Radionachrichten hörte. Unter anderem wurde gemeldet, ein Mann aus Røros sci am Vormittag bei einem Autounfall in der Nähe von Medskogen, nordöstlich des Sees Lossen, ums Leben gekommen. Danach wurde ein Interview mit dem Bürgermeister von Trondheim gesendet, der sich nach seinem Besuch in Östersund sehr wohlwollend über die Bewerbung der schwedischen Stadt als Ausrichter olympischer Winterspiele äußerte. Kein Wort über die Flutkatastrophe in den Niederlanden und kein Wort über die intensive Jagd der norwegischen Polizei auf die drei jungen, schießfreudigen Bankräuber.

Nachdem sie den Tisch gedeckt hatte, entschied sie sich, Frank und Roger zu wecken. Nach dem Essen war es Zeit, den Heimweg anzutreten.

Sie summte ein Lied von Evert Taube, während sie die Treppe hinaufging. Als sie neben dem Bett stand, wurde sie von einem sonderbaren Gefühl der Rührung ergriffen und war voller Mitleid mit dem Mann, der still auf der Seite lag und ihr den Rücken zukehrte. Ein erwachsener Junge, dessen Kindheit noch deprimierender gewesen war als ihre eigene, so erbärmlich, dass er fast nie darüber redete.

»Frank«, sagte sie sanft und strich ihm über die schwarzen Haare.

Er rührte sich nicht. Sollte sie ihn noch eine Weile schlafen lassen? Dann beugte sie sich über ihn und sah, dass seine Augen offen standen und sein Blick auf das Fenster und die Kiefernwipfel gerichtet war. Nein, nicht auf die Kiefernwipfel, das begriff sie, als sie sich zu ihm hinunterbeugte, um ihn wach zu küssen. Frank starrte auf etwas, das viel weiter entfernt war. Sie fragte sich, woran er gedacht haben könnte, unmittelbar bevor er starb.

Danach ging sie hinunter und weckte Roger.

# 22

Die folgende Diskussion drehte sich ausschließlich um Aspekte der Zweckmäßigkeit. Falls jemand von ihnen moralische Bedenken oder Skrupel hatte, versuchte er diese sorgfältig zu verbergen.

Lisa war dafür, Frank in Schweden zurückzulassen.

Weil der gefrorene Boden es nicht zuließ, die Leiche vor dem Haus zu begraben, meinte Lisa, man könne sie ebenso gut im Haus liegen lassen. Wenn sie wieder in Trondheim waren und die notwendigen Vorsichtsmaßnahmen getroffen hatten, konnte sie die Polizei verständigen, Frank als vermisst melden und sagen, sie habe ihn seit Tagen nicht gesehen. Bevor es Frühling wurde und Bibbi und Kalle Lust bekamen, nach ihrer Hütte zu schauen, würde Frank sicher nicht gefunden werden.

Dem Hüttenbuch zufolge war es fünf Jahre her, dass sie im Winter dort gewesen waren. Wenn das Paar irgendwann die Leiche in einem ihrer Betten vorfand, würde die Frage, wie der Norweger Frank Bramvåg dorthin gekommen war, ein unheimliches, doch ewig ungelöstes Rätsel bleiben. Im äußersten Fall war Lisa auch bereit, den toten Freund irgendwo in der »Natur« zurückzulassen – sie vermied es sorgsam, von Schmeißfliegen oder Aasfressern zu sprechen –, die ihren Teil dazu beitragen würde, die Leiche rasch unkenntlich zu machen.

Dass Roger dafür plädierte, Frank im Auto mit nach Trondheim zu nehmen, lag nicht daran, dass er Bibbi und Kalle den ekelhaften Anblick und Geruch ersparen wollte. In Trondheim konnte Lisa den Notarzt verständigen und im Übrigen so tun, als habe sie Frank tot im Bett gefunden, nachdem sie ein paar Stunden fort gewesen sei. Natürlich habe sie gewusst, dass er krank war – sie selbst habe tagelang mit einer Grippe zu kämpfen gehabt –, doch wenn der Arzt die Todesursache bekannt gab, würde sie so tun, als sei sie schockiert. Nein, von seiner Aidserkrankung habe sie wirklich nichts geahnt. Roger meinte, es würde Lisa in solch einer Situation nicht schwer fallen, die Fassungslosigkeit, die sie selbst erlebt hatte, nochmals überzeugend zum Ausdruck zu bringen. Wegen Franks Vorstrafen würde sich vielleicht auch die Polizei einschalten, doch würde niemand auf den Gedanken kommen, dass ein Aidskranker im letzten Stadium einen Banküberfall verüben konnte, geschweige denn in der Lage war, durch die Lande zu fahren und Menschen zu liquidieren.

Lisa hielt dem entgegen, der Arzt würde sicherlich stutzig werden, dass sie ihren Freund mehrere Stunden allein gelassen hatte, während dieser unter hohem Fieber litt. Er könnte Verdacht schöpfen, weil sie nicht schon früher Hilfe geholt hatte. Außerdem sah sie sich außerstande, mit einer Leiche auf dem Rücksitz nach Hause zu fahren. »Schade, dass es hier keine Katakomben gibt«, sagte sie lächelnd, um einen Weinkrampf zu vermeiden.

Und so bekam sie ihren Willen. Nachdem sie eine Weile schweigend im lauwarmen Essen gestochert hatten, hoben sie ihre Köpfe und blickten einander an. Anstatt sich eine Zigarette anzuzünden, holte Lisa ihre

Schminksachen und begann sich die Lippen nachzuziehen. Roger verstand das Signal und zog automatisch seinen Kamm ein paarmal durch seine Haare.

»Als Kind«, erzählte Lisa, »habe ich es geliebt, Beerdigungen zu inszenieren. Tote Spatzen wurden in mit Watte ausgekleidete Schuhkartons gelegt. Wir bildeten eine Prozession, warfen Erde ins Grab und sangen Lieder. Diesmal werden wir es ein wenig einfacher halten.«

Ohne duftende Blumensträuße gingen beide langsam die Treppe zum ersten Stock hinauf. Bei zunehmender Dunkelheit – sie waren sich einig, drinnen kein Licht anzuzünden – standen sie dicht beieinander in der schmutzigen, düsteren Kapelle und betrachteten den Leichnam. Rogers Meinung nach hatte der Anblick weder etwas Unheimliches noch Abstoßendes. Der Anblick von Jøran hingegen, vor ein paar Monaten … Sein Gesicht war kein Gesicht, sondern nur mehr ein blutverschmierter Krater gewesen. Der Schock hatte Roger vollkommen aus dem Gleichgewicht gebracht, doch es hatte nicht lange gedauert, bis er anfing, den Freund zu beneiden. Jøran hatte gezeigt, dass es möglich war.

Lisa trat ans Bett und schloss dem Toten die Augen. »Er hat geschlafen, als ich letztes Mal bei ihm war«, sagte sie. »Wir haben uns gar nicht mehr von ihm verabschieden können. Ich dachte, er wäre auf dem Wege der Besserung.«

»Ja.«

»So schade, dass der Bengel nicht noch ein bisschen weiterleben durfte.«

»Ja.«

»Im Grunde war Frank ein schrecklich lieber Kerl.«

Roger brachte keine weiteren Jas mehr über die Lippen. Er spürte, wie ihm Tränen in die Augen schossen, und wünschte sich weit, weit weg.

»Er hätte ein schöneres Ende verdient gehabt«, sagte Lisa, bevor sie sich erneut zu ihm hinunterbeugte, die Decke bis an sein Kinn zog und ihn gut einpackte, als wäre er ein kleines Kind, das warm gehalten werden musste.

Dann küsste sie ihn auf die Wange und zog sich zu Roger zurück. Während sie sich Trost suchend an ihn drückte, sah sie in einem kurzen, fürchterlichen Augenblick die Verwandten und Freunde der vier anderen Toten vor sich und wurde von Übelkeit gepackt. Kurz darauf hatte sie ihren Realitätssinn wiedergefunden. Sie löste sich von Roger, durchwühlte alle Taschen der Jacke, die über einer Stuhllehne hing, nahm seine Brieftasche an sich, trat ans Fenster und untersuchte genau deren Inhalt. Roger verstand. Sie wollte sich vergewissern, dass sie keine Papiere enthielt, die mit dem Banküberfall in Verbindung gebracht werden konnten. Danach ließ sie die Brieftasche wieder in der Jackentasche verschwinden. Auch dies verstand Roger. Wenn die Leiche eines Tages gefunden würde, sollte an der Identität des Toten kein Zweifel bestehen. Frank, beziehungsweise seine irdischen Reste, sollten in norwegischer Erde bestattet werden, und Lisa wollte an der Beerdigung teilnehmen, wenn es so weit war. Sie untersuchte auch den Inhalt seiner Reisetasche und sagte, die könne neben dem Bett stehen bleiben, das sei das »Natürlichste«.

Als sie wieder unten waren, bat sie Roger, alle Stellen abzuwischen, an denen sie Fingerabdrücke hinterlassen haben könnten. Sie selbst wusch Tassen, Schüsseln und Besteck ab, die sie benutzt hatten. Als sie meinten, sie seien fertig, zogen sie fast mechanisch die schwarzen Handschuhe an, suchten ihre Sachen zusammen, schlossen die Tür von außen ab und setzten sich nebeneinander ins Auto. Dort zündeten sich beide eine Zigarette an.

Dann startete Roger den Motor. Die Uhr auf dem Armaturenbrett zeigte 17.33. Es war nun vollkommen dunkel. Er blickte verstohlen zu Lisa hinüber, als wolle er prüfen, wie sie sich fühle.

»Sicher, dass wir nichts vergessen haben?«, fragte er mit gepresster Stimme.

Sie zuckte die Schultern, worauf der Corolla sich in Bewegung setzte, ums Haus herum und auf den Weg rollte. Eine Viertelstunde später hatten sie die E 14 erreicht. Niemand von ihnen sagte ein Wort. Als Roger die Keith-Jarrett-CD anmachen wollte, schüttelte Lisa den Kopf. Vielleicht fand sie diese Musik in einem solchen Moment unpassend. Als wäre Madonna jetzt besser gewesen!

Roger spürte, dass seine Haut kalt und schwitzig war, als sie sich Storlien näherten. Nicht, weil er Schwierigkeiten an der Grenze befürchtete oder es glatt auf der Straße war, sondern weil seine Gedanken ein weiteres Mal um die Frage kreisten, worauf er sich in den letzten Tagen nur eingelassen hatte, und die Antwort deprimierte ihn zutiefst. Drei Tage waren jetzt vergangen, seit sie sich überglücklich Einlass in eine Hütte nahe Oppdal verschafft hatten. Nur drei Tage! Er musste genau nachrechnen, um sicherzugehen, dass es auch stimmte. Die Odyssee näherte sich ihrem Ende, und er hätte alles darum gegeben, die Zeit zurückstellen und alles ungeschehen machen zu können. Der Banküberfall an sich war das Einzige, das er nicht bereute. Natürlich sah er ein, dass ohne den Banküberfall alles andere nicht geschehen wäre. Wieder dachte er an den

Kochtopf mit dem heißen Kakao. Er hatte den Augenblick der Stille überhört, die dem Überkochen vorausging. Doch wie sollte man die Stille hören?

Es ging um das ewige Problem des Unabänderlichen. Darum, dass sich alles anders entwickelt hätte, wenn dies und jenes nicht passiert wäre, wenn sie bereits am Anfang die Konsequenzen ihrer Tat hätten voraussehen können. Wenn der Filialleiter beispielsweise alleine in der Bank gewesen wäre, hätte es keine Verwicklungen gegeben. Wenn Frank nicht so hart zugeschlagen hätte, würde der Tod seiner Frau nicht auf ihrem Gewissen lasten. Wenn der Sturm – den sie fälschlicherweise als Verbündeten angesehen hatten – an einem anderen Tag gekommen wäre, hätte Ola Brendhaug niemals an ihrer Hüttentür geklopft. Wenn Lisa sich nicht verplappert hätte, hätte er wohl nie erfahren, was für Leute sich in der Hütte aufhielten. Wenn er selbst nicht in die Schneewehe gefahren wäre, hätte sich der Fahrer des Räumfahrzeugs nicht ihr Kennzeichen notieren können. Wenn sie die Cafeteria in Dombås nicht besucht hätten, hätten sie den Streifenwagen in Richtung Dovre weit hinter sich gelassen. Wenn Frank sein Überholmanöver nicht gestartet hätte, wäre das Leben des Polizisten Henrik nie in Gefahr gewesen. Wenn Lisa nicht kurze Zeit später auf ihn gefeuert hätte, wäre er immer noch am Leben. Wenn der Mann an der Tankstelle nicht zufällig sein Onkel gewesen wäre, hätten sie unbehelligt nach Schweden kommen können. Wenn er seinem Onkel nicht mit dem Schraubenschlüssel den Kopf eingeschlagen hätte, wäre er kein Mörder.

*Mörder.*

Diese schreckliche Erkenntnis hatte er eine Zeit lang verdrängen können, als hätte er den Vorgang nur als unbeteiligter Zuschauer miterlebt. Doch jetzt drängte sich das Wissen um seine Tat so brutal in sein Bewusstsein, dass er am liebsten laut aufgeschrien hätte vor Verzweiflung.

Plötzlich, aufgrund einer mehrtägigen Autotour, gehörte er der untersten Gesellschaftsschicht an, war ein Paria geworden, ein gewissenloser junger Mann, der sofort gewalttätig wurde, wenn ihm jemand den Weg versperrte. Vor drei, vier Tagen noch hatte er jede Form der physischen Gewalt abgelehnt und es sich nicht vorstellen können, jemals andere Menschen vorsätzlich zu verletzen oder gar zu töten. Nur ein einziges Mal hatte er eine Waffe auf jemand gerichtete, und zwar auf sich selbst. Doch eines hatte das andere nach sich gezogen. Ließ man sich erst einmal auf unvorhersehbare Abenteuer ein, noch dazu mit einem Kranken als Chef, brauchte man sich über die Folgen nicht zu wundern. Die meisten Handlungen hatten sie sich selbst zuzuschreiben, wenngleich es auch unglückliche Umstände gegeben hatte.

Im Grunde war Franks Krankheit die Ursache allen Übels gewesen. Ein gesunder und ausgeruhter Frank hätte die ganze Aktion sorgfältiger und klarer geplant. Ein gesunder Frank hätte vielleicht gar nicht mit dem Gedanken gespielt, eine Bank auszurauben.

Solche Gedankenspiele hätte Roger bis in alle Ewigkeit fortsetzen können. Wusste auch genau, dass er allen Grund zur Verbitterung gegenüber einer gewissen Alkoholikerin hatte. Hätte er eine andere Mutter gehabt, eine, die sich seiner liebevoll angenommen hätte, wäre er nicht auf die Idee gekommen, sich das Leben zu nehmen, und wäre auch Frank nicht begegnet. Und hätte er das Gewehr seines Vaters nicht aufgehoben, hätte Frank ihm nicht ermöglicht, sich am Überfall zu beteiligen. Doch in welchem Maß durfte man anderen die Schuld in die Schuhe schieben?

*Eigentlich wäre ich schon tot.*

Roger war so in Gedanken, dass er fast nicht bemerkte, dass sie bereits die Zollstation in Storlien erreicht hatten. Als er die Schilder registrierte, die zur Verlangsamung der Geschwindigkeit aufforderten, war er automatisch vom Gas gegangen, doch als er die kleinen, Pavillons gleichenden Grenzhäuschen passierte, unternahm niemand den Versuch, ihn anzuhalten. Erst Lisa brachte ihn wieder in die Realität zurück, als sie die Scheibe herunterkurbelte und etwas aus dem Fenster warf.

»Was war das?«

»Die schwedische Straßenkarte. Wir sind nie in Schweden gewesen.« Dann streckte sie den Arm aus und stellte das Radio an. »Wenn es Neuigkeiten über uns gibt, sollten wir das wissen.«

Sie wechselte von einem Sender zum anderen, fand jedoch nur Musik. Blieb bei Eric Clapton hängen, für den Roger nicht viel übrig hatte.

»Vielleicht sollten wir Franks Radio ebenfalls einschalten und den Polizeifunk abhören«, sagte er.

»Oh, das habe ich in seiner Tasche gelassen.«

»Verdammter Mist. Wahrscheinlich mit seinem Anteil an der Beute, damit es ihm im Paradies richtig gut geht, was?«

»Du spinnst wohl! Ich habe die Adidastasche nicht geöffnet. Die liegt immer noch im Kofferraum.«

»Entschuldige.«

»Du kriegst die Hälfte seines Gewinns.«

»So war das nicht gemeint.«

»Jetzt gibt es nur noch uns beide.«

Im Moment war er nicht in der Lage, sich über das

zusätzliche Geld zu freuen. Sie sah es anscheinend als selbstverständlich an, dass sie jetzt ein Paar waren. Vielleicht waren sie das auch. Eine Rückkehr zu Heidi war ausgeschlossen. Sie hatte ihn rausgeworfen. Ohne Pardon, ohne Verständnis. Sollte er ihr irgendwann in der Stadt begegnen, würde er sie ignorieren. Wenn sie nur wüsste, dass er bereits mit dem geladenen Gewehr in seiner Wohnung …

»Eric Clapton«, sagte Lisa, »ist ein super Gitarrist, findest du nicht?«

»Doch.«

Wie konnte sie nur so unbeschwert sein? Hatte ihr Frank denn gar nichts bedeutet? Er selbst fühlte sich ausgelaugt. Dass er am ganzen Körper zitterte, lag aber nicht an Franks Tod oder der Tatsache, dass alles bald vorbei sein würde. Er fragte sich, ob es ihm gelingen würde, die Übelkeit loszuwerden, bis sie in Trondheim ankamen.

Als sie das Tal auf der norwegischen Seite erreichten, wurde die Straße noch glatter. Die Fahrbahn war schneefrei, doch von einer dünnen Eisschicht überzogen, die ihn zwang, deutlich unter 80 km/h zu bleiben. Schließlich wollten sie am Ende ihrer Reise nicht noch im Graben landen.

»Bedeutet das Licht, dass wir Benzin brauchen?«, fragte Lisa.

Er nickte, hatte gar nicht bemerkt, dass die orangefarbene Lampe leuchtete. Das hätte noch gefehlt, wenn ihnen auf der Straße das Benzin ausginge, jetzt, da ihnen vor allem daran gelegen war, unbemerkt in die Stadt zu gelangen.

Sie tankten in Meråker. Das Mädchen hinter der Kasse blickte kaum zu Roger auf, als er das Geld über die Theke schob. Jetzt waren es keine hundert Kilometer mehr.

Um kurz nach acht würden sie zu Hause sein. In der Nähe von Hegra fanden sie einen Nachrichtensender:

*»Die mit einem Schrotgewehr verübten Morde in Oppdal und Dombås sind immer noch nicht aufgeklärt, doch die Polizei vermutet weiterhin, dass sie von denselben Personen begangen wurden, die am Dienstagnachmittag eine Bank in Heimdal ausgeraubt haben. Auch von dem in Trondheim gestohlenen Toyota Corolla fehlt jede Spur, doch mehren sich die Hinweise, dass es sich um denselben Wagen handelt, der im Laufe des Mittwochabends in Sunndalen und später in Dombås gesehen wurde. Ein umfangreiches Polizeiaufgebot befindet sich im Einsatz, doch Identität und Aufenthaltsort der Bankräuber sind nach wie vor unbekannt. Am Vormittag ging beim Polizeipräsidium in Trondheim die Meldung ein, drei norwegische, mit Schrotgewehren bewaffnete Jugendliche seien in der Gegend um Stockholm gesichtet worden. Diese Meldung hat sich inzwischen als falsch herausgestellt, und die Polizei will nicht ausschließen, dass sie von den Bankräubern selbst in Umlauf gebracht wurde …«*

»Na, was hab ich gesagt?«, triumphierte Lisa. »Sie tappen immer noch im Dunkeln, und das wird auch so bleiben.«

Auch Roger war nun etwas besser zumute. Dass der Autounfall in Schweden nicht erwähnt wurde, bedeutete, dass die Polizei den Tod von Magnus Dalvang nicht mit ihnen in Verbindung brachte. Hauptkommissar Rønnes begriff offenbar nicht einmal, dass sie wirklich in Schweden gewesen waren, als Lisa ihn angerufen hatte.

*»… Geir Morten Hultgård, was für eine Erklärung haben Sie als Psychologe dafür, dass junge Menschen, die eine Bank ausgeraubt haben, sich am Ende so verzweifelt fühlen, dass sie die Menschen, die ihnen in die Quere kommen, einfach umbringen?«*

*»Die Tatsache an sich ist ja nichts Neues, auch wenn wir hierzulande von solchen Vorfällen bisher weitgehend verschont geblieben sind. Ich gehe davon aus, dass die Bankräuber zunächst nicht beabsichtigt hatten, jemand das Leben zu nehmen. In der Regel kalkulieren die Täter nicht einmal die Möglichkeit mit ein, sie könnten in eine Situation geraten, die sie selbst in Gefahr bringt. Doch wenn es so weit kommt, dann ist es vermutlich die reine Angst, die sie antreibt.«*

Angst? Roger war sich nicht sicher.

*»Die Triebfedern sind also nicht Hass, Zynismus, der Drang zu töten?«*

*»Ein gewisser Zynismus bleibt natürlich nicht aus, wenn sie sich in die Ecke gedrängt fühlen.«*

*»Aber warum töten anstatt sich der Polizei zu stellen? Woher kommt dieser völlige Mangel an Respekt vor dem Leben anderer, Herr Hultgård?«*

*»Der Glaube, durch einen Mord seine eigene Haut zu retten, kann in Besessenheit ausarten. Außerdem müssen wir uns vergegenwärtigen, dass es vielen jungen Menschen heutzutage immer schwerer fällt, zwischen Fiktion und Wirklichkeit zu unterscheiden. Gewisse Spielfilme und Videos fördern Gefühlskälte, schwächen den ererbten Respekt vor dem Leben und setzen Hemmschwellen herab. Die Auffassung der Realität hängt schließlich von …«*

»Scheiß Moralist«, knurrte Lisa und stellte das Radio ab. »Gefühlskälte, dass ich nicht lache. Habe ich etwa keine Gefühle? Warum sagt er nicht die Wahrheit – dass manche Leute ihr beschissenes Leben einfach nicht mehr aushalten? Dieser Kerl hat bestimmt ein schönes Zuhause gehabt und ist immer nur mit Samthandschuhen angefasst worden. Der hat doch überhaupt keine Ahnung von den Leuten, über die er so einen Schwachsinn verbreitet, weiß nichts von so verkrachten Existenzen, wie wir es sind.«

Der Himmel über ihnen hatte sich bedeckt und war jetzt dunkler als der Asphalt. Doch der Himmel vor ihnen, der weit entfernt im Westen lag, schimmerte im Widerschein der Lichter von Trondheim in warmem Gelb. Der Anblick gab Roger einen Stich; unwillkürlich drückte er das Gaspedal weiter nach unten.

Wie ein riesiger Bernstein, dachte er.

# 23

An diesem Freitagabend parkte einer der neu hinzugezogenen Streifenwagen der Polizei zwischen Voldsminde und der Lademoen Kirche in Trondheim. Die junge Beamtin, die neben ihrem männlichen Kollegen auf dem Beifahrersitz saß, war vermutlich die einzige Person in der Stadt, die dem silbergrauen Pkw mit den zwei Insassen mehr als einen Blick schenkte. Sie tat dies, weil sie soeben darüber aufgeklärt worden war, dass nach einem Fahrzeug desselben Fabrikats mit höchster Dringlichkeitsstufe gefahndet wurde, doch nachdem sie gesehen hatte, dass es sich um ein schwedisches Kennzeichen handelte, wandte sie sich wieder dem Gespräch mit ihrem Kollegen zu.

Vor ihnen wechselte der Corolla die Fahrspur, bog nach rechts ab und überquerte die Brücke über den Nidelv. Am modernistischen Bahnhofsgebäude, dessen Neubau erst kürzlich acht bis zehn Ulmen zum Opfer gefallen waren, fuhr das Auto über den Kanal und dann die Fjordgata hinunter. Nachdem es Ravnkloa passiert hatte, wo ein paar Eisenten im dunklen Wasser vor sich hin dümpelten, drosselte es spürbar die Geschwindigkeit. In der Sandgata, in Richtung Skansen, schien der Toyota regelrecht zu zögern.

Ungefähr zur selben Zeit erzählte der Beamte im Streifenwagen seiner jungen Kollegin die vergnügliche, aber auch peinliche Geschichte, dass Christian Rønnes höchstpersönlich einer Anruferin auf den Leim gegangen war, die behauptete hatte, die drei Bankräuber seien in der Gegend um Stockholm gesehen worden. Erst nach einer Stunde habe der erfahrene, aber viel zu leichtgläubige Rønnes begonnen, den Braten zu riechen. Die Behörden in Oppdal, Dombås und Oslo seien bereits benachrichtigt gewesen, ehe ein Kontrollanruf in Stockholm ans Tageslicht gebracht habe, dass eine Kriminalkommissarin namens Greta Hedström nicht existiere.

Die Beamtin war wie elektrisiert. Vielleicht, dachte sie, war der Anruf wirklich aus dem Nachbarland gekommen. Vielleicht hatte das weibliche Bandenmitglied nur angerufen, um den Eindruck zu erwecken, sie seien inzwischen in Schweden. Ihrer Meinung nach bestand eine mikroskopisch kleine Chance, dass der silbergraue Corolla, den sie gerade gesehen hatte, das Gegenteil bewies. Zu dieser Jahreszeit wimmelte es nicht gerade von schwedischen Autos in Trondheim. Doch sie fragte sich, ob sie diesen Gedanken äußern sollte. Am Ende würde sich die ganze Angelegenheit nur zu einer neuen Peinlichkeit entwickeln.

Währenddessen rollte der Corolla im Schneckentempo auf die rechte Fahrbahntrasse der Sandgata, die am Kanal entlangführte, fuhr über die Skansenbrücke, setzte seine Fahrt aber nicht in Richtung Kongens gate fort, sondern bog scharf links ab, kümmerte sich nicht um das Schild »Einfahrt verboten«, fuhr weiter bis zum Trondheim Hospital, dem kommunalen Pflegeheim für ältere Menschen, wo der Wagen ein weiteres Mal links abbog, um schließlich in der kurzen Batteriveita zum Stehen zu kommen. Die Scheinwerfer erloschen, und eine junge Frau in Jeans und Lederjacke sprang aus dem Wagen. Nach wenigen Metern erreichte sie die Stelle, an der die Sandgata ihren Anfang nahm. Auf der anderen Seite des Kanals glitt eine gelbe Rangierlokomotive vorbei. Sie blieb stehen und traute sich erst aus der engen Gasse heraus, als ein Pulk von Autos, die vor der Ampel in der Tordenskiolds gate gestanden hatten, die Kreuzung passiert hatte. Dann eilte sie zu einem der kleinen Holzhäuser in der Sandgata, öffnete einen Flügel des Eingangstors und hastete an grünen Briefkästen und einer Tür vorbei, an der sich ein Messingschild mit der Aufschrift T. Olsen befand. Sie schlich sich vorsichtig in den engen Hinterhof, wo eine schmutzige Laterne einen Mülleimer und einen Haufen mit Holzabfällen in trübes Licht tauchte. Der schwache Lichtschein, der von einem Fenster mit vorgezogener Gardine ausging, signalisierte ihr, dass die Wohnung dahinter – ihre eigene Wohnung – unverändert war. Sie schloss behutsam die Haustür auf, zu der es keine Klingel gab, registrierte denselben muffigen Geruch, der ihr vor kurzem in einem schwedischen Sommerhaus begegnet war, und schaltete das Deckenlicht in dem senffarbenen Gang ein. Von diesem zweigten vier Türen ab: zwei zu den Wohnungen, eine zu der kleinen Gemeinschaftsküche und eine weitere zu dem kümmerlichen Abteil mit WC und Dusche, das Olsen bei der Besichtigung als »Badezimmer« bezeichnet hatte.

Mit wenigen Blicken hatte sie sich vergewissert, dass alles war wie zuvor. Der Anblick des breiten, nachlässig gemachten Betts, das sie in letzter Zeit mit einem Kerl namens Frank Bramvåg geteilt hatte, gab ihr einen Stich, doch das Bewusstsein, dass Roger und sie unbehelligt in ihre Wohnungen zurückkehren konnten, half ihr über die Trauer hinweg.

Draußen im Hof öffnete sie den Briefkasten. Der einzige Brief, der darin lag, war die Stromrechnung des

Elektrizitätswerks. Sie steckte ihn in die Tasche und klingelte bei Olsen. Wie zu erwarten, musste sie mehrmals läuten, bevor der dreiundsechzigjährige Mann etwas hörte und die Tür öffnete. Er stand in flammend roter Strickjacke vor ihr, während ihm seine grauen Haarsträhnen wie tote Gräser in die Stirn hingen, und wirkte wie üblich nicht besonders entgegenkommend. Für ihn war jetzt Fernsehzeit.

»Ach, Sie sind's, Frau Studsvik.«

»Ich wollte mich erkundigen, ob jemand nach mir und Frank gefragt hat?«

»Bitte?«

»HAT JEMAND NACH UNS GEFRAGT?«

»Nein, es fragt nie jemand nach Ihnen.«

»Hat auch niemand angerufen?«

»Angerufen?«

»Ja, ANGERUFEN!«

»Nein, niemand hat angerufen, während Sie in Oslo waren.« Er machte Anstalten, die Tür wieder zu schließen.

»ICH KONNTE NICHT NACH OSLO!«

»Wie schade für Sie.«

»Ich war krank und musste im Bett bleiben.«

»Was?«

»ROGER DALVANG UND ICH LAGEN KRANK IM BETT!«

»Das tut mir Leid für sie. Mir geht es prächtig.« Er ließ die Klinke für einen Moment los, fuhr sich mit der Hand durch die grauen Haarsträhnen und sagte: »Dalvang, ja. Gestern Abend war eine junge Frau hier und hat nach ihm gefragt.«

»Hat sie ihren Namen gesagt?«

»So eine kleine Maus mit dunklem Pagenkopf.«

»HAT SIE IHREN NAMEN GESAGT?«

»Nein, warum sollte sie?«

Darauf wurde die Tür zugeknallt. Elisabeth Kristina Studsvik war zufrieden. Sie hatte erfahren, was sie wollte, und mitgeteilt, was sie beabsichtigt hatte. Sie ging zu Roger zurück und teilte ihm mit, alles sei in Ordnung. Beide holten sie die Taschen aus dem Kofferraum und trugen sie unbemerkt in den Hof.

Nachdem sie wohlbehalten in der Wohnung angekommen waren, sagte sie: »Ich werde Frank erst als vermisst melden, wenn du zurück bist.«

Roger verlor keine Zeit. Er nickte, verließ die Wohnung und stieg in den Wagen. Er mied das Zentrum und nahm den Weg über Leüthenhaven und die Prinsens gate. Zuckte zusammen, als ihm auf der Elgeseterbrücke ein Streifenwagen entgegenkam, der jedoch keine Anstalten machte, umzudrehen und die Verfolgung aufzunehmen. Auf der anderen Seite des Flusses bog er nach rechts ab und folgte der Klostergata, bis er zu dem großen Parkplatz hinter der Nidarøhalle gelangte, auf dem ein paar Autos unmittelbar vor der Halle standen. Er parkte in größtmöglicher Entfernung hinter einem Erdwall am Fluss. An diesem Ort, den er von früher her kannte, musste sich alles ungestört erledigen lassen. Lisa hatte vorgeschlagen, den Wagen zu Hause in den Innenhof zu fahren und dort die Nummernschilder auszutauschen, doch Roger meinte, es bestünde das minimale Risiko, dass Olsen doch einmal aus dem Fenster schaute, auch wenn er sich normalerweise nicht vom Fernseher weg bewegte.

Er stieg aus, ließ seinen Blick über die schneebedeckte Fläche schweifen und lauschte dem leisen Geschnatter der Enten, die im Halbdunkel vorüberschwammen. Dann ging er in die Knie und begann das Vorderschild abzuschrauben. Nach wenigen Minuten hatte er beide

Schilder entfernt und brauchte nur unbedeutend länger, um die alten wieder anzuschrauben. Schnell trat er an den Fluss und warf die überflüssigen Metallplatten ins Wasser. Er vernahm das schwache Platschen wie ein Ausrufezeichen und atmete tief durch. Vor unendlich vielen Jahren hatte er an genau dieser Stelle eine zappelnde Lachsforelle aus dem Wasser gezogen.

Dann drehte er sich um und ging zum Auto zurück. Öffnete die Tür und vergewisserte sich, dass keine Gegenstände mehr unter den Sitzen lagen. Doch Lisa schien bereits alle Spuren beseitigt zu haben. Als er sich hinter das Steuer setzte, bemerkte er einen Mann mit Hund, der ihm langsam entgegenkam. Rasch ließ er den Motor an und beeilte sich, wieder auf die Klostergata zu kommen. Wenige Minuten später befand er sich auf dem Klæbuveien vor dem Lerkendal Stadion. Er fuhr auf das großflächige Areal, auf dem sich auch das Klubhaus von Rosenborg Trondheim befand. Schon vor langer Zeit hatte er sich für diesen Ort entschieden, musste schon immer das Gefühl gehabt haben, dies sei für seine Zwecke der optimale Platz. Auch hier standen vereinzelte Fahrzeuge, und er parkte den Corolla neben dem Zaun zum Trainingsgelände hinter der Haupttribüne, wo es vollkommen still war. Der Boden war mit einer welligen Eisschicht überzogen. Niemand würde die Fußabdrücke dessen feststellen können, der sich den Wagen ausgeliehen hatte.

Er stellte den Motor ab und ließ den Schlüssel im Zündschloss stecken. Wenn irgendjemand bemerkte, dass hier das Auto stand, nach dem man in Verbindung mit dem Banküberfall fahndete, würde Anders Krogness aus Jakobsli es in exakt demselben Zustand wiederbekommen, wie er es verlassen hatte. Der Polizei würde es ein Rätsel sein, warum der Dieb es ausgerechnet hier zurückgelassen hatte, wo es theoretisch seit Tagen hätte stehen können. Das Einzige, das er mitnahm, war die CD von Keith Jarrett, die er sich in die Jackentasche steckte. Ein wenig zu spät, er hatte gerade die Tür zugeschlagen, fiel ihm ein, dass er sich ja von nun an so viele CDs kaufen konnte wie er wollte. Er spürte, wie seine Lippen sich zu einer Art Lächeln formten. Einem starren und sonderbaren Lächeln, als wäre er gerade beim Zahnarzt gewesen und die Betäubung täte immer noch ihre Wirkung. Dann überquerte er den offenen Platz, blieb unter einem der kahlen Bäume am Klæbuveien stehen und warf einen Blick zurück. Die Betäubung verflüchtigte sich. Ein anderes Gefühl trat an ihre Stelle. Das nächste Mal, wenn er hierher kam, um zuzuschauen, wie Rosenborg einem Gegner der ersten Liga den Garaus machte – falls es ein nächstes Mal gab und er nicht bald seine Reisepläne nach New York in die Tat umsetzte –, würde er unweigerlich daran denken müssen, dass die Odyssee an dieser Stelle geendet hatte. Kaum mit Wehmut, denn es war eine harte Zeit gewesen. So hart, dass die Nachwirkungen ihn immer noch jäh erzittern ließen und die Umgebung ins Wanken brachten. Dennoch vermisste er bereits das Gefühl, hinter dem Steuer zu sitzen, vermisste die vertrauten weißen und roten Lichter am Armaturenbrett und die Fahrbahn vor sich, die an jeder Kurve neue Landschaften offenbarte und neue Möglichkeiten verhieß. Zweimal hatte er fast so etwas wie Glück empfunden: am stillen Morgen in der Hütte am Gjevilvatnet und am Abend in Funäsdalen, nachdem er mit Lisa geschlafen hatte. Merkwürdigerweise sehnte er sich vor allem nach den stillen Morgenstunden, als er allein neben dem Kamin gesessen und in dem Buch über Salzwasserfische gelesen hatte. Er spürte einen warmen, schmerzhaften Druck hinter den Ohren, ballte die Fäuste, drehte sich um und begann in Richtung Zentrum zu gehen.

Eine knappe halbe Stunde später, nachdem er in die Sandgata zurückgekehrt war, kam er wieder zu sich. Unterwegs hatte er sich gefühlt, als befinde er sich in einem isolierten Raum, hatte kaum wahrgenommen, dass er die Elgerseterbrücke überquerte, hatte kaum die Menschen und Autos um sich her registriert; Menschen, die mit alltäglichen Dingen beschäftigt waren, Menschen auf dem Weg ins Kino oder zu einer Party. Er erinnerte sich vage, plötzlich ein bekanntes Gesicht gesehen und auf dem Absatz kehrtgemacht zu haben. Erst als er sich auf einen Küchenhocker sinken ließ, spürte er, wie müde er war. Nahm kaum zur Kenntnis, dass Lisa sich umgezogen hatte, jetzt in Rock und Pullover am Herd stand und Spiegeleier briet.

»Der Brotkanten ist noch aus Røros«, sagte sie. »Eigentlich sollten wir ins *Egon* oder ins *Jonathan* gehen und richtig feiern.«

»Ach nein, jetzt wo Frank …«

»Ja, das ist wahr. Außerdem bin ich total kaputt.«

»Ich auch.«

»Haben ja auch gerade eine Grippe auskuriert.«

»Du sagst es.«

»Trotzdem muss ich mal kurz die Bullen besuchen.«

»Hat das nicht bis morgen früh Zeit?«

»Nein, heute ist der richtige Tag dafür. Ich könnte sowieso die ganze Zeit heulen, wenn ich an Frank denke. Ich werde sagen, dass ich seit Dienstag nichts mehr von ihm gehört habe, nachdem er sagte, dass er nach Oslo wolle. Er hat seine Tasche gepackt und ist so schnell verschwunden, dass ich gar nicht mehr fragen konnte, wo er wohnen möchte.«

»Oder wie lange er bleiben will.«

»Genau. Und jetzt mach ich mir langsam Sorgen, weil er immer noch nicht angerufen hat. Außerdem war er nicht ganz auf der Höhe, als er wegfuhr. Hört sich doch gut an, oder?«

»Schon. Glaubst du, die Bullen werden jemand hierher schicken?«

»Ich denke, nicht sofort. Dass Typen wie Frank plötzlich abtauchen, ist ja keine Seltenheit. Aber in ein paar Tagen, wenn ich mich wieder melde, werden sie vielleicht was unternehmen. Hier, bedien dich.«

Sie streckte ihm die Bratpfanne entgegen, und Roger schob sich ein Spiegelei auf seinen Teller.

»Olsen hat übrigens gesagt, dass gestern ein Mädchen hier war und nach dir gefragt hat. Eine kleine Maus mit Pagenkopf.«

»Das muss Heidi gewesen sein.«

»Wollte wohl schön Wetter machen.«

Er entgegnete nichts. Heidi war in jedem Fall zu spät gekommen. Wenn alles nach seiner Vorstellung verlaufen wäre, hätte sie erfahren, dass Roger Dalvang nicht mehr am Leben war, dass er sich erschossen hatte. Im Augenblick war er erleichtert, dass ihr die Gewissensbisse erspart blieben. Doch er würde nie wieder Kontakt zu ihr aufnehmen. Nie wieder.

Lisa verstand offenbar, wie er sich fühlte. »Während ich bei den Bullen bin, kannst du ja schon mal überlegen, wo wir die Kohle verstecken können«, sagte sie beiläufig.

»In meinem Zimmer gibt es ein paar lose Fußbodendielen.«

»Für ein oder zwei Nächte ist das okay, aber danach brauchen wir ein Schließfach.«

»Ja, aber nicht in Heimdal.«

Beide zwangen sich zu einem Lächeln. Im Radio wurde vermeldet, die Pegelstände vieler europäischer Flüsse würden wieder sinken. Rund um Maastricht bereiteten sich die Menschen darauf vor, in ihre Häuser zurückzukehren. Roger nahm sich vor, Lisa, wenn sie vom Polizeipräsidium zurückkam – das zufällig nur einen Steinwurf entfernt lag –, eine starke Tasse Kaffee zu servieren und danach ein Glas Wodka mit einem Schuss Cola.

Ein Vorhaben, das er nicht viel später in die Tat umsetzte.

# 24

SAMSTAG, 4. FEBRUAR 1995

Die Lachsforelle oder *Salmo Trutta* kommt sowohl in Salzwasser als auch in Süßwasser vor. Bei derjenigen, die um Roger herumschwamm, schien es sich um ein ausgewachsenes Exemplar zu handeln, nur ihr absonderliches Aussehen irritierte ihn. Dass eine Lachsforelle Farbe und Form verändert, ist nicht ungewöhnlich, doch in diesem Fall waren die Veränderungen so grotesk, dass er sich fragte, ob es sich um einen so genannten Mutanten handelte. Statt Flossen besaß der Fisch die Klauen einer Ratte, und große Teile des schuppigen Körpers waren von einem glatten braunen Fell bedeckt. Er wollte sich gerade um Aufklärung bemühen, als sein Vater ihm entgegenschwamm und in aller Ruhe erklärte, es handele sich um eine Lachsforelle, an der wissenschaftliche Experimente durchgeführt würden. Die Taucherbrille des Vaters verdeckte fast sein gesamtes Gesicht, doch Roger konnte ihn deutlich verstehen: »Sie ernährt sich von dem, was die Forscher zu ihr ins Wasser werfen.« – »Ist sie gefährlich?«, wollte Roger wissen. »Nein, keine Spur. Aber diese ist krank, also sollten wir sie so schnell es geht töten.« Nachdem der Vater das gesagt hatte, hob er sein Harpunengewehr und schoss. Der Rattenfisch zuckte zusammen, und Blut lief aus der Wunde. Der Vater schoss ein weiteres Mal, und es kam noch mehr Blut. Roger versuchte ein paar Schwimmzüge zu machen, um sich aus der klebrigen roten Flüssigkeit zu befreien, doch diese holte ihn sofort wieder ein und umschloss ihn. Er rief seinem Vater zu, er solle ihm helfen, doch stattdessen ertönte ein dritter Schuss. Er strampelte mit Armen und Beinen, hielt sich mühsam über Wasser und versuchte sich von der Decke zu befreien, die ihn am Atmen hinderte.

Es knallte erneut – wie das Schlagen einer Faust gegen eine Tür.

Schlaftrunken öffnete er die Augen, schwamm immer noch in Blut. Die rote Farbe kam von der chinesischen Deckenlampe, die Frank in London für Lisa gekauft hatte. Sie war bereits aufgestanden und zog ihren Bademantel an.

»Da klopft jemand«, flüsterte sie.

»Wie spät ist es?«

»Nach eins.«

»Wer kann das sein?«

»Keine Ahnung.« Trotz des Scheins der exotischen Lampe leuchtete ihr Gesicht weiß. »Vielleicht solltest du lieber zu dir ins Zimmer gehen.«

Lisa trat auf den Gang. Roger krabbelte verwirrt aus dem breiten Bett, nahm das Glas von der Kommode und trottete hinter ihr her. Während sie der Tür am Ende des Gangs entgegenschlurfte, machte er drei Schritte in die entgegengesetzte Richtung und schlich in seine eigene Wohnung, in der nur die Nachttischlampe brannte. Stellte sich hinter die angelehnte Tür und versuchte den Anblick des Bluts zu vergessen. Es sauste in seinen Ohren, doch er hörte Lisa die Tür öffnen und danach eine männliche Stimme, die ihn jäh in die Realität zurückholte:

»Ich bin Hauptkommissar Christian Rønnes. Entschuldigen Sie bitte die späte Störung. Sind Sie Elisabeth Studsvik?«

»Ja.«

»Sie hatten heute Abend um 21 Uhr 25 Ihren Freund Frank Bramvåg als vermisst gemeldet.«

»Ja, ich habe ihn seit Dienstagvormittag nicht mehr gesehen.«

»Dürfen wir kurz hereinkommen?«

»Bitte sehr. Ist es was Ernstes?«

Jesus!

Roger zitterte so stark, dass er sich gegen die Wand lehnen musste, um nicht die Balance zu verlieren. *Wir*. Dass die Bullen weitere Informationen über Frank einholen wollten, war schon in Ordnung, aber dass sie gleich zwei Leute abstellten, unter anderem einen viel beschäftigten Hauptkommissar von der Kripo, konnte nur bedeuten, dass sie bereits Lunte rochen. Warum nur? Wussten sie, dass Lisa etwas mit dem Überfall zu tun hatte? Sein Puls war auf 180.

Er hörte wie sie ins Nebenzimmer gingen, ohne die Tür hinter sich zu schließen. Erdreistete sich, seine Tür ein wenig weiter zu öffnen, damit er sie besser verstehen konnte.

»Dies ist mein Kollege Björn Hatling«, sagte Rønnes.

»Sagen Sie mir lieber, was passiert ist. Haben Sie Frank gefunden?« Das Zittern in Lisas Stimme schien echt zu sein, als wäre sie den Tränen nahe.

Es entstand eine kleine Pause, bevor Rønnes ihre Frage bejahte:

»Es tut mir außerordentlich Leid, Ihnen sagen zu müssen, dass er tot ist.«

»Tot?«

»Zwei Beamte aus Åre haben ihn vor ziemlich genau

zwei Stunden gefunden. Er lag auf dem Bett einer leer stehenden Sommerhütte, einige Kilometer nördlich von Duved.«

»Aber das ist doch nicht möglich. Er hat gesagt, er will nach Oslo!«

»Das haben wir Ihrer Vermisstenanzeige entnommen, allerdings …«

Lisas Schluchzen ließ Rønnes verstummen und Roger erahnen, wie beklemmend es sein musste, Menschen vom Tod ihrer Angehörigen zu unterrichten. Doch vor allem konnte er nicht begreifen, wie die schwedische Polizei auf den Gedanken gekommen war, das Sommerhaus zu untersuchen. Wie konnten sie ahnen, dort eine Leiche vorzufinden? Was hatte sie so rasend schnell zu diesem Haus geführt? Welche Fehler waren es, die ihnen ständig unterliefen und ihre schönen Pläne zunichte machten?

Schon am Gjevilvatnet hatten sie geglaubt, dass die Leiche des Bauern für lange Zeit im Brunnen verborgen bleibe würde. Und was Frank anging, waren sie fest davon überzeugt gewesen, dass man ihn frühestens im nächsten Jahr entdecken würde. Waren sie von Nachbarn beobachtet worden, die sie nicht zur Kenntnis genommen hatten, oder besaßen Bibbi und Kalle telepathische Fähigkeiten?

»Auch wir«, hörte sie den Hauptkommissar fortsetzen, »wissen nicht genau, was Frank Bramvåg in der Hütte zu suchen hatte. Doch ein hinzugezogener Arzt hat festgestellt, dass er vor weniger als zwölf Stunden gestorben ist, ausgezehrt von einer ganz bestimmten Krankheit …«

»Malaria«, sagte Lisa wie aus der Pistole geschossen. »Er litt an Malaria. Vor seiner Abreise habe ich noch zu ihm gesagt, er solle lieber zu Hause bleiben, weil ich bereits ahnte, dass ihm ein erneuter Fieberschub bevorstand.«

Der andere Polizist, den Rønnes als Björn Hatling vorgestellt hatte, mischte sich ein. Seine Stimme war tiefer und ernster als die von Rønnes: »In Bramvågs Brieftasche fand die schwedische Polizei nicht nur Namen und Adresse des Toten, sondern auch ein Attest des Kreiskrankenhauses Trondheim, das bestätigt, dass Bramvåg Aids hatte. Der hinzugezogene Arzt sagte, dies passe zum Zustand des Toten, und auch das Kreiskrankenhaus Trondheim hat diese Tatsache inzwischen bestätigt.«

»Oh, mein Gott, nein …«

»Es ist leider so.«

Erneut wurde es still, und Roger konnte sich genau vorstellen, wie Lisa auf die Bettkante niedersank, um ihren Schock und ihre Fassungslosigkeit zum Ausdruck zu bringen. Die beiden Beamten würden verständnisvoll reagieren und ihr ein Gespräch mit einem Seelsorger anbieten. Für einen Augenblick war Roger zum Lachen zumute, aber nur für einen Augenblick. Denn was Rønnes dann sagte, empfand Roger wie einen Schlag in den Magen:

»Es geht nur um Formalitäten. Wir brauchen zum Beispiel Ihre Hilfe bei der Identifizierung des Toten. Doch das wirklich Merkwürdige an dem Fall ist, dass ich am frühen Vormittag genau von der Hütte aus angerufen wurde, in der man Ihren Freund gefunden hat.«

Der Schlag in den Magen schmerzte, ließ aber gleichzeitig den Klumpen in seinem Bauch verschwinden und veranlasste ihn zum Handeln. Roger streckte die Hand nach seinen Kleidern aus.

Die Stille im Nebenzimmer währte ungefähr fünf Sekunden, dann fragte Lisa mit heiserer Stimme:

»Hat Frank Sie angerufen?«

»Nein, es war eine Frau, die sagte, sie arbeite bei der Stockholmer Kriminalpolizei. Sie erzählte mir, dass die drei jungen Norweger, die vermutlich mehrere Morde zu verantworten haben, in der Nähe von Stockholm gesehen worden seien. Eine reine Erfindung, wie sich später herausstellte. Ich will ganz offen zu Ihnen sein, Frau Studsvik. Wenn wir an einem großen Fall arbeiten, bekommen wir in der Regel eine Flut von Tipps und Hinweisen, die wir zunächst auf ihre Glaubwürdigkeit hin überprüfen. Also habe ich mir am Abend folgende Frage gestellt: Warum hat diese Frau ausgerechnet mich angerufen? Ich habe, streng genommen, nur mit dem Banküberfall zu tun. In den Mordfällen ermitteln andere. Wollte sie vielleicht nur herausfinden, wie weit wir bei unseren Ermittlungen gekommen sind? Ob wir die Identität der Bankräuber kennen? Mit anderen Worten, hat sie mich angerufen, weil sie selbst am Banküberfall beteiligt war, weil sie eine der drei jungen Leute ist, die mit einem gestohlenen Auto durch die Gegend fahren und Menschen mit Schrotgewehren umbringen?«

Das Mitgefühl in Rønnes' Stimme war verschwunden. Sie hatte vielmehr einen drohenden Unterton angenommen, der Lisa zu verunsichern schien:

»Fragen … fragen Sie das mich?«

»Ja. Erst am späten Abend habe ich die Genehmigung erhalten, die Herkunft des Anrufs überprüfen zu lassen. Über die Telefongesellschaft war das kein großes Problem. Wir haben dann unsere Amtskollegen in Åre um Hilfe gebeten und erfuhren kurz darauf, dass die Vögel ausgeflogen waren – bis auf Frank Bramvåg.«

Roger hatte sich inzwischen Hose und Pullover übergestreift. Er spürte, dass eine Veränderung mit ihm vorging, wusste aber noch nicht, was das zu bedeuten hatte.

»Vielleicht können Sie mir weiterhelfen, wenn Sie sich dies anhören … Björn, würdest du bitte das Band abspielen? Wenn ich Hinweise in wichtigen Fällen erhalte, ist das Tonband ein nützliches Hilfsmittel, um den Anrufer zu ermitteln.«

Roger schnürte sich seine Joggingschuhe. Im Hintergrund hörte er plötzlich Lisas Stimme vom Vormittag. Sie hatte einen metallischen Klang:

*»Herr Rønnes? Guten Morgen, mein Name ist Greta Hedström, Kriminalkommissarin vom Polizeipräsidium in Stockholm. Entschuldigen Sie bitte die Störung. Soviel ich weiß, leiten Sie die Ermittlungen im Fall der drei jungen Norweger, die zwei Menschen mit einem Schrotgewehr getötet haben …«*

Als Roger mit den Schuhen fertig war, zog er leise einen Stuhl näher heran, stieg darauf und angelte sich seinen Rucksack vom Kleiderschrank. Stieg wieder herunter, stellte den Stuhl weg und löste die beiden Fußbodendielen am Ende des Betts. In einem hatte Lisa Recht gehabt. Der Hohlraum unter den Dielen war als langfristiger Aufenthaltsort für Papier nicht geeignet, wie der Mäusekot an dieser Stelle bewies.

*»Sie haben in dieser Hinsicht überhaupt keine Erkenntnisse? Keine Namen? Nichts …? Das ist sehr bedauerlich, aber in jedem Fall vielen Dank.«*

Er hatte das gesamte Geld in beide Plastiktüten gestopft und diese im Rucksack verstaut. Kümmerte sich nicht darum, die Dielen wieder an ihren Platz zu legen. Schlich zu der einen Tasche, die er immer noch nicht geöffnet hatte, und zog vorsichtig den Reißverschluss auf. Als er das Metall an den Fingern spürte, pries er sich glücklich, dass er Lisas Rat nicht befolgt hatte, mit den Gewehren genauso zu verfahren wie mit den Autoschildern. Er hatte dies nicht unterlassen, weil ihm etwa sein siebter Sinn zu Hilfe gekommen wäre, sondern weil er eine unterschwellige Angst verspürt hatte, dass die Odyssee immer noch nicht beendet war.

*»Natürlich werden wir das. Wir freuen uns, Ihnen helfen zu können. Auf Wiederhören, Herr Rønnes.«*

Dann war ein schwaches Klicken zu hören, worauf Rønnes fortfuhr:

»Frau Studsvik, jetzt, da ich eine Zeit lang mit Ihnen gesprochen und Ihre Stimme in Natura gehört habe, finde ich, dass sie eine auffallende Ähnlichkeit mit der Stimme auf dem Band hat. Dass ich mich vor meinen Kollegen blamiert habe, macht mir nichts aus. Aber ich denke, Sie sollten jetzt klug genug sein, zuzugeben, dass Sie es waren, die mich angerufen hat. Sie müssen wissen, dass auch eine handschriftliche Notiz von Ihnen in der Hütte gefunden wurde, nämlich die Telefonnummer des Trondheimer Polizeipräsidiums, die Sie aufgeschrieben haben.«

»Sind … sind Sie völlig übergeschnappt? Ich habe drei Tage lang mit Grippe in diesem Bett gelegen!«

»Ich glaube Ihnen gerne, dass Sie nichts von Bramvågs Aidserkrankung wussten, aber ersparen Sie uns das Märchen von der Grippe. Sie haben mich angerufen, um herauszufinden, ob Sie in Ruhe zurückkehren konnten, und als Sie wieder in Trondheim waren, wollten Sie uns zuvorkommen und haben Ihren Freund sofort als vermisst gemeldet. Sie müssen wissen, dass heute Abend noch etwas anderes geschah, das mich veranlasste, zum Präsidium zu fahren. Ungefähr zur selben Zeit, als Sie bei uns waren, ging bei der Zentrale die Meldung eines Streifenwagens ein. Ein Toyota Corolla, dessen Merkmale mit denen des Fahrzeugs übereinstimmen, das am Dienstagnachmittag in der Dronningens gate gestohlen wurde, war auf dem Innherredsveien in Richtung Zentrum gesichtet worden. Im Wagen saßen zwei Personen, und die Merkmale, Frau Studsvik, waren genau dieselben wie bei dem gestohlenen Fahrzeug, allerdings mit einer Ausnahme: Der Wagen hatte *schwedische* Nummernschilder.«

Anstatt etwas zu entgegnen, brach Lisa in Tränen aus, und Roger hatte keinen Zweifel mehr, dass sie der Niederlage in die Augen sah. Er schnürte den Rucksack zu und zog seine Jacke an. Dann vergewisserte er sich, dass sowohl sein eigenes als auch Franks Gewehr geladen war. Die Frage war, ob er auf der Stelle hinübergehen und die beiden Bullen abknallen oder das Fenster zum Hof öffnen, Lisa vergessen und sich aus dem Staub machen sollte.

»Wie der Zufall es wollte, hat sich heute Abend noch etwas Drittes ereignet«, hörte er Rønnes fortfahren. »Die Ermittler hatten schon vor Tagen Kontakt zu einer Frau aufgenommen, die gerade Urlaub auf den Kanarischen Inseln macht. Sie heißt Lillian Nilsen und besitzt eine Hütte in der Nähe von Oppdal. Anfangs hatte sie nicht viel zu erzählen, doch ausgerechnet heute Abend, unmittelbar bevor ich in mein Büro kam, hat sie sich noch mal gemeldet, weil ihr eingefallen war, wer außer ihr selbst, ihrem Mann und ihren Kindern noch wusste, wo sich die Schlüssel zu ihrer Hütte befanden, nämlich ihre Cousine Elisabeth, genannt Lisa, eine Halbschwedin. Was sagen Sie dazu, Frau Studsvik?«

Frau Studsvik hatte nichts zu sagen, und als ob das nicht ausgereicht hätte, bemühte sich Hatling, das Messer in der Wunde noch einmal herumzudrehen:

»Wir sind nicht nur überzeugt davon, dass Sie in der Hütte waren, in der Ola Brendhaug niedergeschossen und getötet wurde, wir sind uns auch ziemlich sicher, dass Sie es waren, die während des Banküberfalls in

Heimdal mit Lisa angesprochen wurde. Ein Banküberfall, den Nina Mogård mit dem Leben bezahlte. Außerdem gehen wir davon aus, dass Sie auch beim Mord an dem Polizeibeamten Sevjerud Ihre Finger im Spiel hatten.«

Bald würde Lisa gestehen, dass es ihre eigenen Finger gewesen waren, die Henriks Tod verursacht hatten, dachte Roger. Für sie war der Kampf definitiv vorbei, sofern er nicht eingriff und die alte Balance wiederherstellte. Die Polizei hatte ein Erdbeben ausgelöst und Franks labiles Bauwerk zum Einsturz gebracht. Er hatte geglaubt, ihre Fingerabdrücke oder Franks vermeintlicher Freund in Oslo seien die größte Bedrohung, doch in Wahrheit war es Lisas Telefonanruf gewesen, der Rønnes auf die richtige Spur gebracht hatte. Warum, verdammt noch mal, hatte sie nicht daran gedacht, dass es möglich war, den Standort des Anrufers zu ermitteln? Und dann war da noch die Sache mit der Hütte, von der sie behauptet hatte, niemand würde herausbekommen, wer sie heimlich benutzt hatte. Streng genommen hatte sie keine neue Chance verdient. Er legte die doppelläufige Flinte auf den Couchtisch, steckte sich ein paar Reservepatronen in die Jackentasche, nahm sein eigenes Gewehr und ging zur Tür. Drückte sie auf und betrat den spärlich beleuchteten Gang.

Rønnes' Stimme wurde lauter, während er sich Lisas Zimmer näherte:

»Warum legen Sie die Karten nicht auf den Tisch, Frau Studsvik? Was wir noch nicht wissen ist lediglich Ihre genaue Reiseroute und wo Sie das Geld versteckt haben. Und wer der dritte Mann ist. Versteckt er gerade das Auto?«

Roger zögerte. Er war der Einzige, den die Polizei nicht kannte. Theoretisch konnte niemand eine Verbindung zu den anderen beiden herstellen. Sein Name stand noch nicht mal am Briefkasten. Er konnte sich leise zurückziehen, Rucksack und Gewehre wieder verstecken, sich im Bett verkriechen und so tun, als ob er schliefe. Sie hatten nicht damit gerechnet, jemand anderen als Lisa hier vorzufinden, daher waren Rønnes und sein Kollege vermutlich unbewaffnet und alleine gekommen. Dennoch nutzte es nichts, den Ahnungslosen zu spielen. Früher oder später würde Lisa weich werden und seinen Namen preisgeben. Vielleicht sollte er sich nicht um sie kümmern, aus dem Fenster springen und abhauen. Wie viel Vorsprung würde er haben, bis sie herausbekamen, dass auch er bei Olsen in der Sandgata wohnte?

Nicht sehr viel, glaubte er. Außerdem musste er sich in diesem Fall alleine durchschlagen. Zusammen mit Lisa gab es hingegen eine gewisse Chance. Gemeinsam, ohne auf die wenig durchdachten Vorschläge von Frank hören zu müssen, konnten sie das Wunder wahr machen. So kurz vor der Ziellinie ließ er sich nicht aufhalten, auf keinen Fall.

Er streckte den Kopf vor. In wenigen Sekunden hatte er sich ein Bild von der Situation gemacht, obwohl sie ihm fremd und unwirklich erschien, als sähe er alles durch eine Art Filter. Im blutroten Licht saß Lisa zusammengesunken auf der Bettkante, so, wie er erwartet hatte. Der ältere der beiden Beamten in Zivil hatte dichtes, grau meliertes Haar und trug eine Art Parka. Es war nicht schwer zu erraten, dass es sich um Hauptkommissar Rønnes handelte. Er stand Lisa gegenüber und hatte die Hände wie ein Pfarrer vor dem Bauch gefaltet. Auf dem einzigen Stuhl des Raumes, am Fenster, saß ein rothaariger Mann mit imposantem gleichfarbigem Schnurrbart. Obwohl er am Tonbandgerät herumfingerte, hatte auch er seinen Blick starr auf Lisa gerichtet.

»Wer ist der Dritte, Frau Studsvik, und wo finden wir ihn?«, fragte Rønnes. »Wenn Sie mit uns zusammenarbeiten, wird sich das strafmildernd auswirken.«

Roger legte an. Lisa hob den Kopf. Als er ihr tränenüberströmtes Gesicht unter den langen blonden Locken sah, überkam ihn gewaltiges Mitleid mit ihr, und er wusste mit einem Mal, was er zu tun hatte, um den endgültigen Sieg davonzutragen und endlich frei zu sein. *Wir müssen es ihnen heimzahlen, Roger. Wir müssen die Gesellschaft ausnutzen, solange wir dazu in der Lage sind.* Seine Gedanken waren plötzlich glasklar und ihm war unglaublich leicht ums Herz.

Als hätte Lisa geahnt, dass er sich plötzlich in der Türöffnung befand, drehte sie ihren Kopf und starrte ihn ungläubig an, als habe sie ein Gespenst gesehen. Ihre Augen wuchsen zu Teetassen, desgleichen der Mund, und plötzlich erinnerte sie ihn an die Figur eines berühmten Gemäldes. Aber sie schrie nicht. Ihr weit aufgerissener Mund zog sich ein wenig zusammen, bevor sie seinen Namen rief:

»Roooger!«

Die beiden Männer folgten ihrem Blick, während Roger sich unbändig auf ihre erstarrten Gesichter freute und sich endlich zu Wort meldete:

»Hände hoch!«

# 25

Die beiden Polizisten kamen der Aufforderung bedeutend schneller nach, als es der Filialleiter in Heimdal getan hatte. Beide streckten auf der Stelle ihre Arme über den Kopf. Roger nahm es mit Genugtuung zur Kenntnis. Dank ihrer Erfahrung war ihnen offenbar bewusst, dass es sich um einen Verzweifelten handelte, der nicht zögern würde, von der Schusswaffe Gebrauch zu machen. In Anbetracht des abgesägten Gewehrs, dem sie sich gegenübersahen, wussten sie, dass ihr Verhalten darüber entschied, ob sie leben oder sterben würden, und keiner von ihnen verspürte den Drang, der nächste Tote in der Kette der Opfer zu sein. Jetzt war es zu spät zu bereuen, dass sie die Wohnung nicht einfach gestürmt hatten, doch vielleicht waren sie nicht hundertprozentig von Lisas Schuld überzeugt gewesen, sondern hatten erst mit ihr sprechen wollen.

Er mochte diese Art der Konfrontation, von Angesicht zu Angesicht, ohne Strumpfmaske und andere Maskierungen. Viel zu lange schon hatte er seine eigene Identität verleugnet, hatte verschiedene Rollen gespielt, um andere zufrieden zu stellen, war lieb und folgsam gewesen – mit welchem Resultat? Nun verspürte er dieselbe Zufriedenheit wie anfangs in der Bank, und obwohl der schwarzbraune Lauf ein wenig zitterte – ja, vielleicht deswegen –, waren die Polizisten extrem auf der Hut und fürchteten um ihr Leben. Sie waren seinem Willen unterworfen, und inzwischen hatte er gelernt, wie entschieden man auftreten musste, um die Puppen tanzen zu lassen. Schade, dass Frank dies nicht mehr erlebte. Er wäre beim Anblick von Rønnes' Schreibtischgesicht, das kreidebleich geworden war, in Jubel ausgebrochen.

»An die Wand, alle beide!«

Sie gehorchten, als hätten sie einen Peitschenhieb bekommen. Roger hatte mit nichts anderem gerechnet. Dennoch war es unglaublich.

»Lisa, schau in ihren Taschen nach, ob sie bewaffnet sind.«

Er wusste, dass sie noch nicht ganz bei der Sache war, aber sie stand auf, ging zu dem Beamten mit der roten Haarpracht hinüber und begann ihn abzutasten. Hatling kam nicht auf dumme Gedanken, sondern ließ sie gewähren, während Rønnes als Erster seine Sprache wiederfand: Er sagte leise:

»Das ist überflüssig. Wir sind nicht bewaffnet.«

»Können wir ihm trauen, Roger?«

»Nein, wir trauen keinen Ratten.«

Die Durchsuchung bestätigte dennoch seine Worte, und Roger forderte Lisa auf, sich anzuziehen. Ohne zu zögern streifte sie ihren Bademantel ab, lief nackt durch die Wohnung, um ihre Kleider zusammenzusuchen, und begann sich anzukleiden. Roger bemerkte, dass die Polizisten ihre Blicke nicht von ihm abwandten. Es war einfach, sich vorzustellen, welche Angst sie hatten und wie ihr Puls raste. Von diesem Moment an ging alles wie geschmiert. Wie er gedacht hatte, stand Lisa voll und ganz an seiner Seite und war bereit, den Kampf aufzunehmen. Als sie Schuhe und Jacke angezogen hatte, sagte er:

»Nimm das Gewehr, während ich die andere Knarre hole.«

Er gab es ihr, lief in seine eigene Wohnung und nahm den Rucksack und das doppelläufige Gewehr. Als er zurückgekommen war, stellte er sich neben Lisa.

»Wie ich euch kenne, seid ihr nicht mit dem Streifenwagen gekommen.«

Rønnes nickte. »Das ist richtig, aber wir sind nicht alleine. Unten auf der Straße befinden sich bewaffnete Beamte, und an denen werden Sie nicht vorbeikommen. Warum nehmen Sie nicht Vernunft an und …«

»HALT DIE SCHNAUZE, DRECKIGER BULLE!«

Er hätte ihm ebenso gut eine Ladung Blei verpassen können. Der Hauptkommissar zuckte zusammen, als wäre er in die Brust getroffen worden. Roger genoss es, sie herumkommandieren zu können und zu sehen, wie wenig dazugehörte, selbst erfahrene Polizisten in Angst und Schrecken zu versetzen. Er hatte gelesen, wie sie in solchen Situationen zu verhandeln versuchten, scheinbare Zugeständnisse machten, verschiedene Kniffe anwandten, um Zeit zu gewinnen, oder die Geiselnehmer zu verunsichern trachteten. Das sollte ihnen jetzt nicht gelingen. Er musste ein hohes Tempo beibehalten, damit ihnen keine Zeit blieb, einen wohlüberlegten Gegenangriff zu starten. Tempo, dachte er, die anderen mitreißen, so wie Keith Jarrett seine Rhythmen vorantrieb.

»Stehen irgendwelche Beamten unten im Hof?«, fragte er, jetzt etwas leiser.

»Zwei sind im Hof und weitere an der Straße postiert, nicht wahr, Björn?«

»Ja, das ist richtig.«

»Wenn wir gleich rausgehen«, fuhr Roger fort, immer noch Rønnes zugewandt, »gibst du deinen Leuten den

Befehl, von hier zu verschwinden und uns nicht zu folgen. Andernfalls wird's dir genauso ergehen wie deinem Kollegen in Dombås, verstanden?«

»Ja.«

»Ich hab nichts gehört.«

»JA!«

»Du gehst voraus, aber schön langsam. Lisa ist hinter dir mit der Knarre in der Hand. Dann du, Rotschopf, einen Meter hinter Lisa. Wenn du etwas Kaltes im Nacken spürst, dann spürst du richtig. Plätze einnehmen!«

Für den Bruchteil einer Sekunde dachte er: Bin das wirklich ich, der Waschlappen Roger Dalvang? Doch sie gehorchten widerspruchslos, und auch Lisa trat sofort hinter Rønnes und ließ ihn die Mündung ihres Gewehrs durch seinen Parka hindurch spüren.

»Los geht's!«

Rønnes trat auf den Gang hinaus, und die anderen drei folgten ihm. Plötzlich fühlte sich Roger wie im Kino, doch diesmal war er kein Zuschauer, sondern der Regisseur des Films.

»Sobald wir die Tür geöffnet haben, erklärst du ihnen, was los ist, und sagst, sie sollen verschwinden. Und keine heimlichen Zeichen!«

Der Mann im Parka tat genau, was man ihm gesagt hatte. Nachdem er die Tür aufgestoßen hatte, während Lisa sich dicht hinter ihm hielt, blieb er in der schmalen Türöffnung stehen und sagte mit lauter und deutlicher Stimme: »Karlsen und Tveit, hierher!«

Im trüben Licht der Laterne wurden sogleich zwei Gestalten sichtbar, die Roger von seiner Position aus jedoch nur erahnen konnte.

»Hört mir gut zu! Ich stehe hier mit erhobenen Händen, weil von hinten ein geladenes Gewehr auf mich gerichtet ist. Für Björn gilt dasselbe. Fahrt mit den anderen zum Präsidium zurück und wartet dort ab, was passiert, sonst werden sie uns töten. Das ist alles.«

»Aber …«

»Das ist ein Befehl, Tveit! Und keine Überraschungen!«

»Selbstverständlich, ich habe verstanden!«

Die Beamten setzten sich sofort in Bewegung, und kurz darauf hörten sie das Geräusch anfahrender und sich entfernender Wagen.

»So, jetzt sind wir unter uns«, sagte Roger.

Im Gänsemarsch überquerten sie den kleinen Hof und schritten durch das schmale Tor. Roger fragte sich, ob sie Olsen geweckt hatten, ob dieser jetzt zitternd und im Nachthemd hinter der Tür stand, fassungslos über seine mörderischen Untermieter. Er selbst hatte vor allem Rønnes' Warnung an seine Kollegen mit Genugtuung zur Kenntnis genommen, unterließ es aber, diese zu kommentieren.

Die verlassene Straße deutete darauf hin, dass sie freie Bahn hatten. Zu dieser späten Stunde waren in der Sandgata auch keine neugierigen Zuschauer zu erwarten. Der kühle Wind rüttelte an den Straßenlampen. Auf der anderen Seite des Kanals schliefen die Züge. Das am Bordstein parkende Auto hatte etwas Vertrautes, abgesehen von der schwarzen Farbe: ein Toyota Corolla XLi mit vier Türen.

»Wem von euch gehört der Wagen?«

»Mir«, sagte Rønnes.

»Dann fährst du.«

»Wo fahren wir hin?«

»Ins Grüne. Mach die Türen auf.«

Nachdem Rønnes alle Türen geöffnet hatte, ließen sie Hatling auf dem Beifahrersitz Platz nehmen. Mit dem schussbereiten Gewehr von Roger setzte sich Lisa genau hinter den Beamten mit den roten Haaren. Roger stieg als Letzter ins Auto und legte den Rucksack zwischen sich und Lisa auf den Rücksitz. Die Polizisten schnallten sich automatisch an, doch Roger und Lisa unterließen es, ihrem Beispiel zu folgen. Obwohl die Läufe der Gewehre kurz waren, fand Roger, sie hätten auf der Rückbank zu wenig Bewegungsfreiheit, und forderte die beiden Polizisten deshalb auf, mit ihren Sitzen nach vorne zu rücken. Da beide gehorchten, konnten sie die Mündungen der Gewehre jetzt durch die Stangen der Nackenstützen schieben. Die kleinste Bewegung von Roger signalisierte Rønnes, dass jeder Versuch des Widerstands in einer Katastrophe enden würde. Doch es war gar nicht nötig, die Polizisten im Nacken zu kitzeln; sowohl Rønnes als auch Hatling waren erfahren genug, um zu begreifen, dass sie sich in einer lebensgefährlichen Situation befanden.

»Fahr los!«

Rønnes ließ den Wagen augenblicklich auf die Fahrbahn rollen und nahm Kurs in Richtung Skansen. Lisa lehnte sich über den Rucksack und flüsterte ihm zu:

»Super gemacht, Roger. Aber was hast du jetzt vor?«

»Wir müssen erst mal aus der Stadt raus.«

In der Kongens gate, vor der Ilen Kirche, forderte er Rønnes auf, die linke Spur zu nehmen und den Osloveien hinaufzufahren. Der Hauptkommissar gehorchte und bog an der Ampel ab.

»Hinter der Sluppenbrücke weiter geradeaus und dann auf die E6 Richtung Süden.«

»In Ordnung.«

»Und keine Unterhaltung zwischen euch beiden.«

»Verstanden.«

»Ihr habt doch Mobil- und Polizeifunk im Auto?«

»Ja.«

»Wenn wir aus der Stadt sind, wird der Rotschopf ein paar Meldungen an den Polizeipräsidenten absetzen.«

»Der ist um diese Zeit nicht im Präsidium.«

»Wer hat dort in diesem Moment das Sagen?«

»Kommissar Gregersen, glaub ich.«

»Stimmt das, Björn?«, knurrte Roger.

»Ja, Gregersen ist heute Nacht zuständig«, bestätigte Hatling.

»Dann wird er bald alle Hände voll zu tun haben.«

Roger bemerkte, dass Rønnes ein routinierter Fahrer war. Er steuerte den Wagen sicher und gleichmäßig und fuhr stets knapp unterhalb des Tempolimits. Er selbst konnte gewisse Gedanken nur mit Mühe auf Distanz halten – nahe liegende, aber bedrückende Gedanken, dass es jetzt um Sein oder Nichtsein ging. Plötzlich, ohne Vorwarnung, waren alle Brücken hinter ihnen abgebrochen worden, und er hatte sich für einen Ausweg entschieden, der nur zwei Möglichkeiten offen ließ. Entweder sie gingen aus diesem Kampf als strahlende Sieger hervor, oder sie gingen zugrunde. Dazwischen gab es nichts. Verstand sie das? Verstand sie, dass Tränen und Träumereien hier nicht weiterhalfen? Verstand er es selbst? Ja. Deshalb musste er sich auf die Realität konzentrieren und nüchtern überlegen, was zu tun war. Musste darauf vertrauen, dass alles glatt ging, wenn sie nur an ihren Forderungen festhielten, keinen Millimeter zurückwichen und sich auf keinerlei Verhandlungen mit den Polizisten einließen.

»Dreh mir eine Zigarette, Lisa.«

»Wenn du mir Tabak gibst.«

Im nächsten Augenblick stellten sie fest, dass keiner von ihnen daran gedacht hatte, ihre Tabakpäckchen mitzunehmen.

»Ihr Nulpen raucht wohl nicht, oder?«

»Wenn Sie uns auf den Vordersitzen meinen – nein«, sagte Rønnes, dessen Stimme irritierend ruhig klang.

»Dann halt bei der nächsten Tankstelle an.«

»In Ordnung.«

Roger spürte, dass er zu zittern begonnen hatte, doch auf ganz andere Weise als früher. Es war, als würde ein Stromstoß durch seinen Körper gejagt. Er war eine Batterie, die wieder aufgeladen wurde, und gleichzeitig war er das Kraftwerk, das die Energie produzierte. Das Gefühl ließ seinen Mund austrocknen, während sich seine Muskeln entspannten, als würde ihn jemand massieren. Entweder war er auf dem Wege der Besserung, oder er wappnete sich intuitiv gegen eine mögliche Erkrankung. Das musste etwas mit dem Rotfilter vor seinen Augen zu tun haben.

Als Christian Rønnes vor der nächsten geöffneten Tankstelle anhielt, sagte Roger:

»Kauf Tabak und Streichhölzer, Lisa, und ein paar Flaschen Cola.«

»Kohle haben wir auch keine eingesteckt.«

»Dann nimm was aus der Tasche.«

Sie nickte, legte ihr Gewehr auf die Rückbank neben den Rucksack, öffnete diesen, wühlte in einer der Plastiktüten, zog aufs Geratewohl einen Schein heraus und sandte Roger ein hingebungsvolles Lächeln, bevor sie ausstieg.

»Ich glaube, hinten ist kein Aschenbecher«, bemerkte Rønnes leise.

Roger gefiel es nicht, dass er von sich aus das Wort ergriff, doch gleichzeitig hatte er das starke Bedürfnis nach einem Gesprächspartner, um den Druck ein wenig zu mindern. »Weiß ich selber! Im letzten Corolla haben wir den Boden benutzt.«

»Was habt ihr mit dem Wagen gemacht?«

»Der steht vor dem Lerkendalstadion, ohne einen einzigen Kratzer im Lack.«

Björn Hatling nahm dies zum Anlass, sich ebenfalls in das Gespräch einzuschalten. Er räusperte sich und sagte: »Der Hausbesitzer meinte, er habe noch einen Untermieter namens Dalvang. Sind Sie das?«

»Na klar.«

»Heute Nachmittag haben wir erfahren, dass ein alter Bekannter von uns, Magnus Dalvang, bei einem Autounfall in Härjedalen ums Leben gekommen ist. Sie sind nicht zufällig miteinander verwandt?«

»Doch, das sind wir.« Roger sah keinen Grund mehr, irgendetwas zu verheimlichen. Im Gegenteil, jetzt, da es um alles oder nichts ging, konnten zynische Eingeständnisse von ihm dazu führen, dass die beiden auf den Vordersitzen noch kooperativer und gefügiger wurden. »Aber es war kein Unfall.«

»Nicht?«

»Nein, wir haben Onkel Magda den Kopf eingeschlagen, bevor wir die Kiste den Abhang runterstürzten.«

Das hatte gesessen; er spürte es. Die Bullen hatten nicht damit gerechnet, dass es sich um Mord handelte. Erst als Lisa in der Tür zum Geschäft erschien, fragte Hatling vorsichtig:

»War das ... notwendig?«

»Natürlich! Der Schwachkopf hat versucht, uns zu erpressen, also hatten wir keine Wahl. Aber jetzt ist Schluss mit den Fragen, Rotschopf. Meine Hand sitzt ziemlich lose am Abzug. Beim geringsten Anlass wirst du's zu spüren bekommen.«

Er ahnte, dass Rønnes und Hatling sich erschrockene Blicke zuwarfen, und als Lisa in den Wagen sprang, fühlte er sich so überlegen und energiegeladen, dass er kaum stillsitzen konnte. Ein Schluck Cola und eine Zigarette waren jetzt genau das Richtige. Lisa brachte das Gewehr wieder in Position, während Roger den Verschluss abschraubte und trank.

»Soll ich weiterfahren?«, fragte Rønnes.

»Aber klar, hab ich das etwa nicht gesagt?«

Sie fuhren weiter auf der E6, und als sie sich dem Verkehrskreisel bei Klett näherten, hatte Roger seine Zigarette ausgedrückt und einen Entschluss gefasst.

»Wenn du gleich diesen Gregersen anrufst, Björn, wirst du ihm genau mitteilen, was ich dir sage. Nicht mehr und nicht weniger, verstanden?«

»Ja.«

»Wir brauchen ein Flugzeug.«

»Was?«

»Ein Flugzeug!«

»Okay.«

»Flugzeugentführungen gehen normalerweise schief, also wird diese etwas anders verlaufen. Du wirst ihm sagen, dass wir ein Militärflugzeug verlangen, Größe spielt keine Rolle, aber es muss uns alle vier in die Schweiz bringen können – ohne Zwischenlandung.«

Lisa starrte ihn ungläubig an und wollte gerade etwas sagen, als Roger den Finger vom Abzug nahm und vor seine Lippen hielt.

»Außerdem brauchen wir einen Piloten. Oder zwei, wenn das Flugzeug es erforderlich macht.«

Hatling drehte sich halb herum. »Meinen Sie das im Ernst?«

»Sonst würde ich es nicht sagen.«

»Das Verteidigungsministerium wird das nie genehmigen.«

»Dann wirst du denen sagen, dass einer von euch eine Ladung Blei in den Rücken kriegt, wenn sie nicht tun, was wir verlangen. Es ist deine Aufgabe, Gregersen zu überzeugen. Außerdem werden sich schon irgendwelche Piloten finden, wenn es darum geht, zwei Bullen, die die Hosen voll haben, das Leben zu retten.«

Hatling ging auf den letzten Satz nicht ein. »So oder so werden die Vorbereitungen lange Zeit in Anspruch nehmen, vielleicht mehrere Stunden.«

»Ist mir völlig klar. Wie spät ist es jetzt?«

»Viertel vor zwei.«

»Dann wirst du ihm sagen, dass das Flugzeug spätestes um halb acht bereitstehen soll, wenn es noch dunkel ist.«

»Wo?«

»Auf dem militärischen Teil des Værnes Flughafens.«

»Ich werde es ihnen sagen.«

»Und sag ihnen auch, was passiert, wenn sie versuchen, diesen Wagen anzuhalten.«

Roger verstand, dass auch Lisa etwas einwenden wollte und vermutlich glaubte, das Vorhaben sei zu wahnwitzig, um sich realisieren zu lassen, doch ein weiteres Mal signalisierte er ihr, sie solle den Mund halten. Sie konnte schließlich nicht wissen, dass sein Plan ein Überraschungsmoment enthielt, mit dem die Polizisten nie würden rechnen können, eine Idee, die alles in den Schatten stellte, was ihnen bis jetzt eingefallen war. Roger wurde so euphorisch bei diesem Gedanken, dass sich das elektrische Kribbeln in seinem Körper in einen brausenden Strom verwandelte. Jesus, wie einfach doch alles war, wenn man ihn nur mal in Ruhe nachdenken ließ!

»Darf ich etwas sagen?« Das war Rønnes.

»Okay, aber mach's kurz.«

»Hatling hat Recht. Das Verteidigungsministerium wird keinesfalls seine Genehmigung erteilen.«

»Das wird sich zeigen.«

»Was ist, wenn es in Værnes keine verfügbaren Flugzeuge gibt?«

»Als ich beim Militär war, standen immer genügend Flugzeuge im Hangar. Zur Not müssen sie eben in Ørland ein Flugzeug anfordern. Noch mehr dumme Fragen?«

»Nein, ich möchte Sie nur vor zu großem Optimismus warnen. Außerdem verstehe ich nicht, dass wir in die entgegengesetzte Richtung vom Flughafen fahren.«

»Wir müssen doch die Wartezeit überbrücken«, sagte Roger grinsend. »Mehrere Stunden am Flughafen zu stehen, könnte jemand auf dumme Gedanken bringen. Sind wir uns einig, dass du jetzt wieder die Schnauze hältst und dich ausschließlich aufs Fahren konzentrierst?«

»Ja.«

Er gab ihm mit dem Gewehr einen leichten Stoß. Der Kopf des Hauptkommissars zuckte erschrocken nach vorne.

»Ich versteh dich so schlecht, Rønnes.«

»JA!«

Während der Polizist den Corolla ruhig durch den Verkehrskreisel steuerte, musste Roger daran denken, dass sie genau an dieser Stelle auch am Dienstagnachmittag auf die E6 abgebogen waren. Ein plötzlicher Windstoß verstärkte diese Erinnerung. Doch der Wind war lange nicht so stürmisch wie damals, und Rønnes schien den Wagen absolut unter Kontrolle zu haben.

»Also los, Björn. Ruf das Präsidium an.«

Roger beugte sich ein Stück nach vorne und sah, wie der Beamte zu einem Sprechgerät griff, das auf dem Armaturenbrett gelegen hatte. Nachdem er das Präsidium gerufen und seinen Namen gesagt hatte, dauerte es nur

Sekunden, bis alle im Wagen eine metallische Lautsprecherstimme hörten:

»Kommissar Gregersen hier. Ich höre.«

»Wir befinden uns in einer sehr ernsten Lage«, begann Hatling. »Wir sind in Christians Auto und müssen uns an die Befehle der Entführer halten. Das bedeutet auch, dass ich mich kurz fassen muss.«

»Verstanden. Ich werde Rücksicht auf die Situation nehmen.«

»Die Geiselnehmer verlangen, dass in Værnes ein voll getanktes Flugzeug für sie bereitgestellt wird. Die Maschine soll um spätestens 7 Uhr 30 starten und mindestens vier Personen plus Besatzung Platz bieten. Das Ziel ist die Schweiz. Die Entführer erwarten eine rasche und klare Antwort. Das ist vorläufig alles. Wiederholen Sie bitte.«

»Hier Gregersen. Ich werde zu allen erforderlichen Instanzen Kontakt aufnehmen, möchte aber betonen, dass wir keine Möglichkeit haben, das Militär zur Mitarbeit zu zwingen.«

»Sollten die Bedingungen nicht erfüllt werden« – Roger hörte, wie Hatlings tiefe Stimme einen todernsten Klang annahm – »bekommen wir eine Ladung Blei verpasst.«

»Ich werde dies bei meinen Gesprächen unterstreichen. Wo seid ihr im Augenblick?«

Ein typischer Bürohengst, dachte Roger. Ein Paragrafenreiter, der überhaupt nicht fähig war, sich in die Lage eines Menschen zu versetzen, der sich in Lebensgefahr befand.

»Darf ich antworten?«, fragte Hatling.

»Nein, sonst knallt's. Sag ihm, dass wir dir das Hirn rausblasen, sobald wir bemerken, dass uns jemand folgt.«

Hatling nickte und sprach erneut in das Mikrofon. »Die letzte Frage darf ich nicht beantworten. Aber ich soll dir sagen, dass sie mich zuerst töten werden, sobald sie bemerken, dass uns jemand folgt. Christian und ich sind uns sicher, dass sie es ernst meinen.«

»Verstanden. Wir werden uns was ausdenken.«

Da streckte Rønnes blitzschnell die Hand aus und riss das Sprechgerät an sich: »HIER IST CHRISTIAN. IHR DENKT EUCH ÜBERHAUPT NICHTS AUS, IST DAS KLAR?«

Nach einer kurzen Pause meldete sich Gregersen, beinahe beleidigt: »So war das nicht gemeint. Wir tun alles, was in unserer Macht steht, um die Forderungen der Geiselnehmer zu erfüllen.«

Dann machte es Klick, und Rønnes hängte das Sprechgerät an seinen Platz zurück. »Tut mir Leid«, sagte er leise. »Das Trondheimer Polizeipräsidium ist den Umgang mit solchen Situationen nicht gewohnt. Ich hoffe, Sie verstehen das, Herr Dalvang.«

»Gut, dass du und Rotschopf nicht auf den Kopf gefallen seid.«

Er meinte es ernst und war mit den beiden auf dem Vordersitz überaus zufrieden. Doch vor allem war er mit sich selbst zufrieden. Von der Müdigkeit, die er empfinden sollte, war nichts zu spüren. Auch der sonderbare Filter vor seinen Augen irritierte ihn nicht mehr, vermutlich trug auch er zur Schärfung seiner Sinne bei. Er wandte sich Lisa zu und sagte:

»Du kannst ruhig auch eine rauchen. Es reicht, wenn einer von uns auf der Hut ist.«

Sie nickte, ließ das Gewehr los und rollte sich eine Zigarette. Als sie sie anzündete, sah er, dass ihre Hände zitterten. Hatte er sie auf eine Fahrt mitgenommen, die sie nicht gewollt hatte? Betrachtete sie die neuerliche

Autotour als verschwendete Zeit, als ein Unternehmen, das von vornherein zum Scheitern verurteilt war? Nach kurzem Nachdenken lehnte er sich vorsichtig über den Rucksack zu ihr hinüber und erklärte im Flüsterton, worauf sein Plan *eigentlich* hinauslief. Nachdem er ihre Fragen beantwortet hatte, spürte er, wie sie sich entspannte, ahnte sogar, wie sich ihre weichen Lippen zu einem strahlenden Lächeln formten. Beide wussten, dass auch den beiden auf den Vordersitzen früher oder später ein Licht aufgehen musste, was ihnen jedoch nicht im Geringsten weiterhelfen würde.

Die Fahrbahn war teilweise spiegelglatt, doch sie kamen trotzdem gut voran. Rønnes unternahm keine Versuche, die Geschwindigkeit zu drosseln, falls dies nicht erforderlich war. Eine Dreiviertelstunde nach ihrem ersten Funkkontakt meldete sich Kommissar Gregersen erneut. Zu dieser Zeit hatten sie Støren längst hinter sich gelassen.

»Ich habe inzwischen die Genehmigung des Polizeipräsidenten eingeholt und Kontakt zum Flughafen in Værnes aufgenommen. Das Problem besteht darin, dass zurzeit keine geeigneten Militärmaschinen verfügbar sind.«

Björn Hatlings Entgegnung kam wie aus der Pistole geschossen: »Dann fordert ein Flugzeug aus Ørland an. Euch ist doch wohl allen klar, in was für einer bedrohlichen Lage wir uns befinden.«

»Selbstverständlich. Wir erwarten jeden Augenblick die Antwort des Flugplatzes in Ørland. Aber es ist fraglich, ob wir die knappe Frist einhalten können.«

Roger beugte sich vor und knurrte: »Knappe Frist? Erzähl dem Schwachkopf, dass es erst halb drei ist. Ein Flug von Ørland nach Værnes dauert höchstens zehn Minuten.«

Hatling befolgte die Anweisung auf der Stelle. Niemand wusste besser als er, was er riskierte, wenn die Forderungen nicht erfüllt würden. »Herrgott, Gregersen, ihr habt jede Menge Zeit! Dauerte es bei einem Angriff auf Norwegen länger als fünf Minuten, bis wir ein Flugzeug in der Luft haben, könnten wir gleich aus der NATO austreten. Verstehst du immer noch nicht, in was für einer Situation wir uns befinden?«

Er unternahm nicht den kleinsten Versuch, den Helden zu spielen, wofür Roger sehr dankbar war.

»Ich versichere dir, dass wir alles tun, was in unserer Macht steht. Wie geht es euch ansonsten? Habt ihr irgendwelche Verletzungen?«

»Nein. Noch nicht.«

»Mach Schluss!«, kommandierte Rønnes. »Das hat keinen Sinn.«

Hatling gehorchte und unterbrach die Verbindung.

»Gut so, Björn«, kicherte Lisa. »Besser rot als tot.«

Nach dieser Bemerkung wurde es still im Auto. Roger zündete sich eine weitere Zigarette an. Nie zuvor hatte er eine Situation so perfekt im Griff gehabt wie diese. Dennoch gelang es ihm, kühlen Kopf zu bewahren und noch einmal zurückzublicken, um sich zu vergewissern, dass sie keine Spuren hinterlassen hatten, die seinen Plan vereiteln konnten. Doch auf die Schnelle fielen ihm keine ein. Da die Bullen ohnehin wussten, wer sie waren und was sie getan hatten, spielte es auch keine Rolle mehr, dass der Kilometerzähler des gestohlenen Corolla vor dem Lerkendalstadion verriet, dass sie auch in Heimdal gewesen waren, um den Banküberfall zu verüben. Oder dass in dem Buch über Salzwasserfische, das er in der Wohnung zurückgelassen hatte, die Namen Per und Lillian Nilsen standen. Oder dass Heidi bezeugen konnte, dass er nicht zu Hause in der Sandgata gewesen war, als sie angeklopft hatte. Oder dass … Erneut flutete ein herrlich prickelnder Strom durch seinen Körper. An einem Ort irgendwo in Europa würden Lisa und er in Ruhe und Sicherheit leben können. Mit einem Rucksack voller Geld konnten sie die Menschen dazu bringen, die verschiedensten Dinge für sie zu tun, ganz gleich, ob es sich um Schweizer oder Spanier handelte.

Hauptkommissar Rønnes sollte ruhig glauben, dass der junge Mann auf dem Rücksitz ebenso gestört wie verzweifelt war und dass seine Freundin nicht alle Tassen im Schrank hatte. Er wäre niemals imstande, sich auszumalen, wozu sich normale und intelligente Menschen entwickelten, wenn sie sich von Anfang an auf einem drehenden Karussell befanden, das niemand anhalten konnte. Aus seinem begrenzten Blickwinkel heraus war es bestimmt schon ein Verbrechen, erbärmliche Eltern zu haben.

Rønnes war der Erste, der sich wieder zu Wort meldete. Sie näherten sich Berkåk, als er sich räusperte und sagte: »Gestatten Sie eine Frage?«

»Nur zu.«

»Eines begreife ich nicht.«

»Das glaube ich gerne.«

»Warum fahren wir immer noch in die entgegengesetzte Richtung? In wenigen Stunden müssen wir in Værnes sein. Wir sollten bald umdrehen, wenn wir rechtzeitig dort sein wollen.«

»Endlich mal eine intelligente Frage. Wir wollen gar nicht nach Værnes. Deshalb die entgegengesetzte Fahrtrichtung. Verstanden?«

»Nicht so ganz.«

»Aus dem Flug wird nichts! Ich weiß nämlich, dass Flugzeugentführungen fast immer scheitern.« Er hielt inne, genoss den Triumph und sein eigenes befreites Lachen – wann hatte er das letzte Mal so gelacht? –, bevor er weitersprach: »Ich will nur, dass Gregersen und die anderen Idioten alle Hände voll zu tun haben, während wir durch den Hinterausgang verschwinden.«

# 26

Jetzt war es heraus. Und Roger gedachte das Katz-und-Maus-Spiel fortzusetzen, zumindest solange sie noch in Norwegen waren. Wenn sie sich außerhalb der Reichweite des Polizeifunks befanden, konnten sie mit dem Handy weitermachen und sagen, das Funkgerät funktioniere nicht mehr richtig. Die Bullen sollten weiterhin alle Hebel in Bewegung setzen, um ein passendes Flugzeug herbeizuschaffen, und glauben, sie befänden sich irgendwo in der Nähe von Værnes. Die Einfaltspinsel vom Polizeipräsidium würden alles versuchen, sie in Verhandlungen hineinzuziehen und den Abflug hinauszuzögern. Und Verzögerungen würden ihnen nur zum Vorteil gereichen. Er hatte sogar vor, im Laufe des Morgens die ersten Zugeständnisse zu machen und bei ihnen die Hoffnung zu wecken, er wolle unter Umständen aufgeben. Währenddessen würden Rønnes und Hatling mit unverminderter Geschwindigkeit weiterfahren, sodass sie im Laufe des Vormittags den Svinesund erreichten. Ihr nächstes Ziel hieß Kopenhagen. Lisa und er konnten abwechselnd schlafen, und der beiden Bullen konnten sie sich jederzeit entledigen, wenn sie ihnen zu beschwerlich wurden. Doch mit Kommissar Gregersen wollte er so lange wie möglich in Kontakt bleiben. Je länger sie die Verhandlungen aufrechterhalten konnten, desto weiter würden sie selbst kommen. Wenn die Hohlköpfe endlich begriffen, dass sie sich gar nicht in der Nähe von Værnes befanden, würden sie den Rückstand nie mehr aufholen können.

Hätten sie das von Anfang an machen sollen, auf direktem Weg in Richtung Süden fahren, einem neuen Kontinent entgegen? Innerhalb von drei Tagen wären sie in Spanien gewesen, wo Lisa Kontakte hatte. Und abgesehen vom Banküberfall hätten sie nur Nina Mogård auf dem Gewissen gehabt – einen Mord, an dem er persönlich keine Schuld trug. Jetzt ging es schon lange nicht mehr um ihr Gewissen, sondern nur noch ums Überleben. Bloß den roten Schleier vor den Augen durfte er nicht entfernen, wenn er bis zum Schluss durchhalten wollte.

Draußen, im Dunkeln, war nicht mehr viel zu erkennen. Bei den Fahrzeugen, die ihnen entgegenkamen, handelte es sich größtenteils um Lastwagen, die langsamer als gewöhnlich fuhren, weil die Fahrbahn immer noch spiegelglatt war. Der Regen musste auf der frostigen Straße zu Eis gefroren sein. Roger bemerkte, dass Lisa der Kopf immer wieder auf die Brust sank. Seinetwegen konnte sie ruhig ein wenig schlafen; er selbst fühlte sich immer noch hellwach. Falls Gregersen sich nicht binnen der nächsten halben Stunde meldete, wollte er dies selbst tun, erneut auf die Erfüllung der Forderungen bestehen und ein neues Ultimatum setzen. Er durfte nicht lockerlassen.

Dann meldete sich Rønnes wieder zu Wort, sei es, weil er sich dazu verpflichtet fühlte, oder weil ihn Gedanken an ihren möglichen Tod plagten. Rogers kurze Darlegung seiner eigentlichen Pläne hatte ihm anscheinend klar gemacht, dass er und sein Kollege früher oder später ohnehin erschossen würden, ganz gleich, ob sie sich kooperativ zeigten oder nicht:

»Es ist Ihnen hoffentlich klar, Herr Dalvang, dass dies eine sehr kostspielige Affäre wird, sowohl für die Polizei als auch das Militär.«

Was für eine lächerliche Bemerkung! »Ein bisschen Training kann denen nur gut tun. Vielleicht setzt ja eines Tages jemand meinen Plan in die Tat um.«

»Obwohl ich einräumen muss, dass die Sache mit dem Flugzeug ein cleverer Schachzug war.«

»Danke für das Kompliment.«

»Eines kann ich Ihnen versprechen. Weder Björn noch ich werden irgendwelche Signale aussenden, dass wir uns auf der E6 in Richtung Süden befinden.«

Sagte Rønnes dies nur, weil er um sein Leben fürchtete, oder spielte er tatsächlich mit dem Gedanken, ihre momentane Position zu verraten, wenn Gregersen sich wieder meldete?

»Diese Versuchung kann ich dir ersparen«, entgegnete Roger. »Das nächste Gespräch werde ich selbst führen.«

»Das müssen Sie entscheiden. Wollen Sie, dass wir über Dovre fahren?«

»Ja, natürlich. Wenn du müde wirst, übernimmt Rotschopf das Steuer.«

»Ich wollte nur sagen, dass wir tanken sollten, wenn wir nach Oppdal kommen. Bis zur nächsten Tankstelle dauert es dann eine ganze Weile.«

»In Ordnung«, sagte Roger. »Und jetzt hältst du die Schnauze!«

Plötzlich hatte er das Gefühl, dass irgendwas faul war, aber er wusste nicht, was. Ihre Scheinwerfer ließen in diesem Moment ein dreieckiges Straßenschild aufleuchten, das vor Elchen warnte. Roger bemerkte, dass Rønnes automatisch ein wenig vom Gas ging. Das war schon in Ordnung, solange er nicht anfing zu bummeln. Was, zum Teufel, brachte ihn nur so aus der Ruhe, signalisierte ihm, dass bereits etwas Verhängnisvolles geschehen war, das nicht mehr rückgängig gemacht werden konnte? Er beugte sich noch weiter nach vorne, während seine Augen über das Armaturenbrett glitten. Die gelbe Lampe, die sich ganz rechts befand und aussah wie ein poliertes Stück Bernstein, warum leuchtete sie? Der Corolla von Krogness hatte eine solche Lampe nicht gehabt. Natürlich, Polizeifunk! Er arbeitete völlig geräuschlos. Endlich begriff er, was ihn unbewusst bereits in Unruhe versetzt hatte. Rønnes hatte auffallend laut gesprochen: E6, Dovre, in Oppdal tanken. Klarere Hinweise konnte es kaum geben. Vor Schreck wäre ihm fast das Herz stehen geblieben.

Das Radio hatte keine eingehenden Signale empfangen, weil das Mikrofon die ganze Zeit eingeschaltet gewesen war! Vermutlich war es dem verdammten Bullen gelungen, Gregersen ziemlich genau zu vermitteln, wo sie sich befanden. Sein genialer Plan war null und nichtig; außer sich vor Wut brüllte er:

»STELL DAS DING AB!«

Björn Hatling zuckte zusammen und drehte sich um. »Meinen Sie das Radio?«

»STELL ES AB!«

Roger wusste, dass es zu spät war. Die beiden Polizisten wussten es auch. Gregersen hatte bereits alles in Gang gesetzt. In Oppdal waren bereits Scharfschützen postiert worden, die sie aufhalten würden. Dort waren ohnehin genügend Einsatzkräfte vor Ort, weil sie mit der Aufklärung eines abscheulichen Mords beschäftigt waren. Unter ihnen womöglich Odd Magnar Sivertsen; wenn er die Gelegenheit bekam, würde er nicht zögern, die beiden auf der Rückbank abzuknallen. Er begann zu zittern.

»Was ist, Roger?«, hörte er Lisas Stimme.

Doch er beachtete sie nicht. Vergewisserte sich nur, ob Hatling seiner Anweisung Folge leistete und auf den Knopf drückte. Die gelbe Lampe erlosch, und mit ihr verschwand auch der rote Schleier vor seinen Augen. Danach öffnete er den Mund, um Rønnes zu sagen, er solle anhalten und umdrehen. Sie hatten immer noch eine Chance. Zur Not konnten sie es doch mit dem Flug in die Schweiz versuchen. Er war sicher, dass die Vorbereitungen in Værnes und Ørland auf Hochtouren liefen.

Doch Roger bekam kein Wort mehr heraus. Denn vor ihnen, mitten in der Kurve, stand plötzlich etwas Dunkles und versperrte ihnen den Weg. Es war, als befänden sie sich auf einer Jagdprüfung; er sah die Silhouette eines ausgewachsenen Elchbullen.

Auch Hauptkommissar Rønnes sah ihn, doch Rogers Wutausbruch hatte seine Konzentrationsfähigkeit geschwächt. Anstatt vorsichtig das Tempo zu drosseln, trat der routinierte Fahrer mit aller Kraft auf die Bremse, worauf der Corolla auf der glatten Fahrbahn ins Rutschen geriet. Mit einem dumpfen Knall kollidierte er mit dem Elch, schlitterte weiter über die Straße und landete krachend im Schneewall, der sich am rechten Fahrbahnrand auftürmte.

Kurz vor dem Aufprall stieß Elisabeth Kristina Studsvik einen Schrei aus.

# 27

Die Polizisten hatten unglaubliches Glück, dass sich aus keinem der beiden Gewehre, deren Mündungen ihre Nacken berührten, ein Schuss löste und sie auf der Stelle tötete. Die Sicherheitsgurte hielten sie fest an ihren Sitzen. Lisas Schrei erstarb, als ihr Gesicht gegen die Nackenstütze prallte. Sie wurde zurückgeschleudert und krachte mit Roger zusammen. Die Tür auf seiner Seite sprang auf, und plötzlich befand er sich auf der Straße, lag auf dem Rücken und verspürte Schmerzen im linken Fuß und in der Seite. Benommen rappelte er sich auf und begriff sofort, dass an ein Weiterfahren, obwohl sie keinen Totalschaden hatten, nicht zu denken war.

Während er die Hand in den Wagen streckte und nach seinem Gewehr griff, sah er aus dem Augenwinkel heraus, dass Björn Hatling, der sich bereits aus seinem Sicherheitsgurt befreit hatte, auf dem Vordersitz kniete und versuchte, Lisa die andere Waffe zu entreißen. Allerdings hatte sich das Gewehr unter der Kopfstütze verklemmt, und so versuchten beide, die Waffe an sich zu reißen, wie zwei Vögel, die an unterschiedlichen Enden eines Regenwurms zogen.

»Lass los!«, schrie Roger und richtete das doppelläufige Gewehr auf ihn.

Hatling gehorchte auf der Stelle, woraufhin Lisa rückwärts gegen den Sitz prallte, während beide Hände das

Gewehr umklammerten. In der Zwischenzeit hatte auch der etwas langsamere Rønnes seinen Gurt gelöst und war auf die Straße gestürzt. Von hinten schlang er beide Arme um Rogers Bauch und zerrte diesen langsam vom Wagen weg, während Roger die doppelläufige Waffe nicht losließ. Obwohl er seit seinen Kindertagen in keinen Ringkampf mehr verwickelt worden war – in der Regel hatte er dabei verloren –, machte er gegen den erfahreneren, aber älteren Gegner keine schlechte Figur. Was vor allem daran lag, dass Rønnes in dem Moment, als er einen festeren Griff um Rogers Hals anbringen wollte, gemeinsam mit Roger über das große Tier stolperte, das auf der Seite lag und hilflos mit den Vorderläufen strampelte. Die Hinterläufe waren beim Zusammenstoß mit der Karosserie gebrochen worden. Rønnes ließ los, schlitterte auf dem Rücken quer über die Fahrbahn und blieb am Straßenrand liegen; vielleicht war er mit dem Kopf auf dem Asphalt aufgeschlagen.

Roger, der halb auf dem Elch lag, spürte dessen warmen, zitternden Leib und versuchte auf die Beine zu kommen. Stolperte erneut, als sein verletzter Fuß im Geweih hängen blieb, schaffte es aber trotzdem bis zur offenen Wagentür. Im Auto hatte Lisa das Gewehr zunächst wieder auf Hatling richten können, doch der hatte den Lauf zur Seite gedrückt, der diesmal nicht zwischen den Stangen der Nackenstütze gelegen hatte. Jetzt versuchte er erneut, das Gewehr an sich zu reißen, und obwohl Lisa den besseren Griff hatte, war er doch weitaus stärker als sie. Weil sie nicht losließ, zog er sie förmlich am Gewehr zu sich auf den Vordersitz. Roger konnte nicht schießen, weil sich ihr Rücken ständig in der Schusslinie befand. Im nächsten Augenblick würden die Rollen vertauscht und Hatling im Besitz einer Waffe und einer Geisel sein.

»Lauf, Roger!«, schrie Lisa plötzlich. »LAUF!«

Er zog sich zurück, nicht weil er wirklich die Flucht ergreifen wollte, sondern weil er vermutete, dass er ihr von der vorderen Wagentür aus besser helfen konnte.

Zunächst glaubte er, das anschwellende brummende Geräusch seien Schmerzenslaute des leidenden Elchs, begriff jedoch rasch, dass er sich irrte. Die düstere Szenerie wurde plötzlich in gleißendes Licht getaucht, während er von den grellen Lichtern des fahrenden Ungetüms, das in der Kurve aufgetaucht war, geblendet wurde. Obwohl die Bremsen des Trucks kreischten, hörte er Lisas verzweifelte Schreie:

»LAUF! LAUF SCHON!«

Und Roger Dalvang lief. Den stechenden Schmerz im Fuß nahm er kaum zur Kenntnis, als er sich über den Schneewall am Fahrbahnrand rollte und wieder auf die Beine kam. Mit Franks Gewehr in der rechten Hand stürmte er durch den Tiefschnee, den Nadelbäumen entgegen, in den Wald hinein, in den weißen Dschungel, der immer dunkler wurde, je weiter er vorankam. Wusste nicht, dass hinter ihm der Truck nur wenige Meter vom Elch entfernt angehalten hatte, dass Hauptkommissar Christian Rønnes auf der anderen Straßenseite den Kopf hob und sich benommen umblickte, während der reaktionsschnelle Trucker, der sich mit verletzten Elchen offenbar auskannte, mit einem Jagdgewehr in der Hand aus dem Führerhaus sprang.

Als Roger den Schuss hörte, fragte er sich, ob Lisa jetzt Hatling getötet hatte oder umgekehrt. Unabhängig davon war die Situation so verwirrend, dass niemand ihm sofort nachsetzen würde. Er hatte nur einen Gedanken – weg von hier.

Bereits außer Atem erlaubte er sich zu gehen anstatt zu laufen. Das schwache Licht kam von den Sternen.

Er hatte den Eindruck, es würde ein wenig heller, was vermutlich daran lag, dass er eine Art Waldweg erreicht hatte. Hier war der Untergrund fester, doch jedes Mal, wenn der linke Fuß ein Stück in den Schnee einsank, spürte er wieder den stechenden Schmerz. Es ging langsam bergauf. Die einzigen Laute, die er hörte, waren die seiner eigenen Schritte. Er begann an den Fingern zu frieren, die das Gewehr umklammerten, und steckte sich eine Hand in die Jackentasche. Ertastete die Patronenhülsen, die darin lagen. Spürte noch einen anderen Gegenstand an seinen Fingern, wusste nicht, was es war, und zog ihn aus der Tasche. Als er ihn gegen den Himmel hielt, sah er die Konturen einer Tabakspfeife. Es war die Pfeife des toten Ola Brendhaug. Er fühlte den sonderbaren Drang zu lachen, schleuderte die Pfeife von sich und hörte, wie sie einen Baumstamm traf. Wann war er das letzte Mal alleine im Wald gewesen? In Funäsdalen, natürlich, als er sich im Schutz der Hütten durch die Bäume geschlichen hatte, um seinen Onkel zu erschlagen.

Hütten. Vielleicht würden ihn die alten Traktorspuren zu einem Haus führen, in das er einbrechen konnte. Wo er etwas Essbares vorfand, einen Kamin zum Feuermachen und ein Bett mit einer Decke, in das er kriechen und ausschlafen konnte.

*Lauf, Roger!*

Warum sollte er eigentlich? Seine Schritte wurden immer langsamer. Der Klumpen, der irgendwo in seinem Zwerchfell anwuchs, signalisierte ihm, dass diese Flucht letztendlich vollkommen sinnlos war. Zum Beispiel hatte er das Allerwichtigste im Auto liegen lassen – den Rucksack mit ihrem gesamten Geld. Außerdem hatte er das sichere Gefühl, dass Lisa inzwischen tot auf der Rückbank des demolierten Corolla lag. Bald würden die Polizisten aus Oppdal zur Stelle sein und die Jagd auf ihn eröffnen. Auf den einzigen Überlebenden und Gefährlichsten der Bande, wie Rønnes ihnen sagen würde, wenn er wieder zu Bewusstsein kam. Ausgerechnet er, der bisher keinen einzigen Schuss abgegeben hatte! Er nahm die Waffe in die andere Hand. In der anderen Jackentasche ertastete er Tabakpäckchen und Streichhölzer. Das war doch immerhin etwas. Gleich würde er sich eine Zigarette anzünden und über die Ungerechtigkeit der Welt philosophieren, darin war er ja bereits Experte. Auch in dieser Tasche fühlte er einen unbekannten Gegenstand – etwas Flaches, Viereckiges. Er zog ihn heraus, hielt ihn sich vor die Augen und glaubte einen stilisierten Flügel zu erkennen. Die Keith-Jarrett-CD, was sonst? Zufrieden ließ er sie wieder in der Tasche verschwinden. Die Hütte, die er gleich erreichte, würde natürlich eine erstklassige Stereoanlage zu bieten haben. Dann konnte er *You and the Night and the Music* lauschen, von Greenwich Village träumen und wieder glücklich sein. Er stapfte weiter und spürte, wie der Schnee, der in seine Joggingschuhe gelangt war, schmolz; seine Füße waren eiskalt. Das musste er aushalten. Der schwarze Fleck da vorne zu seiner Rechten, war das nicht genau das, wonach er gesucht hatte? Als er dorthin kam, sah er, dass es sich nur um aufeinander gestapelte Holzstämme handelte. Aus denen konnte man allenfalls eine Hütte errichten. Er schlich um den Holzstapel herum, doch niemand verbarg sich auf der Rückseite. Erschöpft blieb er stehen und lehnte sein Gewehr an die Stämme. Atmete den schwachen, angenehmen Geruch nach Rinde und Harz ein.

Nachdem er sich eine Zigarette gerollt hatte – mit seinen steifen Fingern war er kaum in der Lage dazu –, hörte er das Geräusch von Schritten.

Er hob den Kopf und nahm vage eine Silhouette wahr, die sich auf dem Weg schnell näherte. Das konnte nur Rotschopf sein, denn Rønnes war physisch sicher nicht in der Lage, die Verfolgung aufzunehmen, und die Beamten aus Oppdal waren bestimmt noch nicht eingetroffen. Björn Hatling hatte sich wohl geschworen, dem Schrotgewehrterroristen ein für alle Mal den Garaus zu machen. Als die Gestalt auf weniger als zehn Meter herangekommen war, gab es keinen Zweifel mehr. Die raschen, entschlossenen Schritte ließen nur eine Absicht erkennen: ihn einzuholen. Roger hatte sich Tabakpäckchen und Zigarette wieder in die Tasche gestopft und sein Gewehr auf das Ziel gerichtet. Jetzt war die Reihe an ihm. Auf diese Entfernung konnte er den Verfolger nicht verfehlen.

Das tat er auch nicht, doch nach dem Schuss zuckte er zusammen. Die Antwort war ein leiser, verblüffter Schrei der Gestalt, die zurücktaumelte und fiel. Roger lief zu ihr und kniete sich hin. Merkwürdigerweise schien der Körper mehr im Schnee zu sitzen als zu liegen, und er begriff rasch, dass dies an dem Rucksack lag, der fast eine Million siebenhunderttausend norwegische Kronen enthielt. Die Person, die das Geld hierher getragen hatte, war Lisa. Schock, Unglaube, Wut und verzweifelte Selbstverachtung gingen in Rogers Kopf eine chaotische Verbindung ein:

»NEIN, NEIN, NEIN!«

Sie war nicht tot, doch als sie nach einer Weile zu sprechen begann, wusste er, dass ihr Ende unmittelbar bevorstand. Er konnte in der Dunkelheit kein Blut erkennen, wusste jedoch, dass ihre schönen Brüste von kleinen roten Flecken verunstaltet waren. Ihre Stimme klang hoch und schwach, wie die einer Großmutter im Rollstuhl:

»Roger? Wie dumm von mir … dass ich … deinen Namen … nicht gerufen habe.«

»O Gott!«

»Pst … du konntest doch nicht wissen …«

Er zog seine Jacke aus und deckte Lisa zu. Es gelang ihm nur, sich zu beherrschen, weil er den Atem aus ihrem Mund spürte. »Ich war sicher, dass Rotschopf dich erschossen hätte. Aber du hast es ihm gezeigt, oder?«

»Nein, es war der Elch, der … erschossen wurde.«

Der Elch, dachte Roger. Ihr Beobachter auf der Hütte in Funäsdalen. Fälschlicherweise hatte er ihn für ein gutes Omen gehalten.

»Die Bullen glaubten … ich bin am Ende. Nahmen das Gewehr … um zu sehen … ob der andere … Hilfe brauchte.«

»Schon deine Stimme, Lisa. Sprich nicht weiter! Ich werde dich tragen und dafür sorgen, dass sich bald ein Arzt um dich kümmert.«

»Da habe ich … den Rucksack genommen und bin … abgehauen.«

Er befreite sie von dem Rucksack, nahm sie auf die Arme und setzte sich in Bewegung.

»Musste dich finden, Roger … Hab so Angst … allein zu sein.«

Sie flüsterte nur noch. Er hoffte, sie würde durchhalten, wenn er sie aufmunterte:

»Das hast du großartig gemacht, Lisa. Sogar den Rucksack hast du mitgenommen.«

»Klar, ich … wollte …«

Das war alles, was sie noch hervorbrachte. Er wusste es auf der Stelle, als ihr Kopf, der an seiner Schulter geruht hatte, zur Seite glitt und regungslos über dem Ellbogen hängen blieb.

»NEIN, LISA, O NEIN!«

Nachdem er drei Sekunden besinnungslos geweint hatte, legte er sie vorsichtig in den Schnee, küsste ihr das Blut von den weichen, starr werdenden Lippen und ließ seine Finger durch ihre Sommersonnenmähne gleiten. Dann krümmte er sich über ihr zusammen und heulte, wie er noch nie geheult hatte, in seinem ganzen Leben nicht.

Als er keine Tränen mehr übrig hatte, begann er zu frieren. Er stand auf, suchte nach seinem Gewehr, fand es in der Dunkelheit und ging zu Lisa zurück. Er legte sich mit dem Rücken in den eiskalten Schnee und schmiegte sich eng an sie. Dann zog er einen Zipfel der Jacke über sich, prüfte das Gewehr und vergewisserte sich, dass sich immer noch eine Patrone im zweiten Lauf befand. Er presste die Waffe so gegen den Bauch, dass die Mündung sein Kinn berührte. Danach schob er seinen freien Arm unter Lisas Nacken und zog sie so eng es ging an sich heran. Immer noch dufteten ihre Haare wunderbar nach einem nicht existierenden Sommer, und er begann *Bye Bye Blackbird* zu summen. Jetzt verspürte er keinerlei Angst mehr und brauchte sich nicht zu betäuben, um die Tat auszuführen. Er versuchte sich auf den schönen Septimenakkord im neunten Takt zu konzentrieren, der sich erweitern ließ …

Doch eigentlich existierte nichts Schönes mehr. Alles, was Roger Dalvang angefasst hatte, war in Scherben gegangen. Er begriff, dass der Tod schon seit einiger Zeit sein Begleiter gewesen war, ohne dass er gewusst hatte, ob er ihn als Freund oder Feind betrachten sollte. Die Reise mit Lisa und Frank war nur ein Aufschub des Unabänderlichen gewesen; ihre Flucht hatte nichts anderes bedeutet, als die abgelaufene Zeit noch ein wenig zu dehnen. Sein Leben lang – vermutlich seit dem Moment, als einer verzweifelten, verschrobenen Frau das Unglück widerfuhr, ihn zur Welt zu bringen – hatte er das Gefühl gehabt, dem Tod entgegenzutreiben. Der Selbstmord war ebenso unumgänglich wie vorherbestimmt.

Dennoch zitterte er ein wenig, als er mit der anderen Hand die Waffe hob und sich die Metallmündung zwischen die Zähne schob, aber das konnte auch an der Kälte liegen, von der er sich befreien wollte. Er hob das Gewehr so weit, dass der Griff schräg gen Himmel zeigte, gestützt von einem Arm, dessen Ellbogen auf dem Brustkasten ruhte. Die fast gefühllosen Finger fanden den Bügel, der den Abzug schützte. Er wusste, dass er nicht ziehen, sondern drücken musste. Nach oben schauend wartete er auf eine Sternschnuppe, einen Meteoriten, der in die Erdatmosphäre eindringen und für einen Augenblick aufflammen würde. Er hatte gehört, dass jedes Mal ein Mensch starb, wenn man eine Sternschnuppe erblickte. Behielten die da draußen jeden von ihnen fortwährend im Auge? Nein, das war sehr unwahrscheinlich. *Bye, bye Blackbird*.

Dort!

Für wenige, schnell verrinnende Sekunden zog ein weißer Funke einen Strich über das Firmament und erlosch, während irgendwo in Norwegen ein Finger den Abzug eines doppelläufigen Gewehrs drückte.

Jetzt komme ich, Jøran, dachte Roger.

DIANA

# *Das anspruchsvolle Programm*

## Marcello Fois

» … ein großartiger Erzähler, eine gelungene Mischung aus Krimi und poetischer Schilderung des täglichen Lebens.«

*La Stampa*

»… die neueste Endeckung Italiens.« *ELLE*

62/134

***Tausend Schritte***
*Ein Fall für Avvocato Bustianu*
62/134

***Himmelsblut***
*Ein Fall für Avvocato Bustianu*
62/163

DIANA-TASCHENBÜCHER